My Humanity

長谷敏司

早川書房

7324

目　次

My Humanity

地には豊穣

「いいぞ。格段の進歩だ」

薄暗い監視室で、ケンゾーはコーヒーをすすりながら巨大な壁面モニタをにらんだ。

画面は中央で二分割され、設備条件が同一に揃ったふたつの部屋を映している。三層式の投影制御盤(コンソール)と作業画面を持つ精巧なシミュレーターは、大型宇宙船につきものの農業プラントの技術者を育成するためのものだ。ふたつの部屋には技術者がひとりずついて、慣れた様子で作業を進めている。

ただひとつ違うのは、ふたりのうち日本人青年のほうは、模擬演習の三日前までプラント設備自体を扱ったことがない素人であることだ。

これが今、試用版(ベータ)の公開を終え、正式リリースまで秒読み段階に入っている、経験伝達という新技術だ。実験中の被験者は、擬似神経制御言語ＩＴＰ（Image Transfer

Protocol）で記述したプラント技術者の経験を、脳内に移植したＩＴＰ制御部（コントロール）に書き込んでいる。この移植機器（バイオウェア）は、使用者の中枢神経の信号を翻訳すると同時に、脳内に放流した膨大なナノロボットを連結することで擬似神経細胞（パラニューロン）を構成する。この擬似神経が、本来は使用者の脳内にない神経連結——ＩＴＰ神経構造体（Neurostructure）を作り出すことで、《専門技術者の経験（神経連結）そのものを、直接使用者の脳に再現する》ことができるのだ。

「君は騒々しいな。黙って見てられないのか？」

同僚のジャック・リズリーが、白い湯気を立てる湯飲みを持ったまま言った。擬似神経分野のトップメーカーであるこのニューロロジカル社に、ジャックは六年勤めている。ここに来る前はＩＴＰ本体の研究者だったアメリカ人は、三十の声を聞いたばかりだというのに嫌味なほど落ち着いている。だが、ケンゾーにとっては一瞬一瞬が、新しい時代に触れる興奮の連続だ。

「向こうには聞こえないんだ。好きにさせろ」

二千問の知識テストの後、問題解決プランのレポート提出。そして閉鎖環境に三十日間こもり、二時間に一度はトラブルを起こすプラント運用シミュレーターに張りついての運用技術試験。それらすべてを、経験伝達で技術を手に入れたＩＴＰ契約モニタが、熟練技術者なみにやりとげているのだ。

画面の中の、自信に満ちた表情で投影制御盤（コンソール）を操作しているこの若者が、半年前に渡米してきたものの四十日前まで無職で、デモに参加する以外にやることがなかった男だと誰にわかろう。その即席技術者の手元に、保守作業をひとまとめにした黄色い仮想制御盤が軽やかにすべってきた。

プラントからの警戒アラームが閉鎖環境に響いたのは、そのときだった。

「今のは何だ？」

ジャックにたずねられて、ケンゾーは手に持ったパッドを見た。

「課題表示は三つだ。『貯水タンク内の液体が、フィルタに付着した想定外の物質により汚染された』、『貯水タンクに外部から接触』、『外的要因によってプラント内大気循環機構が破損』だと。発生から八分以内に有効な手を打てないと、菌類以外は全滅で食糧難確定か。テロリストがタンクに毒物を投げこんだ設定だろう」

「私なら、そんな理由で飢えなければならない場所には住まないが」

潰しても潰しても新しいエラー表示が現れる壁面モニタを、監視室から見ながらジャックがつぶやいた。

ケンゾーは、金銭に苦労して育ったわけではないが、同僚がただよわせている持てる者の余裕に、しばしば鼻白む。ケンゾーが飛び級で小学校を卒業したころまで、世界は自暴自棄になりかけていた。比較的治安がよい日本でも、物騒だからと絶対に外で遊ばせてもらえなかったことを、よく覚えている。世界のすくなくない地域で最も確実な金儲けは強盗だったのだ。あと何年で地球外に開発拠点を築けなくなる水準まで資源を使い潰してしまうかが、ニュース番組で深刻に話されていた。

そして、人類の命運をかけた月開発という激しい時代が、十五年前ごろはじまった。宇宙労働需要にこたえるため義肢が安価になった。そのぶん、犯罪者にも義体者（サイボーグ）が増えて治安は最悪になった。先進国は瀬戸際での宇宙開発と消費のため膨大な資源を確保し、途上国は価格のつり上げで資源が囲いこまれることに抵抗していた。難民があふれ、収入格差は広がる一方だった。悲惨な状況が緩和されたのは、月開発が軌道にのって地球中が食うに困らなくなってからだ。そして今は未曾有の好況の中、火星の地球化（テラフォーミング）が順調に進みつつあり、十年以内には植民もはじまる。経験伝達なら高度な専門技術者を簡単に養成できるため、火星労働者の人手を確保するためにもＩＴＰには強い期待が寄せられているのだ。

着信音が鳴って、ケンゾーの持つパッドに課題表示が追加された。被験者のパートナーである人工知能が致命的なへまをやらかしたという設定のものだ。二〇八九年現在の技術では、人工知能はよほど難しい状況以外ではミスをせず、そうした事態を人間が短期間で回復させることはほぼ不可能とされている。あくまで机上の、極端な状況だ。

『プラント運用シミュレーション終了まで、残り三分です』

監視室にアナウンスが流れる。結果受け取りと最後の観察のためにやってきてから、もう一時間も経ったのかとケンゾーは驚いた。

「おいおい。この調子なら俺たちの日本文化調整接尾辞（アジャスタ）は、中国チームを抜くんじゃないか」

「はしゃぎすぎだ。所詮、調整接尾辞（アジャスタ）開発チームの間だけの、どんぐりの背比べだよ」

ジャックの青い目は、この大成果を前にしても、まやかしでも見るかのように疑い深く、冷たい。

人工の神経を使った経験伝達を機能させるには、使用者の脳と擬似神経が連動している必要がある。だが、ＩＴＰは英語圏の人間を基準に開発されたため、他文化圏の人間の脳内では、擬似神経（ITP神経構造体）を実際に作ると、大脳言語野はじめいたるところで齟齬（そご）が起こる。ケンゾーたちが開発している日本文化調整接尾辞（アジャスタ）は、この欠点を解消するため、経験記憶を日本人の脳に合わせる処理手続きだ。ジャックは日本文化担当チームの主任、ケンゾーは副主任なのである。

「私は、わずかな性能アップを求めるより、文化の足を引っ張らないことを重視したいが」

盛り上がるケンゾーについてゆけないとばかりに、ジャックがつぶやいた。

試験終了のベルが鳴った。ふたりの技術者は、それぞれの仕草で緊張の時間が終わったことをよろこんでいた。模擬演習を終えた被験者たちはそのまま契約通りの報酬を受け取り、即席技師のほうは機密保持のためＩＴＰ制御部（コントロール）の記憶を完全に消去される。彼らとケンゾーたち研究者は交流を持たない決まりになっているから、握手をかわすこともない。

　こちらの顔すら知らないはずのモニタたちに、ケンゾーは感謝した。日本文化調整接尾辞（アジャスタ）の評価試験終了からきっかり二時間後、三十日間監視を続けてきた外注の採点機関から、最終評点が手渡された。知識テストでは一九九八対一九四〇でITP使用者が勝利。逆に問題解決プランは、本職のプラント技師が僅差でまさった。シミュレーターでの実績は、ふたりとも設定した目標はクリアしたが、本職の技師だけが集中力と熱意の差でプラント損傷率を大きく抑え込んだ。

1

「あれ、リーダーまだですか？」

　評点が出た晩、中国チームを抜いて日本文化調整接尾辞（アジャスタ）が最高評価をたたきだした祝いに、日本料理屋でパーティが開かれた。部下のひとりが、遅れてやってきたケンゾーに、そう声をかけた。

「俺より先に出たはずだ」

　研究室を最後に出たのがケンゾーだったから、ジャックはもうここにいなければおかしい。

「今日は稽古の日らしいですよ」

研究員のひとりが言ったのを聞いて、みんな納得顔で、パーティの騒がしさに戻っていった。ケンゾーにもシャンパンが回ってきた。

研究主任のジャックは、半年ほど前から、鹿沼音一郎氏のところで書道を習っている。それも、ここで日本ふうの打ち上げ会を催したのがきっかけだった。

ガシャンと、表で何かが壊れたような音がした。ケンゾーは治安が悪かった昔を思い出し、椅子から立ち上がる。提灯の立体映像を素通りして、入り口ドアを開けると、顔を秋の夜風がなでた。大きな楽器ケースをかついだ民族運動家が、倒してしまった店の看板を起こしていた。秋らしい色彩を投影した電動の全自動車が、路肩に違法駐車している。

半年前は、同じようにドアを開けると、店に遅れてきたジャックが、鼻血を垂らして尻餅をついていた。民族運動家らしい黒色人種の男が、すぐそばで、白髪の日本人男性に歩道へ押さえつけられていた。ケンゾーも面識がある日本文化調整接尾辞の抽出モニタのひとり、書道家の鹿沼音一郎氏だった。ケンゾーにとってはそれだけのことだったが、助けられたジャックにはこれが始まりだった。礼に行って交流ができたというジャックに、老人から書道を教わることにしたと打ち明けられた。とうとう今日は、チームの祝いの席まですっぽかしそうな気配だった。

「何にもなかった。ほら、心配するな。パーティに戻るぞ」

振りかえったケンゾーは、座敷を降りてやってきた数人の研究員に声をかけた。

このシアトルは、今、地球のさまざまな地域から来た民族運動家であふれ返っている。ニューロロジカル社があるせいだ。一年前、ＩＴＰの試用版(ベータ)がリリースされたときから、世界中で激しい民族主義運動が盛り上がっている。この街では、おかげで毎週、運動家がデモと称して伝統音楽を演奏しているのだ。

ＩＴＰは、擬似神経(ＩＴＰ神経構造体)を使用者の脳内に構成することで、あらゆる神経連結を模倣する。それはＩＴＰが、人間の脳を完全に記述できるということだ。だが、次世代の標準技術となるべきものだからこそ、ＩＴＰは公平さを問われた。開発者がアメリカ人だったため、英語圏文化で脳神経地図の基準値をとっていることを、批判された。さらに、《使用者の神経細胞が、ＩＴＰ構造体の擬似神経細胞(パラニューロン)に影響を受けてシナプスをのばす》ため、伝達された技術を足がかりに使用者が学習できるという性質が、やり玉にあげられた。

経験伝達はこれらの性質から、民族主義者たちに、使用者の脳をＩＴＰ基準値が近い英語圏文化に洗脳していると非難されたのだ。ニューロロジカルの開発主任ケイト・ブライアンは、この抗議に対する回答と欠陥改善策として、調整接尾辞(アジャスター)をＩＴＰ制御部(コントロール)に実装(インストール)して、ＩＴＰ基準値を各国文化に修正する方式を採択した。ケンゾーたちのような調整接尾辞の開発チームは、現在、世界二十の文化に対して立てられている。彼らの成果が、Ｉ

TPを正式リリースに近づける鍵だった。

「ジャック。俺は何度も言ったよな」

二時間後、ケンゾーは通された客間で、茶を飲んでいた。ジャックは、ばつが悪そうな顔をしている。ここは日本人街にある、椿(つばき)の生垣に囲われた鹿沼音一郎氏の家だ。盛り上がりも中途半端なパーティが一時間そこそこでお開きになってから、ほろ酔いで気の大きくなったケンゾーは、同僚と書道の師匠にひとこと言ってやりに来たのだ。

だが、本人たちを前にしたら勢いがしぼんでしまった。御年七十六歳の年寄り宅へこんな夜遅くに押しかけて、頭ごなしに責めるのもあんまりだろう。それに、ケンゾーも音一郎氏との関係を完全に切るわけにはいかない。経験データ抽出モニタは、長期にわたって脳神経の連結と発火を監視される。ITPのシステム一式を埋めこむ手術が必要だし、記憶や感情まで丸見えで私生活がまったくなくなることから、抽出モニタはなり手が少なく、音一郎氏はとても貴重なのだ。

「お口に合うかどうかわかりませんが」

音一郎氏が、茶請けに羊羹(ようかん)を出してくれた。人間のありようが住まいに出るというなら、この家の主は和風というより古風だ。二十五歳まで日本にいたケンゾーの目にも、ここは純和風の家を通り越して文化資料か何かに見える。

「みなさんは、晩の食事はどうしますか？　近くにうまい寿司屋がありますが」

音一郎氏が、押し黙ったままのふたりに声をかけた。ケンゾーは、いえ結構ですと会釈した。物静かだが額に力のある老人と向き合うと、妙に緊張してしまう。

　ケンゾーは、ようやく音一郎氏に切り出した。パーティの酒はもう抜けていた。

「鹿沼さん。書道教室くらいで目くじらを立てるのもどうかと思いますが、我々はＩＴＰの研究員で、あなたは抽出モニタです。ジャック・リズリーを教室に来させないでくれませんか」

　ジャックが食ってかかってきた。

「君には何度も言っているだろう。私が誰から何を習おうと、君が干渉するのは筋ちがいだ」

「問題がなければいいさ。だけどおまえは、せっかく流れに乗ってるチームを、ふたつに割ろうとしてるだろ」

　研究チーム内では、日本文化調整接尾辞（アジャスタ）の方向性について《性能優先でＩＴＰ自体の基準値に近づけて動かす》意見と《日本文化の特徴を保護しやすいかたちを目指す》意見のふたつが対立している。ケンゾーは性能派、ジャックは圧倒的少数である特徴派だ。今回の《農業プラント技師》の経験記憶試験に使ったのも、他の調整接尾辞チーム同様、性能優先の基準値を採用したものである。だから、研究主任のジャックは、成果におおきな興味を示さなかったのだ。

「申し訳ありません。今日は、抽出データの受け取りの方が来られないとかで、私がジャックさんにお願いしたのです」

音一郎氏の静かな声が、熱くなりかけた彼らの会話を打ち切った。

「今後は、先生にご迷惑をかけないよう、私が気をつける」

ジャックが、珍しく自分から折れた。

ここに長居できる雰囲気でもなくなり、ケンゾーたちは残った用件を済ませることにした。なりゆき上、気まずくても、抽出データの回収をせずに帰るわけにはいかない。老人が着物を肩脱ぎにした。ＩＴＰの記録媒体（メモリースティック）を挿入する端子は、現在、使用者の安全に配慮して右脇下に移植されているのだ。

老人の胸と腹には、三箇所もの大きな貫通傷があった。それが銃創だと気づいたとき、ケンゾーの中で、楽隠居のように見える鹿沼音一郎氏の印象が一変した。

「そういう時代もあったのですよ」

と、老人は静かに言った。二十年ほど前までシアトルも治安が悪く、監視カメラがあるのにホームレスが多い高架下や湾岸地域では、朝には鳥の声のかわりに銃声と悲鳴がしばしば響いたらしい。ケンゾーが住むダウンタウンのアパートのコンクリート壁にも、マシンガンのものらしき古い弾痕を菌糸補修材（リペアマッシュ）でふさいだ跡がある。

「孫子の代まで残る大事業のお手伝いをできるのですから、あの時代を生き延びたかいがあるというものです」

老人に息を止めてもらって、右脇下の挿入口に、ジャックがメモリースティックを挿す。五秒で転記が完了して、スティックは排出された。

「ひょっとしたら先生は、我々よりもＣＨＩＰのモニタに参加したほうが、日本人の子孫の役に立てたかもしれない」

ジャックがすまなそうに言った。ＣＨＩＰ（Common Human Interface Protocol）は、ＩＴＰのあり方に疑問を感じた研究者たちが、世界中の文化を網羅した基準を作るべく提唱した、もうひとつの経験伝達言語だ。

ＩＴＰのほうはといえば、こちらは今やアメリカの国策に組み入れられつつある。公共放送でも毎日「技術によって古い混迷を脱し、宇宙に広がる新時代へ」という経験伝達システムの宣伝が流れているくらいだ。ＩＴＰの恩恵を最も受ける《孫子》とは、日本人ではない。ケンゾーには、老人が大きな勘違いをしているように思えた。

そして、鹿沼邸を出て別れるまでの短い時間、ケンゾーとジャックは二ブロックぶんしかないささやかな日本人街を歩いた。もう夜中に近かったから、中国人街まで出たら全自動車のタクシーを拾うつもりだった。

「私がＩＴＰ研究に参加したのは、こんなつもりじゃなかった」

　ジャックがぼそりと言った。

「経験伝達を使えば、今この瞬間も失われつつある文化を、抽出記憶のかたちで蓄えることができる。かけがえのない財産である、文化そのものの保管庫(アーカイブ)を造ることだってできる。経験伝達技術の可能性は、専門技術者を即席に作り上げることだけではないんだ」

　ケンゾーの隣で、寂しげなアメリカ人が、新しい建築が多くビルの外観に統一感がない日本人街の風景をながめている。

「なのにＩＴＰは、文化を押しつぶす方向に、不必要なほど偏(かたよ)っていないか」

「そこを考えるのは俺の仕事じゃない。あれは、人間という個体差の大きいコンピュータ上で、経験という同じプログラムを動かすＯＳ(オペレーティングシステム)だ。そういう技術に、意味を求めたくはないな」

　歴史や文化の中での位置づけなど、ケンゾーの知ったことではない。興味を持たなければ、風景や状況の変化も気にならない。文化など、ひとつに統一した後でそれに身体を合わせるほうが宇宙時代にはふさわしいくらいだ。

　厳しい時代をくぐりぬけた音一郎氏がこれを《後代まで残る事業》だと思っていることが、どこか気持ち悪かった。前へ進む足を止めようとしているジャックが、わずらわしかった。そんなに感傷的だからＩＴＰ本体の研究から弾(はじ)き出されたんだと言いかけて、思いとどまる。そこまで深入りしたくもなかったからだ。

2

「我々のやっていることをどう思う？」

ジャックが、そんなことを聞いてきた。音一郎氏の家を訪れてから三ヶ月ほど経った日のことだった。仕事帰り、最近はニューロロジカル社員用の無料バスに乗り合わせることが多いから、ケンゾーはまたかとうんざりした。新しい年に入ったというのに、ジャックはまだ書道を習い続けている。

「どうとも思わないな。どうせ音一郎氏の言ったことでも気にしてるんだろうが、抽出データが子孫の役に立つかどうかは、モニタが決めることじゃない。それでも続けるかどうかは彼の問題だ。俺たちが立ち入ってどうするよ」

ケンゾーは率直に答えたが、日本人街はまだ遠いのに一緒にバスを降りたジャックの表情は、冬だけに夕方でも暗く、読み取れない。ケンゾーは癇に障っていた。集計者が、サンプルから集計の意味を教わる実験など、聞いたこともない。耳を傾けるに足る意見なら、街中で楽器を鳴らし反対デモをしている民族運動家だって持っている。

今や地球上のどこでもアメリカ文化は標準として定着し、その非明示的な圧力で他文化はやせ細りつつある。ＩＴＰは、それにとどめを刺すのかもしれない。だがケンゾーの目から見て、もうひとつの経験伝達であるＣＨＩＰは、理念こそ立派だが、多文化を網羅するため扱う要素が多くなりすぎ、性能が悪い。ＩＴＰは英語圏の客だけを見込んでも商品としてペイできるし、そもそも嫌なら使わなければよい。それで経済格差が大きくなるのも、自己責任というものだ。

「自由で、金があって、やりたいことがやれるなら、多少変わってもいいんだよ。現に、俺だって困ってない」

ダウンタウン（繁華街）の古びた町並みを、ケンゾーは遊ぶ場所が多いから住居に選んだ。その青い目に映るものを守ろうとしているジャックが、固い声で言った。

「君は祖国の文化がどうなってもいいのか」

反論する間もなく、今日も書道の稽古にゆくからとジャックに別れを告げられた。大きな背中が、一日中終わる気配がない民族運動家のデモの方へ、遠ざかってゆく。町中がお祭り騒ぎに浮かされたようで、ケンゾーもこんなに人間があふれる前、シアトルがどんな街だったかもう思い出せない。その技巧的な旋律で虹でも織り上げそうな、シタール奏者の列へと、ジャックは消えていった。

ケンゾーは民族運動家たちが嫌いだ。文化だ歴史だとおおきなことを言いながら、金に困ればITPの実験に協力もする。この間の《農業プラント技師》の経験伝達実験の日本人モニタも、そのたぐいだった。世界中から集まる民族運動家がいるからこそ、ニューロロジカルは、世界中の文化の調整接尾辞（アジャスタ）モニタ要員を確保できる。結局、生活が優先なのだから、下手な抵抗をするより上手に受け身をとればよいのだ。

文化の坩堝（るつぼ）のような街路をひとりで歩いていると、空中に、もうすぐ雨が降ることを知らせる傘マークの立体映像が点灯した。ケンゾーは舌打ちして、足を速める。

雨の予兆に、商業地区は慌ただしく動きだす。制服姿の女学生がふたり、アラベスク模様の楽器ケースを重そうに揺らしながら走っていた。路面が濡れる前に仕事を片づけたいのだろう、銀色の滑らかな肌の義体者（サイボーグ）が安全輸送公司のロゴマークが入った自転車で、自動車を簡単に追い抜いてゆく。歩道の広いところでは、ソンブレロ帽をかぶったメキシコ人が、勝手に広げた民芸品の露天を片づけていた。

もう三年近くもダウンタウンに住んでいるから、裏道もそこそこわかる。黒雲に追いつかれないよう、ケンゾーはまだ弾痕が残る路地に入り、小走りで駆け出す。

雨が降り出した。

「タバコでもやりますか？」

ガレージの軒先をかりたケンゾーに、民族運動家らしい五十がらみの黒人が、豊かな低い声で話しかけてきた。男も、路面に落ちる雨音に耳を傾けていた。

「一本いくらだ？」

この国では撲滅された喫煙という悪癖を、民族運動家たちがまた復活させつつあるのだ。

「一ドルです。火も、本物のジッポのライターでおつけしますよ」

「小額クレッドでいいか？」

ケンゾーは認証チップを埋め込んだ手を差し出す。南国の香辛料の匂いがする男は、祖国では使われていないだろう受け取りカードを、黒い手で悪びれずに出した。ケンゾーは人差し指でカードに触れる。一ドル、口座に転送されたはずだ。

「もう一ドルくれたら、ジャズでもロックでも歌いますよ」

いかがわしいものが目の前に突き出されたようで、ケンゾーはまじまじと、額に深いしわのある男を観察してしまった。その顔を知っていたことに、心臓が跳ね上がりそうなほど驚く。ジャックを殴って、書道を習いはじめるきっかけを作った、あの黒人運動家だった。

相手もケンゾーに気づいた様子で、貧乏人が金持ちを見る卑屈な親愛をにじませた。

「はじめは戦いに来たつもりで、何かしなけりゃって躍起になってたんですがね、便利な生活をして、いい国みたいな気がしちまうと、ダメですな」

都会にのまれた運動家は、感情をごまかすように肩をすくめた。ケンゾーは、見えてしまった挫折の傷あとを、触らずそっとしておいた。

「《雨に濡れても（Raindrops Keep Fallin' On My Head)》は？」

男は、脳の海馬に接続した記憶媒体にアクセスしているのだろう、三秒ほど目を閉じていた。タバコを売って日銭を稼いでいる男が、高価な移植機器（バイオウエア）を持っている。ニューロジカル社が契約するITPの経験伝達モニタは、たいてい金に困った民族運動家だからだ。そう思って聞くと、男の英語は訛（なま）りもなく完璧すぎた。

「B・J・トーマスですな。OK」

本人には悪いが、もはや前を向くことのない挫折者のそばにいることが、タバコの紫煙のようなねっとりした落ち着きを与えてくれる。殺風景なガレージで歌声に身をまかせていると、ITPも文化の断末魔もみな、通り雨のような一過性の災難で、こんなものへっちゃらだと思える気がした。目をつぶっても、志を持って集まった運動家ですら豊かな生活の中で力尽きてゆく状況が、変わるはずもないのだが。

何のためここにいて、今いったい何をしているつもりなのか？

歌う男にとっても一番聞かれたくないことだろうから、歩道に弾ける冷たい雨滴を見送りながら、歌声を聴いた。誰もが迷ってあたりまえだ。矛盾をかかえた民族運動家が一ドルのために歌う前世紀アメリカの曲は、奇妙に胸にしみた。

3

　その二週間後、ケンゾーはまた音一郎氏宅へ足を運ぶはめになった。書道の練習中は集中したいとかで、ジャックが通信端末の呼び出しを切っていたからだ。ＩＴＰの基礎構造(アーキテクチャ)が更新されることになり、調整接尾辞(アジャスタ)のチームにも急な連絡が入ることがあるというのに、勘弁してくれと思った。

　ケンゾーが伝えた確認事項への回答を、その場で研究所に送信して、ジャックは通話を終える。ケンゾーは出された茶を飲んでいた。今日の茶請けはかりんとうだった。

「音一郎さんと話していると、うちの《御船(ミフネ)》を思い出しますよ」

　ケンゾーはあの歌を聴いて、結局勝つのは技術だと思った。

　日本文化調整接尾辞(アジャスタ)は、基準値を《ニューロロジカルが日本文化の基準だと判断した位置》でとる。ＩＴＰは、人間の基準位置に正解など存在し得ないという難問に、社会と合意をとる仮の値を設定して答えとしている。《御船(ミフネ)》は、現在の日本文化基準値を定めるため比較用に組んだ、《特徴を強調した日本人》の値を持つ経験記憶だ。それはモニタから集めた抽出データを利用して編集するから、案外、音一郎氏の神経連結情報が混じっているかもしれない。

　説明を受けて、老人が苦笑した。

「それで、三船（ミフネ）ですか。この国での日本のイメージは、今でも映画のサムライが生きているのですね」

「いえ、恐竜の化石が出た白亜紀地層の、御船層群（ミフネソウグン）です。日本人の化石として作ったんですよ。研究が一段落ついたら、こいつも博物館でティラノサウルスの横に展示されることになってます」

「化石ですか」

「人間が火星に住み始める時代に、自分の役割が終わったことにまだ気づいてない恐竜ですね」

　茶を飲み干したケンゾーの口から出たのは、貴重な経験抽出モニタに、いやそれ以前に、会うのが二度目の相手に聞かせるには、無礼な本音だった。予想通り、正座していたジャックが眉を怒らせ立ち上がりかけた。

　それでも、ケンゾーにとっては、これが日々の仕事から来る実感だった。

「ひとつの文化が淘汰されても、結局は別の文化に自分を合わせるんです。子孫だって、母文化が吸収されても、便利になったってよろこぶだけじゃないかな」

　これからの宇宙時代には、ごみごみした民族や文化の壁などとっぱらってしまえばよい。

ケンゾーたちは新しい生き方の流れとして、既存文化を平らな場所に軟着陸させようとしているのだ。ジャックがこの場にいるからこそ、失言を承知で彼の舌はよく回った。

「ずいぶん軽くおっしゃる」

音一郎氏の隠やかな口調の裏側には、確かに厳しさがあった。

「私は無神論者ですが、それでも受け継いできた文化が人を生かし、死と対面させてきたことは知っております。私はいよいよ最期となったとき、死にぎわに英語でしかものを考えられなくなるなど御免です。苦しい息の下から絞り出した最後のことばが聞いた者に伝わらないのは、あれは遺された者が切ない」

老人はしっかと指を組んでいた。その手の甲にも、大きな火傷の跡があった。

「ケンゾーさん。あなたは、自分が死ぬとき、何を考えると思いますか」

姿勢を正した彼の揺るぎない黒瞳に見据えられ、ケンゾーは石になったように体が動かない。早朝から銃声が響き、救急車やパトカーが走り回っていた時代、この日本人はいったいいくつの死を看取ったのだろう。そして、そのうちの何人が命尽きる瞬間に《英語を口にした》のだろう。

「まだ俺は三十にもなってないんですから、あと五十年もしたら――」

「その茶には毒が入っております」

一瞬、総毛だった。

音一郎氏は銃創を受けたころ、死者の出た事件に巻き込まれたことがある。経験抽出モニタを選ぶ際の研究所の身元調査で、彼に前科がないことは確実だったが、その口ぶりと物腰から、老人は本当の命のやりとりを日常的にしていたのだと、ケンゾーは悟った。眼前で刃をさらした物騒な過去の生き残りを前に、平和な時代に甘やかされたケンゾーができるのは現実を否定することだけだ。

「嘘ですよね」

しかし老人は底意地悪く彼を見下ろし、死刑を宣告するように言った。

「いいえ。入れました」

ケンゾーの顎ががくがく震え始める。胃が猛烈に痛み、口には苦く粘った唾液があふれ、心臓が異常な速度で脈打った。

「あなたは嘘つきだ」

しかし音一郎氏は平然と自分の茶を家事ロボットに下げさせた。彼は自分の茶にまったく口をつけていない。老人が民族運動の過激派なら、研究員であるケンゾーの飲み物に毒を入れる理由はある。疑いでつながった一本の鎖にからめとられて、暗い深淵へ引きずりこまれるようだ。

ただ恐怖にかられ、意味のある言葉を絞り出すことすらできなかった。理性も意志も個性も押し流され、おびえるケンゾーはただの動物だった。

震える手からこぼれた湯のみ茶碗が、ごろりごろりと音を立てて転がっていった。

ジャックが、何か面白いジョークを聞いたかのように大笑いした。

「申し訳ありません」

老人が白頭をさげてわびた。

悪夢のような時間は、ひとまず終わった。


研究所への帰り道、ケンゾーは猛烈に腹を立てていた。

「音一郎氏はどうしてあんなことをするんだ」

「彼はちゃんと謝った。それに、いくらなんでも取り乱しすぎだ」

カウボーイは、調子に乗りすぎて落馬した仲間をなぐさめない。ケンゾーは自分でも、冗談だったのだから気にする必要はないと、心の中で言い聞かせた。

ケンゾーは、データを届けるためひとりでニューロロジカルの研究室へ戻る。体内埋め込みの認証暗号チップ、網膜、掌紋とチェックした後、受け取った経験抽出データを受付ロボットにわたしてライブラリへ送らせた。データ持ち出しを防ぐため、記録媒体を持ったままセキュリティゲートをくぐると警報が鳴るからだ。

研究室のドアを開けると、まだ七時前だというのに同僚は誰も残っていない。四月か五月からＩＴＰの基礎構造（アーキテクチャ）にまた英語圏に有利な更新が入るせいで、調整接尾辞（アジャスタ）開発チームはどこも士気がガタ落ちしている。これまでの作業成果が、半分がた使い物にならなくなるのだから、無理もない。パーティションを切るための可動式仕切り壁が、大部屋の隅にきれいにそろえて片付けられていた。検査義体の後頭部に刺さった対照用の《特徴を強調した日本人》も、今は起動されていない。

ため息をついて備え付けのソファに腰を下ろし、社内用の折り畳み式携帯端末を開く。空中に投影した画面には、体の奥からせり上がる嫌な気分をやわらげてくれる情報など、当然表示されなかった。

落ち着かないのは、音一郎氏に嘘をつかれたからでも、自分が恐怖したからでもない。一瞬でも死を感じたあのとき、思考も気持ちも何も形にできなかったからだ。普通に生きてゆくのに培う必要もないから、ケンゾーは死に際に持ってゆけるほど強固な帰属意識だけでなく、信念とも情愛とも信仰とも縁がない。それでも、ジャックが文化を「かけがえのないもの」と言う意味が、骨に刺さった気がした。生きる土台は押しつぶされてはならないと、研究所があるこの街に、民族運動家があふれた。音一郎老人が抽出モニタをしているのも、たぶん同じ理由なのだ。

腹の底が重苦しくて、彼は研究室内をうろうろと歩き続けた。既存文化がどうなっても問題ないつもりだった。だがＩＴＰは、人類を宇宙へ連れていくと同時に、足下を不毛の地にしてしまいはしないか。

──何億という人々の足場が壊れてもいいと思ったケンゾーは、そこまでのことを言える何を持っていたのだろう？　落ち着かないひとりの研究室で、ここにあの黒人音楽家がいたらよかった。こんなときだからこそ、自分よりひどく流されてしまった敗北者に話を聞いてみたかった。自分はどんな人間かなど、意味のない疑問だ。いや違う、今では数値で客観的な答えを出せる。

音一郎氏ら抽出モニタと同じシステムは、彼にも移植されている。最も確実な身元調査という噂もあるが、研究所の所員は、ＩＴＰ経験抽出モニタへの参加を奨励されているからだ。ケンゾーの体内にも経験抽出用と経験伝達用の試験版、ふたつの移植機器（バイオウエア）が入っている。そしてこの研究室には、日本人の中枢神経連結のデータも豊富にある。知りたいなら、今から調べればいい。

室内に誰もいなくてよかったと思った。ネクタイをほどくと、スーツとシャツを脱ぎ捨て、近くの椅子の背に引っ掛けた。右脇に記録媒体を挿入し、簡易経験抽出のためフルフェイス型の刺激伝達器をかぶる。これなら、本来一ヶ月かける経験データ抽出を、たった三十分でむりやり完了させられるのだ。得られるデータは必要最低限だが、それで事足りる。

スイッチを入れると、猛烈な情報の洪水に刺激への反応や思考が引き出され、抽出用ＮＲ（ナノロボット）に拾われていった。抽出終了のアラームが鳴ると同時に、ケンゾーは刺激伝達器を放り出す。意識が何十パーセントか吸い出されたかのように、気だるい。呼吸を整えながら脇の下から媒体を引き抜くと、端末で検査にかけた。

空中に投影されたのは、昴のように密集した星団と、そこから離れた位置に輝く指示マーカーつきの星だった。抽出モニタ参加者との比較画像の中、ケンゾーを表す輝点は、暗い宇宙にひとり取り残されていた。その迷子の星、彼自身の値の位置を見て、暗い納得が訪れる。

不安の根源がここにあった。彼の脳神経連結と発火は、ITPの設定した《厳密にはどの文化にも属さない基準値》に近い。彼の脳は、どの土台にも帰属しない。

ケンゾーは、故郷の日本人的ではないがアメリカ人的でもない。すでに切り離されて遊離しているのだ。だから、死を身近に感じさせられたとき、祈りのことばすら浮かんでこず、こんなことは嘘だと現実を否定するしかなかった。行き場のなさを自覚して、あの黒人音楽家と同じ雨に打たれているようだと思った。雨宿りをしていたあの男は、仲間のもとへ戻らず、百年前の流行歌でケンゾーに一ドルをせびった。帰るべき場所をとっくに失っていることに、気づいていたのだ。

この孤立もひとつの個性だと、自分をなぐさめてみた。それがただ途方もなくむなしくて、今の感覚は寂しいというより、恐怖に似ているのだと気づく。

まるで助けの来ない真夜中の海で溺れているようだ。死にゆく人間が、こんなときに必死で水面をたたいてつかむ頼りないイカダは、言葉だ。ケンゾーの頭に浮かぶ言葉は、ときどき英語でときに日本語だった。他の人間が誰もいないとき、ひとりでは沈むからこそ、求めたい繋がりがある。その繋がりは文化へと成長してゆく。積み重なって歴史になる。けれど、彼はその塊からはぐれていた。

おまえは誰とも真に触れあうことなく、ひとり溺れて死んでいくのだと、宣告されているようだった。ケンゾーは、孤絶が嫌で、宇宙という新しい舞台に文化という足かせは必要ないと主張して、孤独な仲間を増やそうとしていただけではないか？　経験伝達の使用者たちも、ＩＴＰに脳を矯正されれば、さっきまでの彼と同じように「母文化が吸収されても便利になったとよろこぶだけだ」と言い出すだろうからだ。

そんな野蛮さを、問題の深刻さを認識していたジャックやチームのみんなに向けていたのだ。ケンゾーは、自分の見識が空っぽなようで、そんな情けなさから逃げたかった。まるで見えない戦争の尖兵になり、便利な道具に毒を塗りつけて人々に盛ろうとしていたようだ。他人の生存基盤を削る感染源が自分である——この不快感から逃れたくて、無人の研究室を見回した。そして、それを見つけた。

《特徴を強調した日本人》として編集した伝達経験、《ミフネ（御船）》。これをＩＴＰ制御部（コントロール）に実装（インストール）すれば、この不安な場所を抜け出し、日本人というイカダに逃げこむことができる。

確かにこれは研究資料だ。私用で使うことは禁止されている。だが、伝達経験は《人間というコンピュータ上で、経験というプログラムを動かす技術》にすぎない。それは、ケンゾー自身が言ったことだ。ケンゾーという人格にプログラム的不具合があるなら、《特徴を強調した日本人》という修正パッチでそれを直して何が悪い。思ったと同時に、また自己嫌悪におそわれた。ニューロロジカルが設定した元のITP基準値が彼に近いのは、人間存在をその程度に見ている者が増えれば経験伝達の普及に都合よいからだ。今もITPの研究は進みつつある。祖国でもある日本に毒をまかないため、ケンゾーは日本文化調整接尾辞（アジャスタ）の設計をすぐに作り直さねばならない。あまりに簡単に不正を犯す理由が見つかったから、一瞬これは自分をごまかす言い訳なのではないかと疑った。違う、自分は日本についての深い理解を今すぐ手に入れなければならないのだ。迅速に知識や経験を手に入れるのに、経験伝達以上の手段はない。

手が、震えた。

命のない義体から、メモリースティックを抜き取る。電灯にきらきらと光るそれは、腐食にも経年劣化にも耐える黄金の世界への鍵に見えた。

「ちょっと借りるだけだろ」

自分に言い聞かせる。シナプスが形成される前に経験伝達を切って消去すればいいのだ、あの黒人運動家のように脳を矯正してしまうことなど、あるはずもない。

経験記憶を挿入する感覚は、ひどく淫靡（いんび）だ。息をとめて、右脇から胸郭の中へ、それが体内に侵入してゆくさまから魅入られたように目が離せない。ＩＴＰ制御部（コントロール）が脳を経由して直接質問してくる。《実装しますか？》イエスを選択。

――そして、世界は変わった。

最初に、視界が歪んだ。小胞ＮＲ（ナノロボット）がシナプス競合で生身の神経細胞に勝利して信号を拾い、ブリッジＮＲと結合して、稲妻がひらめくように一瞬で擬似神経（パラニューロン）を成長させたのだ。ＩＴＰで記述された《特徴を強調した日本人》経験記憶は、ケンゾーの神経信号を束ねて副脳内で翻訳し、擬似神経の設計図を制御チップへと送る。そして制御チップは循環する無数のＮＲに、脳内の必要箇所まで擬似神経をつなげさせる。生成・分解を繰り返す無数の擬似神経が、ケンゾーの目を、《特徴を強調した日本人》の目に変えた。

「すごいな」と、口をついて出たつぶやきが日本語だったことに気づき、あわてて英語を意識するようにした。物事を日本語以外で考えることが困難になっている。あの性能試験で《農業プラント技師》の経験記憶を実装した青年も、こんなふうに世界の変容を見たのだろう。謙三（けんぞう）は慎み深くよろこんだ。試しに英語をしゃべってみても、体が固まったみたいに、身振りが何もついてこなかった。

すぐそばの椅子の背に掛けていたシャツを着て、ネクタイを結ぶ。結び目がきちんと整っているか気になり、部下のデスクの手鏡を借りる。経験伝達言語の自己判断能力が彼の脳の固有環境をまだ学習しきっておらず、指を動かしにくい。ネクタイの結び目はきれいな逆三角形に整い、視床下部と擬似神経がつながった謙三は、それを格好が良いと感じた。

——歩く。脳皮質の雲間を走る雷光さながら、擬似神経は何十もの先端へと枝分かれしていく。足の運びは少しガニマタ気味、胸は張らず背筋も少し曲げ気味に。皮肉なことに、神経連結傾向がＩＴＰの定める基準値に近いせいで、調整接尾辞（アジャスタ）なしでも経験記憶は問題なく機能した。反応に一瞬の遅滞も違和感もない。ＩＴＰはこの快適な処理速度を得るため、翻訳基礎データの絞りこみを選んだのだ。

謙三は生まれ変わったように、すっきりしていた。先刻までの孤立感が嘘のように、背中を支えられて心強かった。

記念に、寿司屋へ行ってみようと思った。生魚はあまり好きではなかったはずだが、今、脂の乗ったトロやはまちのことを考えると、腹に何か入れたくなった。《特徴（ミ）を強調した日本人（フネ）》を、元の検査用義体に挿しておく。この経験記憶を停止させるのは、食事の後でもいい。

4

謙三の生活は一変した。

寿司はうまかったし、嫌いだった醤油も味わい深く感じるようになった。体に派手なネオン入れ墨(タトゥー)を光らせて街路を歩く義体者(サイボーグ)を見ても、まったく臆することなく堂々とすれちがえる。はしゃぎすぎだと己(おのれ)を戒(いまし)めながらも、木刀を買った。さっそく部屋で、義体者向けサイズまで天井を上昇させてから、振り回してみる。筋肉がついていないぶんぎこちなくだが、初めてなのにきちんと振れる。うれしくて、手にまめができるまで素振りをした。

研究室では、不審に思われないよう注意しながらも、日本文化調整接尾辞(アジャスタ)を日本文化側へ近づけて設計しなおし始めた。このタイミングで、またITP基準値が英語圏に近づくことが決まったということもあった。他の研究員たちは、このくらいしないと脳に与える影響に対してバランスがとれないと納得してくれた。ジャックだけが、その程度では手ぬるいと反発している。謙三が打ち出したのは性能と文化をうまく折衷(せっちゅう)しようという方針だが、ジャックが目指しているのは、すべての日本人が何一つ失わずにITPを使える調整接尾辞(アジャスタ)なのだ。

「君は最近、納豆が大丈夫になったんだな」

昼休みにジャックと一緒に日本料理屋へ行ったとき、怪訝(けげん)そうに指摘された。納豆をかき混ぜていたはしが、止まった。

「あ、ああ。日本文化ってやつを思い出してみたくなったんだ」

「それなら今度、鹿沼先生のところへ行かないか」

謙三は、必死に平静を装いながら、誘いを断る。音一郎氏には、脳内の《特徴を強化した日本人》の存在を、一目で見破られる予感がしたのだ。

胸の奥で恥ずかしいという感情が目を覚ます。彼はまだ、無断使用した《ミフネ》を、ITP制御部から消去していない。いつでも停止できるが、己が何者であるか足場がはっきりしたことで、見るものすべてに筋が通ったようで心地よかったのだ。


街は謙三にとって、人の営みの力強さに満ちた、得がたい場所になった。特に素晴らしいのは、民族運動家のデモだ。ITPに抗議し、民族の根本を取り戻そうと呼びかける集会は、市民の憩いの場だった公園で休日ごとに行われているのだ。

道ゆく人々に焦点を結ぶ立体音響宣伝を貫き、トーキングドラムの音は、高く低く青空に向かって歌いあげる。たったの一節でその場のリズムを支配した太鼓の余韻を、陽気なギターがかきまわす。そして、それぞれの歴史を持ったいくつもの楽器が、秩序が完全に崩壊する寸前までリズムへと乗りこむ。耳になじんだ津軽三味線の音が、遠く離れてもはっきり聞き取れた。

公園では何百という民族運動家と見物の市民たちが、目が回るような民族のマーブルを構成していた。デモ開始当初は横断幕をかかげて殺気立っていたものだが、今ではもはや多民族混成楽団だ。

まだ二月なのに、パーカッションに合わせてサンバダンサーが踊っている。いや、人の集まりすぎたここだけは、熱気のせいでもう春が訪れたかのようだ。行楽客もぶ厚い上着を脱ぎ捨て、隠し持っていた地酒で乾杯している。

あまりほめられない方法で日本人になった謙三は、輪に入ることを躊躇（ちゅうちょ）する。だが、この光景が未整理で前時代的でも、間違いなく豊かだと思った。

街の住民が連れてきたのだろう雑種犬が酒をなめて酔っぱらい、倒れたままぱたんぱたんと芝生にしっぽを打ち付けている。ふと、あの挫折した歌い手の黒い横顔を、人もまばらな公園のすみに見つけた。昼間だというのにウィスキーの瓶を握りしめ、遠くから祭りを見つめている姿に、胸に苦いものがこみ上げてきた。

冬の陽光を受けて樹皮を輝かせる桜の下、背の高いアジア人と話しこんでいるのはジャックだ。謙三が経験伝達で変わってから、前よりは良好な関係になった同僚を、手を振って呼ぶ。気づいたジャックは一瞬表情を固くしたが、謙三に紹介するつもりはないのか、話し相手と別れてこちらへ近づいてきた。

「素晴らしいと思わないか！」

打ち鳴らされる楽器と歌、踊りの足踏みの音に負けないよう、ジャックが耳元で大声をあげた。謙三も叫び返す。

「効率的でなくても、視野がせまくても、素晴らしいものは素晴らしい。歴史の中で積み上げてきた古いものをぜんぶ捨てたら、何を足場にして前へ進むんだ！」

音一郎老人に「文化など淘汰されても自分を合わせるだけだ」と言った、同じ口から出たせりふとは、自分自身でも信じられなかった。この豊かな世界は、失われてはいけないと思った。謙三も運動家たちと同じくらい弱いが、この尊い生命力は守ってやりたい。ただのわがままだが、せめて今ここにいる人々には負けて欲しくないのだ。

国籍もちがうであろう子どもたちが、一斉に歓声をあげる。

青空を斜めに突っ切る機影が、機体表面に生の陽光を蓄えてきたかのように白く輝いている。宇宙から還ってきたシャトルだ。子どもたちの何人かはパイロットを目指しているにちがいない。ごく自然にあるものとして、それを見上げている。民族運動家たちも、口笛や歓声を空へ投げ、手を振った。

宇宙はもう、大多数の〝普通の人間〟にとっても、すぐそこにある。日本人の謙三、そしてアメリカ人やチリ人、インド人やエジプト人、中国人、その他ありとあらゆる地域の人間が、今、空を見上げている。そこにある足場の差異は、地球のもめ事を宇宙へ持ちこまないよう、今のうちに洗い落とされるべき泥なのだろうか。未開拓の惑星へ飛び出すのは、屋台の焼き肉（ケバブ）や豆のカレー（ダール）を頬張っている子どもたちだ。訓練され選別されたエリートではない〝普通の人間〟が、ITPが誘導しようとしている曖昧な《人類全体》を頼りに過酷な宇宙で生きてゆけると、もはや謙三には信じられない。

5

「桜はもうすぐですね」

ばったり会うとは思っていなかった人物に声をかけられ、謙三はひどく焦った。暦はもうすぐ四月。桜が開くのが楽しみで、謙三は最近、研究所の昼休みにもワシントン湖沿いの公園によく立ち寄っている。主任のジャックが、今や私的な席では「ＩＴＰは方針を変えるべきだ」とニューロロジカルの意志決定を批判しているおかげで、副主任の彼は、出さねばならない成果との板ばさみで精神的に参っていた。心情的には謙三も、《何も犠牲にせず使える経験伝達》が可能ならいいと思う。だが、技術的にも政治的にも実現できない目標を、彼までジャックと一緒に追っていたら、日本文化調整接尾辞（アジャスタ）チームは会社に貢献できなくなってしまう。

「鹿沼さん」

濃紺の着物が、光線の角度で微妙な波目をつくっている。謙三にとって、《特徴を強調した日本人（ミフネ）》を使い始めるきっかけになった音一郎氏は、できれば会いたくない人物だった。経験伝達がそろそろ脳を矯正していないか不安になりながら、信号翻訳を続けているからだ。新しいITP基礎構造（アーキテクチャ）の詳細が出たら、謙三は日本文化寄りの新しい調整接尾辞（アジャスタ）案を開発会議にかける。その準備にはまだ知識が必要だ。いや、そんな口実では気持ちをごまかしきれない。今の己でいたいから、かつての恥ずべきケンゾーを、ゆっくりと絞め殺しているのだ。

「お久しぶりです」

と、音一郎氏が会釈する。

「この間は、失礼しました」

と、謙三は《特徴を強化した日本人（ミフネ）》を実装したあの日、老人に不遜な口をきいた非礼をわびた。

「こちらこそ、たちの悪い嘘をつきました」

音一郎氏も軽く頭をさげてくれた。話の接ぎ穂が見つからない謙三のかわりに、音一郎氏が口を開く。

「今年の桜は、私にとって特別なものになりそうです」

老人は穏やかな表情をしていた。どういう意味か聞こうとしたとき、公園をびゅうっと、まだ冷たい三月の風が吹き抜けた。着流しの裾が揺れる。寒くないかとたずねると、古木のような老人は言った。

「この着物は何で出来ているように見えますか？」

音一郎氏はなぜか得意げだ。見たことのない風合いだが、紬だと思った。

「実は少々特殊な化繊なのですよ。どこから流れ弾が飛んでくるかわからない時代にあつらえた、私が初めて袖を通した和服です」

「それが、ですか」

驚く謙三に、彼は満足げに目を細める。

「謙三さんより少し若いくらいのころ、借金取りをしていたのですよ。それで、工場をひとつ差し押さえまして。借金のカタに、売れ残りの布を取ったのです。そのころ取り立て屋の報酬といえば、たいてい現物支給でした。布は、軍の防弾装備にも使われるものでしたから、コートでも仕立てれば粋だろうなどと、もうけたつもりでいました」

その当時のことを思い出したのだろう。老人は舌打ちをした。

「けれど、こやつは頑丈すぎて、細かい裁断ができません。『対刃性能も高い布だから、ハサミどころか縫い針もまともに通らない』と言われましてね。それでも諦めるのは業腹で、苦肉の策がこれです」

音一郎氏が、紺色の和服の袖を軽く振った。洋服を一着つくるには裁断していくつものパーツを作らなければならないが、和服なら一枚布だ。

「38口径くらいなら楽に防いでくれますが、年寄りからは『そんなものに袖を通すくらいなら、紬を着て死ね』とずいぶんたしなめられました」

遠い目で、老人はたぶん、還れない過去を見ていた。

「けれど、冗談みたいに高価な布を見たとき、こいつを自分たちの色に染めてやりたい欲が湧いたのです。ですが、まったくこやつは、三百メートル向こうからでも借金取りが来たとわかるくらい目立つ。おかげでどこも雇ってくれなくなって、廃業です。それで、やくざな商売から足を洗って、まっとうに働くようになったのですよ」

音一郎氏が、白髪を微かに揺らして、豪快に笑った。若き日の彼は、デザインの文化を押しつけることで素材を征服したくて、和服という様式で布を仕立てたのだ。民族音楽家たちが、故国の楽器の音色を街にあふれさせることで、ITPに抵抗しているのと同じだ。

だが、この和服を気に入っていたから着続け、今でもとってあるのだと、その表情が物語っている。謙三もついつい笑ってしまう。

「思えば、あのころ私を叱責した年寄り衆は、ずいぶん文化に敬意のない若造だと思ったことでしょう」

高い空では強い風が吹いているのか、雲が見る間に西へと流れてゆく。公園の土に、民族運動家についてきた胞子が落ちたのか、老人の足下に土筆（つくし）がのびていた。何もかもが、変わらずにはいられないのだ。

「俺も、文化に敬意のない若造です」

「いいえ。今のあなたは、歩き方、所作のひとつひとつまで、完璧に整っています。『男子三日会わざれば刮目して見よ』と申しますが、以前とは別人ですよ。それが、経験伝達というものですか」

見抜かれて、謙三の五体は固まった。老人はつくづく人を驚かせるのが好きらしい。だが、その声は一抹の寂しさを含んでいる。

「新しい時代は、すでに私どものような古い人間の手を離れているのですね」

「新しい時代にも、古い時代の支えが必要ですよ」

《特徴を強調した日本人》に支えられている彼は、そう感じる。今度は老人が、思いもかけない不意打ちを食ったように、目をしばたたかせた。

「今日、あなたにお会いできてよかった」

音一郎氏が言った。不安がぞぞと、足下からはい上がってきた。春の温かい日差しを受けているのに、老人の足下には薄い影しか落ちていないように感じたのだ。

「ジャック・リズリーをよろしくおねがいします」

そして音一郎氏は、いきなり同僚の名を告げられ当惑する謙三に深々と頭を下げた。

それから二週間後の四月十一日、謙三の手元に一本のメモリースティックが届いた。モニタ協力者の抽出データは、いつもならひと月に一度まとめて回ってくる。悪い予感がした。

　ジャックが、真っ赤な目をして研究室に入ってきた。

「鹿沼音一郎氏が亡くなった」

　謙三は、今、指でつまんでいるものが、まさに老人の最後のデータなのだと悟った。

あと二週間で七十七歳の誕生日を迎えるという花冷えの朝、鹿沼音一郎氏は死んだ。眠っている間の、心臓発作だったという。

6

　翌日、謙三が音一郎氏の葬式から戻ると、研究室では同僚たちが、まだ就業時間中だというのに資料の整理をしていた。ＩＴＰの新基礎構造（アーキテクチャ）への移行が、今日の昼休み明けに発表され、新しいＩＴＰの詳細な仕様が調整接尾辞（アジャスタ）開発チームにもおりてきたのだ。日本文化調整接尾辞の新しい仕様をまず決め直さねば、作業をはじめられなかった。方針決定は週明けに回したから、終業時間と同時に全員が帰り始めた。外が暗くなったころには、研究室にはもうジャックと彼しか残っていなかった。

　ジャックは取り乱すこともなく、静かに喪失を受け入れているように見える。今も、近寄りがたいほど集中して、Ａ２判十五枚綴りの液晶布（シート）バインダに表示されたＩＴＰの新仕様解説を読んでいる。視線でなめるように読み、ときおり模式図を太い指でなぞったりしながら、社外極秘の情報を覚えようとしていた。一読で完全に把握できるものではないので最初はあらましだけつかむつもりなのか、ページをめくる速度は速い。重要度の高い開発情報は、情報媒体への転記が禁止されているから、自前の記憶力が作業効率に寄与する度合いは馬鹿にできないのだ。

「大丈夫なのか。今日は、そろそろ帰れよ」

謙三は、葬式の間も思い詰めた顔をしていたジャックに、声をかける。

「先生は、経験伝達の先行きを、孫子（まごこ）の代まで残る大事業だとたいそう楽しみにされていた。今の私にできるのは、これだけだ」

かいま見えたのは悲壮な横顔だった。

「明日からは週末だ。今夜のうちに、更新された基礎構造（アーキテクチャ）の感じだけでもつかんでおきたい」

ジャックの言葉に、仕事でせめて悲しさをまぎらわせそうな様子に、少し安心した。謙三は昼の葬式から締めっぱなしだったネクタイをゆるめた。自分が研究室に残っているのはたぶん、音一郎氏にジャックのことを頼まれたからだ。あのとき老人は「今年の桜は特別だ」と言った。死期を悟った人間に頭まで下げさせるほどの、何かがあるのだと思った。杞憂（きゆう）ならいいが、調整接尾辞の方針を曲げないかたくなさのことを、思い出さずにはいられなかったのだ。

ジャックがまた作業に戻る。静かな空間に、ため息とシートをめくる音だけが響いていた。

「桜が、満開だったな」

謙三は、室内に降り積もる沈黙を溶かしたかった。葬式帰りにも見た、シアトルの桜は今が盛りだ。

経験伝達が普及する時代だからこそ、技術で文化を保護することを考えてゆきたかった。

「公園の桜が美しいのは寿命寸前の木を治療しているからだって、知っているか？」

性能を追い求めつつ同時に保護を試みるなら、ジャックの目指すところと折り合いがつくはずだ。日本文化調整接尾辞(アジャスタ)の再設計に、もっと協力してほしかった。

同僚は何も答えない。作業卓の端末を見ると、時刻表示はもう午後九時だ。

桜の話をしたせいか、謙三は、桜の花びらが空中を舞い落ちるさまを幻視した。最近、記憶がこんなかたちで視界にしみ出ることがしばしばある。花弁を追うように目線を下ろすと、ペラリと音がした。昔で言う新聞紙大のシートをジャックがめくったのだ。そして、二分もしないうちにまた、めくった。シートが尽きると、続きを読むために新しいデータを最初のシートの上に開く。そして、また二分としないうちに次ページへと、スムーズに覚えてゆく。謙三は声をかけた。

「ＩＴＰ本体の仕様書から、おまえの言う《誰もが、何も失わずに使える経験伝達》は、作れそうか」

だが、仕様書ということばを聞いた瞬間、ジャックは、恐怖の形相で視線を泳がせた。その顔は、真っ青で、空調は完璧なはずなのにあごまで垂れるほど脂汗が浮き出ていた。

そのとき、謙三はジャックがこれほど驚いた理由に気づいてしまった。同僚が仕様書を読む速度は、ページあたり二分で、ほぼ一定だ。だが、経験伝達言語の仕様書は、流し読みで理解できるような平易なものではない。なのに今、ジャックは、読み返しせず、速度をまったく落とすこともなく、書類を読めてしまっている。生身を超えた情報摂取速度だということは、今、まさに目の前で、犯罪が行われている証拠だった。

歩み寄ると、ジャックの手からシートの束を、乱暴に奪い取る。

「どういうつもりだ」

ジャックも謙三と同じ経験抽出用のＩＴＰのシステムを埋めこんでいる。だから、経験抽出を開始した状態で仕様書を読めば、同僚が《生身の脳で覚えた》ことは、脳神経状態と神経の発火としてすべて抽出用チップに記録される。脳を利用しているだけで、やっていることはカメラを使った盗撮と同じだ。抽出用チップの記録を解析すれば、難解な経験伝達言語の仕様書だろうが、すべて再現できる。ジャックは、最新バージョンのＩＴＰの基礎構造を、まんまと盗み出せるのだ。

「おまえは、ここのリーダーだぞ」

謙三は、ジャックが今の仕事に見切りをつけたことを、半分納得し、もう半分で情けなく思った。経験伝達には、ニューロロジカルのＩＴＰではない、ＣＨＩＰというもうひとつの流れがある。データを盗み、理想の経験伝達を作るため、ＣＨＩＰ側に持ってゆくつもりなのだ。調整接尾辞（アジャスタ）の研究チームにまわる仕様書は完全なものではない。それでも、この情報漏洩の黒幕がＣＨＩＰ側なら、断片的なデータから仕様の全体像を類推できる。ジャック自身の能力で、ＩＴＰとの性能差を詰めることもできるはずだ。

「君に、私をどうこう言う資格はないはずだ！　いつから君は、私たちをだましていたんだ」

押しとどめていた感情が噴き出したかのように、ジャックが顔をゆがめる。《特徴を強調した日本人（ミフネ）》の不正使用に気づいていながら、今まで黙っていたのだ。

謙三は罪悪感に打ちのめされても、ジャックの行動を看過はできない。

「冷静になれよ。鹿沼氏がおまえのことを心配して、俺に頼んできたんだぞ」

「それは君に都合がいい記憶違いなんじゃないか。今の君は、不完全なＩＴＰが信号を誤読しているケンゾー・ササキの偽物だ。何が記憶から出てきても不思議はない」

――あっけにとられた。ケンゾーが今や謙三であることを、ジャックに知られていたことにではない。今の謙三の中で、ＩＴＰが正常にはたらいていないなら、今の自分は何なのか混乱したのだ。

「経験伝達が脳内で安定動作しているとしたら、私を止めながら君自身の不正は見逃す善悪好悪の判断は、一貫性がなさすぎる。私も、あれが、どういう判断をする性質があるか知っている。ここまで大きな矛盾を起こす状態で、正確に動作するからこそ経験を伝達できる擬似神経制御が、まともにはたらいているとは思えない」

自分の言葉で自分を鼓舞するように、ジャックの声はどんどん大きくなる。今の謙三のことを、信号翻訳の誤作動が生んだ欠陥品だと言い切ったのだ。

謙三も《特徴を強調した日本人》経験記憶の編集にかかわっている。誤訳の指摘はもっともだと思う。だが、どの己が本物であるかをジャックに教えてもらう必要はない。今の彼は、信号翻訳を続け、かつてのケンゾーを脳内に生き埋めにすることを、己の意志で選択しているのだ。第一、彼の状態と、ジャックの盗みが正当化されるかどうかは、関係がない。

「ただの翻訳ミスだ。それを止めるんだ。むしろ合理的な本物の君のほうが、私が言っていることにこそ理があるとわかるはずだ」

ジャックの眉は、威圧的な言葉に反して気弱に下がっていた。冷静なこの男が、老人の名前を出されて動揺しきっているのだ。ジャックと音一郎氏という師弟には、謙三には知り得ない多くの思い出がある。その結びつきがジャックを変えたことが、この頑固な男がそこまで祖国を愛してくれていることが、謙三にもうれしい。同時に、罪なことをしてくれたと、今はもういない鹿沼音一郎を恨んだ。

そのとき、研究室の、彼の正面に忽然と、死んだはずの人物が立っていた。記憶とまったく同じ、まだ花をつけない桜の下で見た、あの日本人らしい曖昧な笑みを浮かべて。

止めようもなく涙がこぼれた。

その姿はまるで、現実を離れ彼岸にたたずんでいるかのように穏やかだ。こんなよみがえり方があるかと、妙におかしくなった。

「ケンゾー。なぜ泣く？　なぜ笑う？」

ジャックが目を見開いて、突然涙をあふれださせた謙三をのぞきこむ。

「鹿沼さんだ」

驚いて、ジャックが振り向き、そしてわけがわからないという表情で彼を見返した。

同僚には知覚できないだろう。これは経験伝達の矛盾が生み出した幻像なのだから。かつてケンゾーの神経連結は、ITP基準値に近かったため、調整接尾辞（アジャスタ）なしでも経験記憶を正常動作させられた。だが、経験伝達には脳を矯正する働きがある。今の謙三は《特徴（ミーム）を強調した日本人（フネ）》に影響を受けすぎてITP基準値から遠ざかり、経験記憶による翻訳に明らかな誤訳が出始めているのだ。だから、それによって異常な擬似神経が構成され、音一郎氏についての記憶が視覚野と結ばれた。

本物の老人はすでに荼毘に付され、骨壺に入っているはずだ。ここで、あの防弾繊維の和服姿でたたずんでいるのは、ただの幻影だ。

それでも謙三は、目を閉じることができない。

彼に何が起こったのか悟ったジャックが、狼狽して立ち上がった。

「今すぐ信号翻訳を止めるんだ。このままでは、どうなるかわからないぞ」

文化によって心臓の動かし方がちがうわけでもないから、擬似神経は不随意運動には影響しない。だが、生命に危険な連結を作る可能性が、まったくないとは言い切れない。

「俺は、彼を見続ける。確かに、ここにいるぞ。ジャック、ちょうどおまえの後ろの窓あたりだ。鹿沼音一郎が、おまえを見ているぞ」

体のバランスを崩してよろめきながらも、ジャックの目を見すえた。

こんなときだからこそ、老人も交えて、話したいことがたくさんあった。なのに先人はいつも、後に続く者に問いだけを投げて、先に逝ってしまう。いや、音一郎氏は今、ここにいる。

「自分が正しい自信があるんだろう、ジャック・リズリー。腹の底から何も恥じることがないなら、俺と、彼も交えて三人で話そうじゃないか」

「趣味の悪い思いつきだ。信号翻訳の結果か？　それとも、君のもともとの性格か」

故人との思い出を人質にとられた同僚が、椅子にどっかと尻をつき、吐き捨てた。そして、目を真っ赤に充血させて、熱いため息をついた。指を何度も組み替えるたび、ジャックは、あきらめと今できることを探る努力を、どう伝えられるか迷うふうでもあった。

「文化を残すために一番必要なのは、技術によけいな干渉をさせないことだ。カメラのレンズに色がついていたら、あるがままの姿を残せない。だから経験伝達技術は透明であるべきだ」

顔に苦悩のしわを刻んだジャックが、なおもことばを絞り出す。

「我々が作っているのは、ただの便利な道具ではない。正確に伝達し、保存するための基盤でもあるべき大事業なんだ。経験伝達がすべての人間の手にわたるほど普及して、すべての文化を経験記憶の形で保存できるようになれば、世界はいやおうなく変わる」

同僚の顔が、純粋だが危うい正義感にゆがむ。

「もう少しなんだ。もうすぐ経験伝達で、整理していつでも取り戻せるようになる。なのになぜ、今このゴール直前で文化を切り捨てて実用を急ぐ？　日本文化だけではない。街中で楽器を演奏する人々が大切にしているものを、経験伝達で守れなきゃならないんだ」

その主張に道理がないとは思わない。だが、ジャックたちの犯罪行為も、必ず後でバレる。これが元で、ＩＴＰを推進する英語圏と、ＣＨＩＰを中心に寄り集まった非英語圏との摩擦が激化する可能性もある。

「守る必要がないとは言わない。けど、デモの手段が音楽なんて、鹿沼氏たちの時代よりずいぶん平和じゃないか。だから俺たちは、最低限のルールを守るべきじゃないのか。あの宇宙から還ってきたシャトルによろこんでいた、デモの子どもたちは、望むなら月にでも火星にでも行くべきなんだ。文化を守るために戦争に出て死ななきゃならない時代なんか、押しつけていいわけないだろ」

声を荒らげた謙三は、ジャックの黒いスーツの肩に、再び、ひとひらの桜を見た。

その瞬間、鼻先をひらり、ひらりと小指の爪ほどの白くやわらかいものが舞った。

桜の花弁が何十となく、軽すぎる雪のように、降る、降る。春の幻のように。

不思議に思った瞬間、音一郎氏の背後に桜の大樹があった。大きく広がる黒茶の枝ぶりに万燭（ばんしょく）を灯すように、花が満開だ。ほんのり赤みのさした白い花弁のなめらかさ、花心の色づき、そのひとつひとつまでが、はっきり感じられる。美しいという認識と関連を持つ情報が、判断能力を押し流すまでにふくれあがる。

同時に、擬似神経が連結させた幾百の桜の光景が、謙三の二十九年の生涯で記憶に残ったすべての桜が、爆発するように眼前に現出した。

「ケンゾー！　おい、ケンゾー」

ジャックに腕を摑まれて、自分が尻餅をついているのだと気がついた。

うまく言葉にならない。だが、この言葉にならない絶景を脳から引き出したのも経験伝達だ。脳の奥底から引き出され、むりやり視界にコラージュされた千の幹、十万の枝、幾千万の花が、遠近を無視し、壁や机とも重なっている。そして見惚れて酔えとばかりに流れ、きりもみし、乱れ落ち、時の感覚すら忘れさせ、凝視すると消えてしまう薄桃色の花弁。

息をするたび冷たい花弁が口に飛びこんできて、のどが詰まりそうで呼吸が苦しい。

「ジャック。確かに技術は俺たちをとりまく環境を変える。だが、文化は残る」

全身に鳥肌が立った。

頭上で鳥が鳴き始めた。見上げた先にも桜の枝があって、花の合間を、小鳥が跳ねてはくちばしを突っこんでいた。その重みで微かに花房が揺れる。

歯がカチカチと音を立てていた。降ってくるその白い雨に手を差し伸べる。ただの幻覚なのに、目尻から熱い滴がこぼれて止まらない。

絵のようなこの世界は、謙三の中にあったものだ。無数のモニタから抽出された《特徴を強調した日本人》と、それに影響を受けた彼の脳が、記憶をこの形に編集したのだ。だが経験記憶を使おうと決めたとき、この世界はひとりで溺れる暗い海のようだと思った。だが弱い彼らが、同じ溺れる者が積み重なって支えるこの光景は、まるで夢のようだ。桜の樹の下には屍体が埋まっていると誰かが言った。今この目がとらえる美しさの下にも、長い歴史の中で何億という先人の死体が埋まっている。その生の中で感じていた価値観から、養分を吸い上げている。そして謙三もまた、その死体と予備軍の列の中で、何らかの位置を割り当てられているのだ。

「信じろ。絶対に、俺たちはこれを切り捨てられない」

ジャックのスーツを摑み返した謙三の手は、まだおさまらない衝撃に、がくがくと震えていた。

彼らは決して、文化を捨て去ることはできない。生前、音一郎氏も、「和服を着たはじまりは、高価な布を見て征服してやりたくなったからだ」と言った。文化的土台は、日々、彼らが直面している何万何百万という選択の中に、思いもかけないかたちで顔を出すのだ。離れられるものかと、拳でまぶたをぬぐう。

ぐいと、脇の下から力強い手で持ち上げられ、謙三の体は空いていた椅子に座らされた。礼を言ったが、ジャックはこたえず自分の席に戻る。そうして、床に正座しているかのように、両の拳を太ももに置いて考え始めた。

薄桃色の淡雪は、まだ降り続けている。

謙三の体内時計は、呼吸の間隔にすら迷うほどおかしくなりつつあった。擬似神経はどこまで幻覚を積み上げるのだろうかと怯えながらも、何度も深呼吸して息を整える。音一郎氏の姿は、今もじっとふたりを見守っている。彼らも長い間、動かなかった。

最終的には、これはジャックの問題だ。だから、考えて決断するのもジャックだ。それに立ち入れるほど彼らは親しくもない。何もできることがなくなったから、ポットのところへ行って、煎茶を二杯いれた。ジャックは熱い茶を一口、二口、そしてあっという間に全部飲んでしまった。

「もう一杯、いれてくれないか？」

ジャックが研究室に持ってきた茶葉で、また煎茶をいれてやる。やり方は、《特徴を強調した日本人》が知っているから、手慣れたものだ。

「うまいな。先生がお宅で使っている茶葉と同じものを買ったが、私にはうまくできなかった」

二杯目を飲み干すと、ジャックは目を潤ませ、まだ湯気をたてる湯飲みを懐かしそうに見た。

「君も何度か飲んだだろう。間違いない。ケンゾー、これは先生がいれた茶だ」

心臓が跳ねた。一瞬、桜吹雪の中、今はもう先人の列に加わっているだろう音一郎氏の幻が、笑った気がした。《特徴を強調した日本人》経験記憶は、謙三たちの研究室にあったデータから、基準値をイメージするための対照物として編集したものだ。だから、日本文化調整接尾辞の抽出モニタだった音一郎氏の抽出記憶は、たしかに《特徴を強調した日本人》に混じっている。

「ＩＴＰでは、私が目指した何も失わない経験伝達は不可能でも、君の追う、失ったものを別のもので補完することなら達成できる、か。新しい世代では、自分自身のありようを意識的に選択するようになるのかもしれないな」

ジャックの詠嘆の意味は、そのときピンと来なかった。だが、すくなくとも本人は満ち足りた表情をしていた。

「俺だけ花見で悪いが、もう一杯、飲むか」

声をかけた謙三に、日本人のような曖昧な微笑で、アメリカ生まれのジャック・リズリーが返す。

「その前に、データを処分してほしい。私はもう、ここにはついてゆけないが、何も持ってはいかない」

7

記憶領域に保存されていた抽出データの消去は、謙三が研究室の機材で行った。音一郎氏を見送りに参加させてやりたくて、まだ信号翻訳は切っていない。桜は舞い続けている。

研究所に入るとき、ジャックも彼と同じように、「機密を守るため退職後五年は同カテゴリの研究機関に入らない」という契約書にサインをしたはずだ。だから、ＣＨＩＰ側の研究機関に行くことが決まっているのなら、身元を隠さなければならない。もう会うことはないだろう。

　情報消去が完了した。時間は午前五時を過ぎている。

　ニューロロジカルの正面ゲートを堂々とくぐって外に出ると、日の出を待つ紫がかった空が、彼らを迎えてくれた。

「先生や君との思い出は、言葉にならないことが多すぎる」

　別れ際、ジャックがそう言った。

「それもすぐに、技術で伝達できるようになるさ。今はもう、火星に人が住む時代だぞ」

《特徴を強化した日本人》の影響下でも技術信奉を取り下げない謙三に、ジャックが苦笑する。謙三は、そしてジャックは、これから何をつかみ取ってゆけるだろう。

「今日まで、ありがとうと、私の知っているケンゾーに伝えてくれ。先生にも、よろしく言ってほしい」

　そしてジャックは、もうこの世にいない老人の脇を通り過ぎ、虚像と実像、両方の桜散る公園の向こうへ旅立った。一度として振り返ることなく。

　謙三も、今がけじめのつけどきだった。経験伝達を止める寸前、音一郎氏にもう一度礼を言う。そして、信号翻訳の停止コードを送ろうとし、この期に及んで迷った。謙三に、最後に訪れたのは、眼前の絶景への理解と戦慄だった。涙はない。自分たちの前途が祝福されているのか、喩えようもなく不吉なのか、彼にはわからなかったからだ。

経験伝達は、文化を平らにするどころか、空前の開花と播種の時代を招く。

確かに民族運動家たちのデモは、経験伝達が使用者の脳を英語圏文化に近づけることへの反発からはじまった。だが、《特徴を強調した日本人（ミフネ）》を使用した今の謙三のように、経験伝達による脳の矯正で民族文化の根を食いこませることもできる。洗脳ぎりぎりのところへ踏みこんででも、この桜花の幻を構築した美意識を、自分の意志で組みこむ者は必ず出る。彼らが実験した農業プラント技師のような実用の知識経験ではおさまらない。経験伝達の時代に、《特徴を強調した日本人》のような経験記憶が編集されないと考えるほうが不自然だ。自己矯正のための経験記憶は、種を蒔（ま）くように、世界にあふれる。

そして、死体の山と、その養分を吸う桜は、人間を媒介にして火星に、もっと遠くの宇宙へと広がってゆく。去り際に、「新しい世代では、自分自身のありようを意識的に選択する」と言ったジャックは、この可能性に気づいていたのだろうか。結局、文化は技術を取りこみ、力強く生き抜いてゆくのだ。

このすべてに影響を与え、飲みこみ、実体をつかませない、地球外にまで触腕をのばそうとするものを、彼らごときが保護するも何もあったものではない。

乾いたおかしみと誇らしさの中で、すでにみずから文化矯正を選んだ彼は、翻訳を停止させた。《特徴を強調した日本人》なしでも自分が謙三のままである意味を嚙み締め、押しつぶしてしまったかつてのケンゾーのために固く目を閉じる。罪悪感とも後悔ともつかない衝動に突き動かされる己を、叱咤（しった）した。何を落ちこむことがある。

かつての、文化から切り離されていた自分の残滓（ざんし）がささやく。世界中に繁茂する文化の苗床は人間だ。これは、原始的な反応を文化教育で矯正されて、振る舞いや情動を表出しているのが、人間だということだ。ケンゾーが謙三へとスムーズに変わったこと自体、考えていたのも感じていたのも、自分ではなく文化という生きものだったからだ。彼は、身につけた《特徴を強調した日本人（ミフネ）》のような文化の立ち位置をフィルターにして、反応を内や外に排出していただけかもしれない。自己矯正が一般化した未来には、いつか死体になったときどの文化の下に積み重なるかを選ぶことが、自己を語ることになるのかもしれない。

だが、笑って「矯正してよかった」と言えばいいとわかっていても、その簡単なことが、できない。

目を開くと、故人の幻はすでになく、花すら消え去り、彼は永遠にひとりだった。広がるのはただ、同じ溺れる人々が積み重なってできた、桜が根を張る豊穣な大地。

allo, toi, toi

った。

二〇九〇年五月二十二日、ダニエル・チャップマンは、当時八歳だったメグ・オニールを殺害した。オニール家の両親が、メグが戻らないことに気づいたのは翌二十三日の朝だった。

飲食店に勤務するチャップマンは、最初に疑われた被疑者のひとりだった。メグと親しげに話しているところを目撃されており、失踪当日にドラッグストアにいっしょに来ていたのが、店内カメラで撮影されていたのだ。

同月二十四日、チャップマンは重要参考人として事情聴取を受ける。その後、チャップマンは犯行を自供。供述通りに警察は、ポリ袋に入れて近隣の林に埋められていた遺体を発見する。死体は、服を剝ぎ取られて四肢を切断されていた。

メグの殺害場所はチャップマンの自宅リビングで、少女が切り刻まれてバラバラにされたのもこの場所だった。

児童性的虐待（CSA）の多くは顔見知りによって行われる。母が娘に不審な兆候を目にしたとき、最初に疑うべきは家族や、子どもにごく近い人間であり、次が顔見知りである。犯人チャップマンは、後者の顔見知りだった。

調査では、小児性虐待者（チャイルド・マレスター）のうち、成人の異性にはまったく性的興味を示さない者はごく少数だ。チャップマンは、男性であり、かつ児童成人両方に興味を示す、小児性犯罪者のうちでもっとも大きな群（ぐん）に属していた。

*

チャップマンはゴム手袋をはめて、朝食で出た大量の汚れ物を洗っていた。刑務所に入る前の彼は平凡な男だった。ダイナー（プレハブ式レストラン）でパートタイムで働き、そこそこの勤労意欲で月並みよりすこしすくないだけの収入を得ていた。飲食店に勤務していた経歴から、食堂（キッチン）での労働が割り当てられていた。ここの内部はひとつの社会だ。毎日働く義務があり、少額の報酬を得て、それを使ってサービスを買う。

彼は冷たい水で、凶器になりにくいようプラスチックで作られたフォークを洗う。二十一世紀になっても食器洗い機すらないのは、刑務所内に仕事が必要だからだ。彼は、視線を落として食器を乾燥桶に入れる。流し場は寒く、朝早くから働かねばならないからキッチン作業は人気がない。

ダニー・チャップマンは、二〇九〇年のうちに、懲役百年の刑を受けてワシントン州のグリーンヒル刑務所に投獄された。ワシントン州には死刑がないため、犯罪者に与えられるもっとも重い刑は、二度と出られない長期の自由刑だ。このため治安が最悪だった二〇五〇年代には、刑期百年を超える懲役囚が大量に入獄したことで、州は深刻な刑務所不足に陥った。グリーンヒル刑務所は、元は少年刑務所だった施設がこの時期に転用された、新しい重犯罪刑務所だ。

乾燥桶に入った食器の重さを量って、なくなったものがないことを計算してから、アナウンスが発せられる。

〈ダニー・チャップマン、帰ってよし〉

彼の背後にいた三次元映像（ホログラフ）の刑務官が、乾燥桶をチェックして、手で合図を出した。

二十一世紀末の重犯罪刑務所は刑務官の人数がすくない。刑期が百年を超える囚人がごろごろいるせいだ。つまり、囚人が多すぎて経費が刑務官に回らない。その上、こうした事実上無期の囚人たちは、刑務所内で人を殺して刑期が百年上積みされることと、囚人仲間に舐められることを比べれば、かならず前者を選ぶ。刑務官を増やしても、刑務所内社会を制御しきれないのだ。

チャップマンは、キッチン作業者のリーダーにあいさつをして持ち場を離れた。ひとりだけ水仕事をせず、他の囚人を監督していたリーダーが、さっさと行けと顎をしゃくった。刑務所社会の頂点は、腕っ節と粗暴さと狡猾さで成り上がった人間か、あるいはギャングの顔役だ。キッチン作業のリーダーも、殺人教唆と麻薬取引で三百五十年の懲役を受けたメキシコ系のギャングの幹部だ。人類が火星に植民をはじめようかという時代なのに、刑務所の社会は時間が百年遅れているかのように保守的だ。

廊下の高い天井につけられたカメラが、チャップマンに反応して自動でレンズを向ける。彼らが身につけている安っぽい白い腕輪で、管理側は常に囚人の位置を把握している。管理の中心は自動化された監視だが、三次元映像の刑務官もしばしば目に入る。人間の姿が視界に入るほうが秩序が保たれるためだ。五人にひとりは本物の人間だから、まるっきり無視することもできない。

刑務官が、チャップマンを無視して、廊下に出てきた大柄な黒人に声をかけた。

「おい、リッキー、今日は面会だそうじゃないか」

名前を呼ばれた四十代の強盗犯が、黄ばんだ歯を見せて刑務官に笑いかけた。

ここではよく暴動が起き、嫌われている刑務官は私刑にあって殺される。だから、管理側のスタッフも囚人に友好的だ。だが、そんな刑務官たちも、チャップマンには話しかけない。性犯罪者は刑務所内で最下層民としてあつかわれるからだ。

ここでのチャップマンの、キッチンの食器洗い以外の仕事は、殴られることだ。性犯罪者は男らしくないと難癖をつけられて、暴力のはけ口にされるのだ。

よく掃除された廊下で、他の囚人とすれ違うたびチャップマンは小突かれる。口答えをしたり目が合ったりすると殴られるから、自然にうつむいて歩くようになった。刑務所では、それ自体が懲罰である管理された単調な毎日が続く。このせまい世界では、未来に明るい展望はなく、後悔と不安からくる鬱屈を解決するもっとも手早い手段は、同じ囚人を虐待することなのだ。

チャップマンの毎日は、キッチンと自分の住居房を行き来するだけの乾燥したものだ。すこしでも目に付けば、誰かの悪意を浴びるからだ。

どうしてこんな目に遭っているのだろうと自問する。グリーンヒル刑務所に、罪を悔いながら日々を送る囚人はすくない。後悔してここから出たいとは思うが、それは社会生活ができるように努力して変わりたい気持ちとは似ているようでちがう。

「よお、元気そうだな」

突然、声をかけられて、顔をあげた。出っ歯でまぶたがはれぼったい、黄色がかった肌をした白人の大男だ。一番見たくなかった顔だった。

数日前までチャップマンと同房だった、エヴァンズという若いギャングだ。麻薬密売組織の大物のドラッグディーラーで、懲役六十年の刑を受けていた。

彼を食い物にして、刑務所内の地位を保っている男だった。

チャップマンは声が出なくなって、ただ口をぱくぱくさせていた。エヴァンズは、明確な支配力を維持していることを確認すると、父親が子どもにやるように彼の頬を軽くたたいた。

彼が立ちすくんでいる間に、エヴァンズは悠々と刑務所作業のために去っていった。早くひとりになりたくて、チャップマンは震える足を必死で動かした。キッチンからの廊下を少し歩くと住居房がずらりと並ぶ区画に出る。幅十メートルもある広い廊下の両側には、鉄格子がはまっている。この鉄格子には入り口が切られていて、奥にはそれぞれ一辺三メートルほどの狭い空間がある。囚人たちは原則として、ここに二段ベッドを置いて二人ずつで生活するのだ。

チャップマンが、中が丸見えの房のひとつの前に立つと、入り口の鍵が自動で開いた。内側は、トイレと一台のベッドがあるだけの簡素な空間だ。

入所から半年間は、夜の寝入った頃、同房のエヴァンズに蹴られたり踏まれたりすることが日常だった。房内は、襲撃や私刑、強姦事件の現場になることが多いため、ドアを閉めると部屋の囚人か刑務官の腕輪にしか反応しない鍵がかかる。だが、その防壁も、同房の囚人が手引きをすれば無意味だ。腕輪の反応だけでも、私刑が行われていることを知るのは容易だ。だが、刑務官はたいてい囚人を助けない。巻き込まれて死ぬのが嫌だからだ。だから、昼休みに次のキッチン作業が入るまで他の囚人に殴られないだけで感謝できた。

毛布を抱えてベッドに腰掛ける。昨晩も、移植手術で入院していた病院から戻ってきて、ずっとここでぼうっとしていた。昨日から彼は、実験協力と引き替えに、住居房をひとりで使えるようになったのだ。

耳の後ろに手術で設置したばかりの端子に、そっと指で触れていた。

この端子は、チャップマンの頭に移植された脳の拡張機器に接続されている。耳の後ろの端子をいじりながら、ここにケーブルを接続されたときのことを思い出していた。接続からわずか数分後には、移植手術前は複雑だと思っていた今回の実験内容を、完全に理解できるようになった。手軽に頭が良くなったようで、これなら悪いことにはならない気がした。ＩＴＰ（Image Transfer Protocol）という制御言語で動く彼の脳内機器は、擬似神経を人工的に構成することで、彼が本来持っていない経験や感覚を作り出す。他人の経験をまるごと伝達できるこれで、彼は直接に脳を、情報を理解している状態にしてもらったのだ。

彼は、このシステムの開発元であるニューロロジカル社が性犯罪者の矯正のため売り出す新機能を、脳内で運用したいと打診された。そんな実験モニタとして選ばれる彼だから、安心できる時間が作れると、自然に少女のことを考えていた。

チャップマンは少女が好きだ。内側からはちきれそうな肌をして、それでいて骨や肉の重さを感じさせない身体が、美しいと思う。大げさな仕草を見ると、なくした大切なものに触れられた気分になる。笑ってもらえると、何かに許されたようでほっとする。ちいさなことで沈む横顔も、転んで膝や肘につけているちいさな擦り傷も、すべて愛おしい。人間のもっとも輝く季節だと、こころの底から信じている。

知らないうちに、息が荒くなっていた。沈んだ刑務所の中が、少女のことを考えるときだけ鮮やかに色を蘇らせるようだ。たまらず毛布に顔を押しつけた、そのときだった。

「*allo*（もしもし）、*allo*（もしもし）」

不意に、耳元に、かわいらしい声が聞こえた。胸の奥をノックするような、甘い声だ。男性を知らない、まだ恋を知らない声だ。好きになってもらうよろこびと、褒めてもらうよろこびがまだ分離していない、打算が最少の好意が響く。想像ではない、本物の少女の声だった。

こんなところに、女の子がいるはずもない。顔を上げても、房内にいる人間はチャップマンだけだった。

けれど、あまりに鮮烈で、幻聴と片付けられなかった。

四肢に力が戻ったように、じっとしていられなくなって、ベッドから降りた。刑務所で彼が普通にすらなれなかったのは、〝愛情〟を向けるべき少女がいなくて、何もやる気が起きないからに思えた。

耳の後ろのＩＴＰ端子に、指で触れた。手術を受けたこれが、さっきの蜜を垂らしたような声を聞かせてくれたのだろうか。そう考えているうちに、円筒形の端子を、少女の乳首を愛撫するように指の腹でこね回していた。そうしていると落ち着いた。

*

グリーンヒル刑務所に足を踏み入れて、リチャード・ゲイがまず感じたのは、湿った空気と監視で成り立った秩序の重さだった。

彼は、擬似神経分野の最大手であるニューロロジカル社で、制御言語ＩＴＰの使用法を研究する科学者だ。そして、裕福な黒色人種で、中国系カナダ人（チャイニーズカナディアン）の妻との間に十歳の子どもをもつ父親でもある。

彼らが可能性を探っているＩＴＰは、人間そのものを記述できる。つまり脳内に人工の神経連結（Neuronstructure）を適宜構成することで、人間の脳が達成できることならすべて再現できる。この性質を利用して、経験や感覚自体を伝達することが、現在のＩＴＰの主用途だ。だが、脳内に擬似神経を構成することには、〝先〟がある。脳内に本来存在しない器質を作りだし、人間の脳が自然には持ち得ない機能をも獲得させられるのだ。

ダニエル・チャップマンに記述した〝アニマ〟は、その成果のひとつだった。未来をひらく実験だったから、リチャードは、刑務所に戻ってまだ三日目のチャップマンと会って、面食らった。

テーブルと椅子が置かれただけの面会室で、チャップマンの顔はあざだらけで、頬も目のまわりも腫れ上がっていたからだ。殴られたとしか見えない顔で、彼は座って待ち続けていた。四人の背後に、四十代の刑務官が油断なく立っていた。

リチャードは、被験者からのデータ採取を担当していたから、素知らぬ顔の刑務官に抗議しないわけにはいかなかった。

「ここの監視体制は万全じゃないのか」

「監視はしていました。エヴァンズというドラッグディーラーと仲間が、彼に日常的に暴力を振るっているんですよ」

「わかってるのに、どうして止めないんだ」

「子どもをレイプしたやつが袋だたきに遭うのは、ここでは自然なことです。囚人たちが当たり前だと思うことを全部止めていたら、暴動になりますからね」

ベテランらしい刑務官も、チャップマンの安全については諦めている様子だった。

暴行を受けた男は、猫背になって机をじっと見ていた。外の世界を拒絶するように。

リチャードにも子どもがいるから、メグ・オニール事件には不快感を覚えていた。だが、彼は仕事でＩＴＰの使用感を尋ねに来ている。〝アニマ〟が実装されたチャップマンの脳内には、擬似神経による新しい器質が形成されている。被験者がこれに違和感を覚えていると訴えてきたら、実験を中断しなければならない。

だから、精一杯友好的に見せようと指を組んだ。

「ダニー、今日はデータ採集と、使用感の聞き取りに来た」

リチャードには小児性虐待者（チャイルド・マレスター）で殺人犯のチャップマンとどう接してよいかわからない。臨床してくれている精神科医は、リチャードと被験者との間に人間関係を結ばせる方針で、積極的に助け船は出してくれない。

チャップマンは暴力にさらされた傷跡がなくとも異様な男に見えた。隔たりを感じるのは、リチャードが、人格をよくは知らないこの被験者を嫌っているからだ。嫌っているのは、子を持つ父である彼にとって性犯罪者が危険だからだ。

この「嫌い」と「好き」のことを、リチャードは、今回の実験を説明するため、チャップマンに『ケーキと甘味と脳』を例に話した。つまり、我々はケーキを食べると、それが「甘いから好き」だと思う。だが、味覚が脳内でどう扱われるかというと、好き（欲求）を生じさせる脳の報酬システムは、質として食べ物に甘味を感じなくても、カロリーさえ高ければはたらく。つまり脳にとっては、快か不快かという情動は、甘いや苦いといった質の分析とは神経経路自体が分かれる。「好き嫌い」は、言語で書くと「甘いからケーキが好き」と一繋がりの情報にまとまるが、脳神経伝達の経路では整理されたかたちをしていない。

整理されていないからこそ、リチャードの脳内で仕事への動機づけ（モティベーション）と嫌悪感が、彼を板挟みにしている。

チャップマンが、彼の顔を上目遣いにじっと窺っていた。

「覚えてる。『人間は、ケーキが好きだから、それは甘い』、の人だ」

チャップマンはリチャードのたとえ話に勝手に「だから」と接続詞を加えて、「好き」の結果として「甘い」のだとしていた。だが、この操作は、記憶の欠損がない場合は、脳の器質ではなく言語の問題だ。言語は、簡便な道具として扱えるよう、脳が受け取る刺激のパターンよりすくない語彙（ごい）で回されている。だから、しばしば記憶や習慣をもとに、情報を恣意的に整理してしまう。

ただ、言語と脳の情報整理のズレが生んだ錯覚だとわかっていても、リチャードは殺人犯の言葉に恐怖を感じた。

「ふたつ並んだ記述を、そうして原因と結果の関係だと考えるのは、記憶と習慣からくる間違いだよ。結びつけるにしてもせめて、『人間は、甘いものが好きだから、脳が甘味に反応する器質を持っている』くらいじゃないかな」

これほど恣意的に扱われる「好き嫌い」が、その実、人間の行動や嗜好の動機（モティベーション）を支配しているのだ。人間が他の動物と変わらなかった大昔、食餌（しょくじ）や異性のような生物として必要なものと、拒否すべき危険とを、入力情報への「好き嫌い」で区別して生きてきたころと同じだ。この「好き嫌い」の整理を、脳のはたらきと関係なく発展した言語に頼っていることが、社会の深部にひずみを及ぼしている。

チャップマンは、うんざりしたように机に目を落とした。とはいえ、リチャードは〝アニマ〟の実験について、最終確認をとらねばならなかった。

「ダニー、君の脳内には、今、〝アニマ〟と我々が呼んでいるITP神経構造体が組み込まれている。ITPでつくったこの新しい器質は、脳内で、君に《現実の少女よりも報酬が大きい》、つまり魅力的なビジョンを提示するものだ」

チャップマンがうなずいたから、リチャードは話を進めた。

「子どもは、性的な関係を持つ対象としては、本来刺激が大きいわけではない。子どもにとっておとなとの性行為が苦痛であるように、おとなにとっても、身体が未熟で性行為の経験もない子どもとの性的関係で、強い刺激を受けることは難しいはずだ。つまり、子どもを性的対象とする快楽の強さは、隠されたものである背徳感や、社会が子どもに付加した良いイメージに依存している。この時代に、君たちが子どもに性欲を向ける理由は、肉体的に満たされる予感ではなく、社会が与えた『好き』への誤解だということだ」

チャップマンの小児性愛は、まさに動機のコントロール不全が生んだ問題のひとつだ。そして、リチャードたちはこの「好き」という巨大な怪物に挑んでいた。

「ダニー、君の中の〝アニマ〟は、きっと君におおきな変化をもたらす。けれど、脳を直接書き換えたりはしない。〝アニマ〟は、つかず離れず、必要なときいつでも相談に乗ってくれる最良のカウンセラーになるはずだ。そうすれば君は社会や自分自身への欲求を、内心だけで片付けられるようになる。こころの中だけでなら犯罪にはならないからね」

〝アニマ〟は、性犯罪者の脳内にITP神経構造体を移植することで、社会的に無害にしようという試みだ。脳内に理想の異性――〝アニマ〟が現れて、チャップマンの意識の表層にまだのぼってすらいない欲求を読み取って、声をかけるのだ。

「出てくるのは、かわいい子なんだろうな」

「君がイメージできる一番かわいい姿だと思うよ。矯正具だから、被験者を犯罪に駆り立てることに荷担しない制限がかかっているけれどね」

リチャードは、どうしてこんな断りを入れたか、自分でもわからなかった。たぶん、理性でわかっていても、殺人犯と対面しているのがおそろしかったのだ。

「わかった。実験に協力するから、俺の頭の中のテレビのスイッチを入れてくれないか」

「約束だったね」

「ITPを使って、脳に直接音を聞かせたり、画面を見せたりできるんだろ」

「ああ、でも視覚と聴覚にテレビ放送を割り込ませるから、身の回りのものを見聞きする感覚に、強引に画面や音声が重なる。日常生活をしながら見るのは危険だよ。決められた休憩時間にしか作動しないようになっているから、座るか横になるかして使ってほしい」

リチャードは、システム起動用のメモリースティックをわたした。チャップマンがそれを、おっかなびっくり首のITP端子に挿入した。

視界にテレビ画像が現れたのだろう、チャップマンが背筋をびくりと震わせた。そして、鬱血して腫れた顔を微笑ませた。

このグリーンヒル刑務所のテレビは、談話室に一台あるきりだ。チャンネル権はあまりに貴重すぎて、ギャングの幹部ですら自由にできない。だから、チャップマンが普通の手段で望む番組を見ることなどあり得ない。それがわかっているから、被験者は埋め込み機器を使って、脳内でこっそり受信したいと要求してきたのだ。

刑務所内の廊下はきれいだ。掃除を毎日の労働として割り当てられた囚人が多数いるからだ。掃除担当が多数いるとは、作業の最中に囚人の生活が監視され、噂がすぐに広がるということでもある。そして待遇がちがうという嫉妬は、ここでは容易に殺人の動機になる。

ひとり脳内テレビ番組を鑑賞してにやつくチャップマンを、刑務官が不潔なもののように見下ろしていた。被験者が隠れてテレビを見ていることを、刑務官が他の囚人にしゃべるのではないかと心配になった。

「被験者の安全はだいじょうぶなんだろうね」

刑務官は、知らぬふりをした。チャップマンも罪を悔いる様子すらなく、神経を直接刺激するテレビに没頭していた。

そんなどうしようもない時間が、一分以上も続いた。会話がなくなると、殺人犯だらけの重犯罪刑務所の壁から、重苦しい空気がにじみ出るようだった。理性としては、自分の恐怖は、事前知識が生み出した社会的なものだとわかる。だが、感覚は自由にならない。人間と人間の距離が近すぎる刑務所という環境では、特に緊張がおさまらない。

チャップマンが殴られていた間、ただ見ているだけだったろう刑務官が、ぽつりと言った。

「子どもをレイプして殺した犯罪者を、囚人のリンチから命がけで守れということなら、私は保証しかねますね」

リチャードは、正義を為せと逆に開きなおられたようで、目をしばたたかせた。たぶん子どもを守れという社会の圧力が、ここでの正義なのだ。刑務所は、囚人が社会生活できるよう矯正する施設だからこそ、ひどく保守的だ。

刑務官が、帽子をかぶり直した。

リチャードも、文化を足場にとった上でしかものごとを判断できない。だから、あれだけの罪を犯しておいて、よだれを垂らしてテレビを見ているチャップマンが、罰せられるべき怪物に見えてしまった。

*

自分がどんな人間かと問われれば、平凡そのものだとチャップマンは答える。

学校の成績もほどほどで、スポーツもほどほどで、稼ぎはそれにすこし足りないぐらい。そんな平凡な人間だから、テレビが好きだ。退屈をまぎらわせられるし、普通の暮らしでは見られないものを見せてくれるし、何よりタダだ。

彼がとりわけ愛情をもって鑑賞するのは、子ども番組だ。内容もわかりやすいし、不愉快なことはないし、何より子どもが出ている。テレビに出てくる子どもたちは、みんなかわいらしい。特に公共放送のレベルの高さは、瞠目に値する。おしゃれでありながら、子どもらしさを踏み外すことのない服装に、チャップマンはうなる。今日一日が重要だと理解している全力投球の活発さにつられて、身体を動かしてしまう。何より、笑顔だ。黒人でも白人でもエスニック系でもアジア人でも、こんなにたくさんの子どもの笑顔に、癒されない者などいない。子ども時代、人間は、透明なきらめきを放つように、ただまばゆい。

「性的すぎる」

ベッドに横になって、チャップマンはつぶやいていた。昼食の食器洗いが終わると、キッチン作業の受刑者は夕方五時まで休憩がもらえる。だから、面会室で実験についての説明を聞き流した後は、思う存分テレビを見ていた。

視聴覚を直接刺激する三次元画像と音声は、映画館にいるような迫力と臨場感だ。だからこそ、チャップマンは目がくらみそうになった。コマーシャルに、まだ十歳にもならないくらいの少女が映っていたのだ。お菓子の宣伝で、ピンク色の長い舌を出した少女が、ポルノグラビアのように大きな飴に舌をはわせていた。なめていた飴が溶けて、途中でチョコレートやホワイトチョコレートになって色まで変わるのだ。

チャップマンは、高ぶった気持ちを鎮めるため、両太ももで強く毛布をはさんだ。

「誰が見るかわからないメディアでは、宣伝は、道徳を考えるべきだ」

久しぶりに子ども番組を見て、彼はしあわせに浸った。息は荒くなり身体が火照(ほて)っていた。汗ばんだ囚人服の襟に指を入れて、首筋の肌に貼り付いた布地を剝がした。

あのリチャードという男は、本当の愛情を知らない。この熱の支配力を味わっていたら、刑務所に入っているはずだからだ。

子ども番組を放送しない時間になると、子ども向けのお菓子やオモチャや育児用品の宣伝を探して、チャンネルを切り替える。子どもをけなすことばは、どこにも聞こえない。子どもは社会の中で万能の〝素晴らしいもの〟として輝いている。アメリカは、この数十年、少子高齢化の傾向が止まらないから、さかんに社会が子どもの素晴らしさを煽っているのだ。

三次元ビデオカメラの宣伝に、五歳くらいの女の子が芝生の庭で色とりどりの風船を追いかける映像が使われていた。膝上までしかないワンピースの裾が、太ももで蹴るように弾んでいる。親には子どもの記録を撮りたい欲望を、独身の男性には少女への劣情を掻き立てさせる、巧妙な手管だ。

「子どもがどんなに魅力的か、おまえたちはみんな、わかっていないふりをしてるんだ。ガソリンのタンクを持って火遊びをしているようなもんだ。かならず火事は起こる」

チャップマンは平凡な男だから、テレビを見ていると、自分の道徳で世相を斬るようなひとりごとをつぶやく。

映像を堪能していると、室内にブザーが響いた。囚人たちのもっとも大事な仕事は、決められた時間に所定の場所にいて人数を数えられる(カウントされる)ことだ。数えるといっても、腕輪の個人情報が本人と合っているか、携帯用(ハンドヘルド)の機器で照合されるだけだ。刑務官はこのために刑務所内にいる。ただ、午後四時の点検のときだけは、チャップマンたちは、割り当てられた房から外に出て整列しなければならない。全米の刑務所で一斉に囚人の人数をカウントするのだ。

自分の房のドアの前にいなければならないから、チャップマンも嫌々ながら起き上がった。ドアを出ると、殺人犯や強盗犯、暴行犯や誘拐犯がずらりと廊下に並んでいた。脳内のテレビは自動でスイッチが切れていた。

カウントが終わって解散になるや、実験がはじまるまで同室だったエヴァンズが彼を呼び止めた。自分の優位を確信するように、唇を舌でなめた。

「ずいぶん楽しそうじゃねえか。これからシャワー室こいよ」

現実に引き戻された。

カウンティングが終わってからキッチンの仕事がはじまるまでの一時間は、チャップマンにとって、とてもつらいものになった。

搾取される立場の受刑者にとって、重犯罪刑務所で生き残る方法は、ひたすら逆らわないことだ。

テレビで子ども番組を見ていたことがバレたわけではなかった。もしもそうなら私刑は死ぬまで続いたはずだった。ただ気に入らないというだけで、チャップマンはシャワー室で五人の男に蹴られ、レイプされた。

当然、愛情などそこにはない。だから、チャップマンは顔を壁に押しつけられて、ただ上下関係を教え込むようにかわるがわる犯された。殴られる拳と、肛門に挿入されて直腸壁をこそげ落とされる陰茎の感覚は、似通っていた。こんなものが気持ちよい人間がいることが、理解できなかった。

痛みに泣いても、そんな声は、出しっぱなしのシャワーがタイルを打つ音にかき消えるようだ。

黒人の受刑者が、チャップマンの髪を後ろから引っつかんで持ち上げる。

「おまえはなんで殴られてる？　なんでだと思う」

正義とは関係ない。チャップマンは、男らしさが人間の価値である刑務所内では最下層扱いされる、子どもしか殺していない性犯罪者だからだ。そして、重犯罪刑務所では、一度なめられると搾取され続ける。だから、強いところを見せたい受刑者たちによくレイプされる。

刑務所の中は、狡猾さと保守的な決まり事が、残忍な幼稚さと絡み合ったいびつな世界だ。

似たり寄ったりの罪を犯しているのに、なぜこんな差をつけられるのだろうと、チャップマンは思う。人間は、甘いからお菓子が好きなのではない。お菓子が好きなものだから、甘く感じるのだ。

「憎いから殴るんじゃない。殴るものが憎く感じられるんだ」

チャップマンは顔を床に叩きつけられた。ものすごい腕力で振り回されて、気がついたら目が血走った大男に馬乗りになられていた。

「おまえが最低の屑野郎だからだ」

大きな手がチャップマンの首にかけられた。絞め殺されると絶望したそのとき、エヴァンズが何か言って、危うく彼は解放された。

エヴァンズは、腕っ節が強いわけでも、コネがあるわけでもない。ただ徹底して商売人なのだ。鬱憤（うっぷん）のたまった囚人にチャップマンを殴らせ、レイプさせるのが取引だ。対価は金銭ではなく、嫌われ者であるチャップマンを支配しているという、自らの立ち位置だ。刑務所で、いっぱしの男として認識されるには、踏み台がひとり必要なのだ。刑務所の外でエヴァンズが、ドラッグディーラーとしてどんな生き方をしてきたかは、推して知るべしだった。

「俺がおまえを守ってやってるんだ。おまえは、房はかわっても俺に恩返ししなきゃな」

エヴァンズが、父親が子どもにするように、彼の頬を軽くたたいた。

シャワー室に放置されて、鏡を見た。殴られるのはもう慣れていたから、悲惨な傷を確かめても、気持ちは乾燥したままだ。

傷にしみるから、顔は洗わなかった。テレビをもらっても惨めさは変わらないようだった。だから、ここに少女がいたらと思った。かわいらしいものだけが、チャップマンの気持ちを掻き立ててくれる。けれど、どうにもならない。テレビで女の子を見てよろこぶくらいのことが、どうして自分には許されないのだろう。

「――*allo*（もしもし）、――*allo*（もしもし）」

耳元を、舌足らずなささやき声がくすぐった。

チャップマンは、何事が起こったかわからず、立ちつくしていた。ただ、不思議なほど恐ろしくはなかった。彼は、この声をきっと知っていた。やさしくエコーがかかったような、胸郭の骨がまだやわらかい少女の吐息を聞いた。

「笑って、あなた、──あなた」

　裸のまま、チャップマンは振り向いた。確かに気配を感じる少女の姿を見たかった。もしも、そばに少女がいてくれるなら、この刑務所に欠けていたものが埋まるように思ったのだ。原始的なシャワーノズルが設置されただけのブースに、チャップマンの求める姿はない。

「俺に姿を見せてくれ。おねがいだ」

「わたしは、あなたのそばにいるわ。感じて。そばにいるから」

　自然に、生唾を呑み込んでいた。リチャードは、チャップマンの脳内に、性犯罪者を矯正するITP神経器質を構築したと言っていた。

「おまえが、〝アニマ〟なのか」

　シャワーブースなのだから、今は裸なのではないかと女の子の姿を妄想した。滑稽なほど簡単に、どん底だった気持ちの隙間にその気配は滑り込んだ。

「ねぇ、笑って。笑わないと、しあわせになんてなれるはずないよ」

　声は、シャワー室の水音よりも鮮明だった。これは、チャップマンが脳内でテレビを受信しているときと同じように、聴覚神経が直接刺激されて聞こえているのだ。

　チャップマンの息は乱れていた。

〝アニマ〟の正体を考えれば、彼が話をすること自体が実験ということだ。けれど、本当に笑ってしまった。こころの底から、少女の姿を見たいと思っていたからだ。刑務所に入れられても、「好き」であることは止められない。チャップマンの知識と人生経験では、頭の中に住み着いた〝彼女〟にどう反応してよいかわからなかった。

「俺に一体なにをさせたいんだ」

ままならずシャワーブースの壁に額を押しつけた。現実に少女の息づかいを感じたようで、見る間に興奮して、性器が勃起しはじめていた。

リチャードたちに、おまえはこれで自慰をしろと馬鹿にされているようだ。だが、〝彼女〟はまるで、最低の場所に突然開いた美しい世界への出口のようだった。チャップマンは、馬鹿にされる嫌悪と好きの板挟みに、簡単にとらえられていた。

シャワーブースに大きなブザー音が鳴る。現実に引き戻されて、チャップマンの性器は萎(な)えた。もう、夕食時間がせまり、彼がはたらくキッチン作業の時間になろうとしていたのだ。

チャップマンの脳の中に居座った〝彼女〟は、一晩中しゃべり続けた。まだ春で朝方はずいぶん冷えるが、それさえ気にならなかった。おもに〝彼女〟が彼のことを根掘り葉掘り聞いた。それなのに話題は尽きなかった。

「わたしのおかげなんかじゃないよ。あなたが、本当はお話が大スキな人なんだ」

思考が直接伝わったように、声が聞こえた。体温が高い女の子の気配が、チャップマンの毛布の内側にあった。おかげで夜じゅう眠れなかった。

朝になってしまった。頭がぼんやりしていたから、眠気覚ましに朝のテレビを見ようと思った。だが、姿がない〝彼女〟の気配が、まとわりつくようにベッドの上に残っていた。

「わたしがいるんだから、もうテレビなんて見なくていいよね」

ぺたりと軽い音が、すぐそばで聞こえた気がした。体重の軽い女の子の足音だ。チャップマンは、横になったまま視線を向けた。薄明かりの中、健康的な赤みがかったちいさな足が確かに見えた。

血が沸き立つような興奮にかられて、跳ね起きた。

そこにいると思った本物の女の子は、影も形もなかった。

「早く起きようよ。朝ご飯たべて、また、わたしとおしゃべりしてね」

頭の中の声に引きずられるようにして、起き上がった。

朝の集合時間に刑務官からカウントを受けた。その足で、他の囚人たちの後ろについて並び、洗面所に顔を洗いに行った。何度も順番を飛ばされてようやく洗面台にたどり着くと、鏡に映った彼の顔は、当然まだひどく腫れていた。

「ねぇ、笑って」

頭の中を、ささやき声がくすぐった。舐められまいと常に気を張っている他の囚人たちには、〝彼女〟の声は聞こえない。

鏡の板の端っこに、彼の胸くらいまでしか背丈のない白人の少女が歯磨きをしている姿が右半身だけ映っていた。これも〝アニマ〟の幻影だとわかっているのに、刑務所暮らしがしあわせになった気がした。自分の単純さに泣きそうになった。

気づくと、幻の少女は、無造作に手足を動かす東洋人らしい長い黒髪の女の子になっていた。だが、鏡の端で見切れていて、〝彼女〟の顔はわからない。

「お仕事の前に、ちゃんと顔を洗うの。おっきい子どもみたいなのね。ほら、鏡を見て、さっきよりハンサムよ」

チャップマンも鏡に向かって笑ったことくらいある。だが、それは自分を奮い立たせるときに、意思をはたらかせてやったことだ。けれど、〝彼女〟は、チャップマンの意思からは切り離されている。

不機嫌な顔をした大柄な黒人の囚人が、後ろからチャップマンの使っていた洗面台に割り込んだ。押し出されても、彼には不平を言うことなど許されていない。

ばつが悪く、濡れた手を囚人服でぬぐいながら職場のキッチンへと歩いていった。頭で考えたことは〝彼女〟に伝わっているようだが、自然とことばにしてしまっていた。

「ムービーやテレビの中の女の子が話しかけてこないかと思ったことくらいあったよ。けど、そんなのは妄想で、現実じゃないと思ってた」

「あなたは、わたしよ。わたしは、あなたの脳の中にいる。だから、あなたがまだ意識していない考えや、あなたの本当のこころの声を聞いてあげられる」

腹立たしくなって反発してもおかしくない話のはずなのに、妙に心地よかった。だから、脳の中にいる〝彼女〟が、いつか自分の意識を乗っ取るのではないかと、寒気がした。

これも幻覚なのだろう体温が、彼の背中におんぶをせがむように飛び乗ってきた。細い腕が、彼の首に巻き付いた。少女の髪がさらさらと揺れる音がした。すこし汗ばんだ臭いが、鼻孔を甘くくすぐる。

「わたしは、絶対にあなたのそばから、いなくなったりしないわ」

心地よい重さを背負って、チャップマンはよく掃除された廊下を歩いた。背中にあたたかみを感じながらキッチンまで歩く途中、不意に、脚が動かなくなった。

仲良くなりたいと思ったのだ。チャップマンはみんなと同じで、何かが欠けているからこそ、その欠けた部分を補いたくて人間関係をつくる。恋をしたり、異性と付き合ったりする。チャップマンは、〝彼女〟に自分の穴を埋めてほしいと思ったのだ。

こんなふうに彼に「好き」にならせるために、〝彼女〟は脳内に移植されたのだ。〝アニマ〟の実験がそういうものなら、刑務所暮らしをしたことのない科学者たちは、ずいぶん残酷なことを考えるものだ。

チャップマンは、朝食の食器洗いが終わると、すぐに自分の房に戻った。彼にとって、ここだけが殴られずに済む安住の地だからだ。

そこで、彼は〝彼女〟とふたりきりになる。テレビを見ようとしても、〝彼女〟が邪魔をする。そして、チャップマンは、自分が嫌になるほど簡単に、それをよろこんでいる。外に出たくないから、会話に耽溺(たんでき)しているのは快適だった。

「でも、わたしと外で遊んだりもしたいのね？　気にしないで。ここでゆっくりしてるだけで退屈なんてしないよ」

脳の中の声に言われてみると、狭く薄暗い房にずっといることを気に病んでいたように思えた。だが、チャップマンは囚人だ。なぜ囚われているかというと、人を殺したからだ。日々を生き延びるだけで精一杯で、これ以上つらくなるのが嫌だから、自分の罪をほじくり返したりなどしなかった。だから、殺人のことを思い返したのも久しぶりだった。あんな馬鹿なことをしたときは、ちいさなメグ・オニールが、自分の心の隙間を埋めてくれると思ったのだ。

ベッドに腰掛けたまま、チャップマンは、〝彼女〟に嫌われたくなくて言い訳していた。

「あの子は、俺のことをわかってくれていると思ったんだ」

ことばにすると、後悔が湧いた。彼は、すでに何百回となく、人を殺してしまったことを悔いていた。犯罪者にさえならなければ、こんな刑務所に入れられずに済んだからだ。

〝彼女〟と出会って、外に出て遊んだり美しいものを見たり、いろんなことをしたくなったのだ。欲が出ると、二度と外の世界に出られない百年の懲役期間がつらかった。生きる動機（モティベーション）が掻き立てられると、湧いてきた活力のやり場がないことがつらい。

チャップマンは、やさしいことばをかけられ、一晩話をしてもらっただけで、もう〃彼女〃を「好き」になりかけていたのだ。

最初に声を聞いてから、五日経った。チャップマンは〃彼女〃と話をしていると、投獄されてから一度も感じることがなかった充実感を覚えるようになった。気持ちが前向きになって、何かせずにいられない気分になってきた。

だから、この日は、定期的に行うよう国から定められている、ソーシャルワーカー（社会福祉士）による更正プログラムに参加した。監獄を生きて出られないチャップマンが、社会での振る舞いかたを教わっても、それを使うときは来ない。だが、出席していることで前向きさをアピールできる。それに、グリーンヒル刑務所で彼を屑の中の屑として見ないのは、宗教関係者とソーシャルワーカーだけだ。

一日の仕事が済んで、戻ってきた住居房で〃彼女〃と話していると、前に進んだ実感があるぶん気持ちがよかった。ズボンを降ろして便器に座っている間も、〃彼女〃は話をせがんでくる。だから、チャップマンは小声で囁きかける。

「子どもを性的に愛おしく思うのには、理由があるんだ」

ソーシャルワーカーからそう言われた。彼は、社会や文化からの要因によって、児童に性的刺激を感じるように歪められたのだという。だから、子どもと性交渉をもっても満たされないと自覚する必要がある。児童への性犯罪被害は、おとながひとりひとり社会人として健康的な人間になることで防げるのだそうだ。

けれど、チャップマンはそうは思わない。〝健康な社会人〟だった時期があるはずの、子どものそばにいる教師やソーシャルワーカーが、いつの間にか性的虐待犯になっていたことくらい、いくらでもある。彼を刑務所に隔離した社会は、危険人物は子ども時代につまずきがあったという。だが、子ども時代を理想的にやりとげる人間のほうがすくないのだから、丹念に洗えばみんなボロは出る。

「それでも、おとなよりも女の子のほうがスキなんだよね」

チャップマンは少女が好きだから、脳の中の声は、セクシーな女性ではなく、かわいらしい女の子だ。だから、〝彼女〟を感じること自体、自分の満ち足りなかった人生を反射されている心地だった。だから、どこか気持ち悪くてしかたない。

けれど、〝彼女〟がいなくなったら、監獄が耐えようもなくつらくなる。そこまでして健康な社会人になりたいとは思わなかった。チャップマンの自尊心は低い。

「すぐ変えようとしなくてもいいよ。だって、まだ苦しいんだから」

「癒されたいんだ。どうしたらいい」

便器に座ったまま、膝の間に顔を埋めるように体を折った。正面に、素足の少女の膝から下が見えた。肌がまったく角質化していない、バレエのシューズがよく似合いそうな形の良い足だ。鍛錬も節制もなくただ美しい〝彼女〟が、この足でどんな未来を歩んでゆくのだろう。そう想像しただけで、胸が躍った。

「いつかできるよ」

脳の中の〝アニマ〟が生み出した幻影が、スカートを持ち上げてつま先立ちの足を見せ、踊るようにくるりと回った。

しばしば〝彼女〟は、来るはずもない未来の希望を口にする。チャップマンも、その言葉に一時(いっとき)は楽しめて、なぐさめられる。けれど、独房の便座に座っているとき、刑務所の壁を見たとき、どこを向いても囚人だらけでこんな生活がずっと続くと悟ったとき、苦しくなる。

一生外に出られない懲役に希望がないのは、未来が素晴らしいものだとされているからだ。もちろん、若さや子どもも、文化的に高い価値を与えられている。ソーシャルワーカーが言うようにチャップマンの「性に関する感覚が歪んだ」のも、その価値に目がくらんだからだ。

彼は子どもが好きだ。だからこそ頭の中の幻と話していると、刑務所にいる自分を直視させられて追い詰められてゆくようだった。彼は醜い。そんな彼が、未来を〝彼女〟と歩めるようには思えなかった。

〝彼女〟に癒され救われようとしただけ、チャップマンは押し込めてきた記憶とのつながりを取り戻していた。

「悪いことをしたら、あやまったほうが気持ちいいよ」

〝彼女〟は言う。そのとおりだとチャップマンも思う。だが、彼がそうするべき相手は死んでいる。彼が殺したのだ。

温水が出ないシャワートイレで尻の穴を洗う。痔になって腫れている尻にしみた。

ベッドにのぼって横になると、毛布にくるまった。脳内で受信できるテレビをつける。

ティーンエイジの歌手の歌が聞こえる。今の彼にはない、子どもの頃には確かにあった、弾けるような若さが、可能性が、そこにあふれていた。

人間は、みんな、かわいいから子どもが好きだ。脳のはたらきからは、その順番は違うと、リチャードが言っていた気がした。それとも、ふたつを理由の関係で結んでしまうことが、錯誤だという話だったろうか。本当に正しいのは、「かわいいと、子どもが好きは、別だ」のほうだったろうか。

頭の中のテレビには、子ども用品や、若い夫婦向けの宣伝がよく流れていた。しあわせな家庭の中心に子どもがいる風景が、これでもかとアピールされていた。

チャップマンは、全身の神経が研ぎ澄まされたような、しんとした冷えを感じた。

みんな子どもが「好き」なのだ。

自分が殺したメグ・オニールのことを思い出した。その子は、お菓子をおいしそうに食べる少女だった。チャップマンは、小学二年生のその子が好きだった。

一度意識に引っかかると、血の臭いや、他にどうしようもなかった恐怖ばかり思い出した。チャップマンを引きずり込もうと、血の色の闇から、何かが足を摑んでいるようだ。

化繊（かせん）の毛布に顔を埋めた。今晩は寒くなる様子だった。

震えながら、ちいさなメグのことを考えていた。

彼はその声をよく覚えていた。

「わらって、チャップマンさん」

と、彼女はいつも言っていた気がする。

〝アニマ〟の心地よい囁きとはちがう、もっと低くてざらついた感触だった。メグ・オニールは、ハスキーで語尾が上がり気味になる地味な声をしていた。

メグと出会ったころ、チャップマンは近所の少年野球チームの監督をしていた。州道沿いのダイナー（プレハブ式レストラン）のキッチンではたらいていた。三百グラムの分厚いパティをはさんだハンバーガーが名物の店で、おとなにも子どもにも顔をよく知られていた。だから、町の人は、彼が子どもの近くにいても普通のことだと思っていた。

野球場のそばには大きなリンゴの木があって、よく茂った枝の下に木製のベンチがあった。木漏れ日が白い編み目のように落ちるそこに、メグはいつもひとりで座っていたのだ。

「どうして、そんなむずかしい顔をしているの」

はじめて会ったとき、彼はそう尋ねられた。

その春、チャップマンは、ダイナーの店主から給料を下げると宣告されていた。近所に大規模外食チェーンの支店が相次いで開店したせいだ。巨大外食企業が新規店舗の大量展開をはじめた時期だったのだ。

それは、正式サービスがはじまったばかりのITPが社会にもたらした、最初の変化のひとつだった。すでに高度な経営マニュアルを持っている大手外食チェーン店は、爆発的な勢いでITPを取り入れた。ITPで経験を直接伝達することで、優秀な店長を多数手に入れるためだ。ITPを施術すれば、わずか二週間で熟練店長を大量に養成できた。人材力が直接金銭を生む上に資格をほとんど必要としない接客業では、投資コストは短期間で回収できた。煽りを食ったのは、地域に根ざした個人営業の飲食店だ。

給料のことで鬱屈をためていたから、チャップマンは人なつっこく寄ってこられて、ころりとやられてしまった。かまったらかまっただけ反応してくれるメグと、親密な距離感で話をするようになった。

「チャップマンさんみたいなパパがよかったなあ」

メグは親と折り合いが悪く、殴られたようなあざを身体によくつけていた。おとなにやさしくされることがうれしい様子で、アイスクリームやお菓子を買ってやると、ベンチに座ったまま、くすぐられたように身体をよじってよろこんだ。

「ケーキは好き?」

チャップマンはたずねた。季節はもう秋になっていた。クリスマスの話題が出るようになった。

「スキ。ケーキの上にのせるマジパンは、アーモンドパウダーと、おさとうで作るって、知ってる?」

彼女は笑っている。

「知ってる。そういえばもうクリスマスだよな。お菓子を作ってあげようか」

チャップマンにはお菓子など作れない。会話を続けたかっただけだ。けれど、ちいさなメグは、ころりとだまされた。クリスマスのお菓子を、手製で差し入れすることを約束した。彼女は、よろこんで彼の家に来ることを決めた。

メグは、甘いからケーキが好きだった。いやそうではない。本当は、彼女が好きなものだから、ケーキは甘い。彼の世界の中心に彼女が座ってくれたら、不満から抜け出せて何もかもがうまくいく気がした。世界一メグの近くにいるのは自分だと思った。彼女をずっと手元につかまえておきたかった。胸の奥に熱い気持ちがわきはじめていた。

チャップマンは、彼女に好かれようと努力した。彼のこころに欠け落ちた部分があるように、彼女のちいさな胸にも満たされないものがあった。それを埋め合えばいいと妄想した。自分たちは、運命のようにぴったり嵌(はま)るのだと信じた。

たくさんお菓子をあげて、話を聞いてあげた。メグはどんどん警戒を解いていった。チャップマンは、彼女の家に夜遅くまでおとながいないことを教えてもらった。地域社会による監視は、学校が児童の現在位置を把握するためGPSを配布するなど高度になっているが、それでもぽっかり空白ができる。その空白は、家庭内や周辺での児童性的虐待がなくならないように、危険と繋がっている。監視の穴を開ける一番の要因は、信用だ。信用されているからこそ犯人は子どもに接近することができ、だからこそ児童性的虐待は顔見知りによる犯行が多い。

クリスマスには手書きのカードをもらい、年が明けて、復活祭(イースター)もいっしょだった。メグは、両親にさりげなく紹介するほど、チャップマンを信用するようになった。

だから、昼間によく遊びに来ていた彼の家を、夜になってから訪れるようになるのも、時間の問題だったのだ。

二〇九〇年五月二十二日。チャップマンは、たとえおとなと子どもでも、この感情は愛だと思っていた。

メグの両親が外泊して彼女が留守番をすることは、もう調べてあった。だから、ひとりで不安そうにしていた少女を家に呼んだ。ケーキを買って、職場で焼いているものよりすこし豪華なハンバーガーを作った。

おなかがいっぱいになると、メグはリビングのソファにべったり脱力して横になってしまった。チャップマンが怒らないとわかっているから、気が抜けて、行儀が悪くなっているのだ。そのリラックスした様子を見ていると、帰らせたくない気持ちに強く突き動かされた。彼女は、彼のところにいるべきだと思った。誰よりも自分が、彼女を愛してやれると確信していた。

うつぶせになったメグのお尻が、化繊のスカートの下でむずむずと揺れていた。チャップマンは興奮して、自然に呼吸が激しくなるのを感じていた。身体が熱くなって、股間がぱんぱんに張って固くなりすぎて痛かった。

チャップマンは、無警戒なふたりの距離をもっと縮めたかった。だから、ソファに横になったちいさなメグにのしかかった。

火傷させられたように、あどけない顔が歪んだ。ちいさい目が怯えて見開かれた。こんな受け容れてもらえるつもりだったから、彼のほうが不意打ちを受けた気がした。泣き顔の人間がチャップマンの世界を救ってくれるはずがないから、恐くなって平手打ちした。ソファに勢いよく倒れ込んで、メグのちいさな身体は弾んだ。

「どれだけ苦労してきたと思ってるんだ。俺が愛したのに、おまえは何も返さないのか！」

叫んでいた。

小学校が持たせている携帯通報機を、メグがポケットから取り出した。彼はそれを奪った。まだ八歳のメグにとって、ほんの一瞬で、彼は敵になってしまったかのようだった。彼女が泣きだした。身も世もなく大声で喚（わめ）いた。その声が聞こえて人が来たらと思うと、怒りがわいた。お菓子をよくほおばるその口は、チャップマンが大きな手で押さえつけると簡単にふさげてしまった。

自分がこころを失った、ただ愛情を再生するだけのプレイヤーになったようだった。

「俺が愛したんだから、愛してくれ」

メグが、何か言っていた。けれど、チャップマンが望んだことや想像したことは、何も言ってくれなかった。

彼女の衣服を、強引にボタンを外して脱がせた。まだ乳房もふくらんでいない身体には、いくつも痣（あざ）があった。

「おまえのことを親だって殴ったのに、なんで俺のことだけ嫌いになるんだ」

チャップマンのことをパパじゃないと、メグが押しのけようとした。悔しかった。不公平だと思った。情けなかった。腹が立った。

メグは人間として精一杯、彼にわかってほしいと反応していた。どこが間違っているのかわからなくて、彼は追い詰められていた。現実の彼女と妄想の中の少女の差を探そうとした。

ことばで聞いても相手は泣くばかりだった。けれど、暴力で脅して追い詰めれば、少女が隠しているもの、チャップマンのほしいものが出てくるのではないか。それとも愛情も劣情もありのままぶつければ、彼を理解してくれるのか。

メグに生身のチャップマンをぶつけるほど、涙を流して激しく拒絶された。

子どもが性的に愛おしいという倒錯では、少女と性的な関係を持っても、構造的に安心へは至れない。本物のメグは、彼の妄想の中の少女のようには反応してくれなかった。どんどん悪い方へ転がってゆく。彼女のことばが理解できなくなっていた。

ことばがなくなっても目の前に残っているのは、摺り合わせるようにぴったり閉じられた太ももであり、骨盤が未成熟な細い腰だ。しわのない滑らかな首であり、ひっかき傷や痣だらけであばら骨の浮いた胸だ。こんなになっても肌の感触と湿った臭いだけは、彼がしあわせな関係を想像した、うまく行っていたころの記憶と同じだ。

壊れてしまったメグとの関係をどうにかしなければならなかった。だが、どこから手をつけてよいかもわからなかった。あれもこれもと試している間に、少女がひとりの人間ではなく、自分の穴を埋めるための記号の束に見えていた。だから、淡々と彼女を殴り、行為はどんどんエスカレートしていった。

チャップマンの穴は埋まらない。彼が本当にほしいのは穴を埋める記号だから、本当は実体としての少女はいらない。記号だから、同じ役目を果たすなら、本当は彼女でなくても構わない。

児童との良好な恋愛関係のモデルなど存在しない。だから、これから先をどうしてよいかなどわからない。児童との性交渉に、家庭をつくったり子孫を残せたりといった、社会的な達成もない。だから、明日からのことを考えると不安と悪い確信だけが押し寄せてきて潰されそうだ。

小児性愛者(ペドファイル)にとっての報酬の、もっとも高い価値のものは脳内にある。

ほんのすこし笑ってもらえば、それだけで報われた気になれたはずだった。これだけのことをしてしまったのに、何も手に入れていないのは不公平だ。だから、チャップマンの指は、彼女の首を絞めていた。

そして、ついに動かなくなった。終わってしまったことをはっきりと表すように、人形のように少女の死体は横たわっていた。記号そのものになってしまったように、目を見開いたまま少女はもう表情を変えない。果たして彼女は、その最期の時間、自分に何か言っていただろうかと掘り返そうとしても、まったく思い出せなかった。

印象は細切れの断片になったようで、メグという少女の全体像を思い出せなかった。断片を一本に繋げようとしてみた途端、彼の唇は曲がり、全身が痙攣(けいれん)しそうなほど強張(こわば)った。

耐えられなくなって、チャップマンは手近にあったものを片っ端からぶん投げていた。自分が好きなのは彼女のどこだったのだろうと、改めて迷った。これだけのことをしてしまったからこそ、元を取りたかった。激情の余韻で真っ白になってしまった頭で、メグとの関係でよかったところを探していた。

死体を見るともう思いつかなかったから、悪いことばかりじゃなかったと、自分に言い聞かせた。そう整理しはじめると、チャップマンは逃げを打つ方法を考えていた。夜が明けた明日からも彼の人生は続くからだ。

メグがいなくなればいい。消すことはできないが、捨てることはできる。早く片付けないと朝になってしまう。警察が、親が探しにくる前に早くだ。彼女を隠すところを探すが、そんな場所はない。それに、力の抜けた彼女の身体は持ち上げてみると嵩張る上に重かった。

だから、持ち運んだり隠したりしやすいように、気持ちが萎えないうちに切ってしまおうと思った。バスルームに運び込もうとして、確かめてみたら床が汚かったから別の場所でやることにした。しかたなくリビングのソファをどけて、キャンプ用品の保温シートを敷いた。暴力に慣れていたわけではないから、きれいなメグの肌に木工用の小型の電動鋸を当てて、スイッチを入れる思い切りがつけられなかった。刃先が脂肪の多い肌を滑ってスムーズには切れなくて、工具をあつかい損ねて何度も失敗する。シートに思ったよりたくさん血が流れたから、掃除機で吸った。掃除機のゴミのタンクがいっぱいになるたびトイレに流した。最初に右腕を落とし終わると、案外きれいにできたから、何もかもうまくいくような気になった。汗をぬぐう。やりとげた気分になった。

作業の間、気が滅入ってきそうだから、ずっとテレビをつけていた。少子高齢化を止めるための政府公報が、家庭を持つよろこびを謳っていた。

メグの身体を切り刻んでいるうちに、最初から全裸にしておいた自分が冴えていたような気になってきた。手際よく作業ができていると、バラバラにしている間に、彼女をはじめて完全に支配したように思えて昂揚した。両手足を落とした。

首を切るのは最後まで恐かった。ただ、タオルで丁寧にくるんだ四肢を見ていると、チャップマンの穴を埋めてくれる何かに近づいていると思いたくなった。それはもうメグではなく、何者でもなくなったただの少女の手足だった。

彼女は、甘いからケーキが好きだ。そうではない。本当は、彼女が好きだから、ケーキは甘い。チャップマンは、かわいいから子どもが好きだ。そうではない。本当は、子どもが好きだから、彼女がかわいく感じる。チャップマンは、そんなふうに自分の〝好き〟と感覚の繋がりを混乱させていた。ただ、子どもが好きであることだけは変わらなかった。だから、癒されたいのに、ちいさなパーツになったメグがかわいくなくなってしまったことが、失敗に思えた。

こんな気持ちでは残った首を落としきれない気がした。録画していた子ども番組を見た。三十分ほども見ていると、部屋中に充満した血の臭いを、一時、忘れられた。メグを通してあらゆる少女の上に立ったような、万能感を得たような、天上の声を聞いたような気がした。

だが、次の瞬間、気配を感じて自然に窓ガラスを見た。向こうは闇で、ガラスには彼自身が映っていた。それは少女をレイプして殺した殺人犯の、彼自身の怪物じみた顔だった。返り血が飛んだ、無関心な目をした顔だ。

昂揚の感覚は一瞬の夢のように去った。

ことばをかけても何も返ってこなかった。青いシートを敷いたリビングで、彼は孤独だった。

自分の姿に冷めた途端、自分が何をしたかわからなくなって、息もできないほどおそろしくなった。生きていた間、笑顔を見ていた間、少女は何かを語っているように思えた。けれど、今この死体からは、何のしあわせな記号も読み取ることはできなかった。世界に疎外されたような、どうしようもない孤独が押し寄せてきた。

あのときと同じ怪物のままで、刑務所のチャップマンは、毛布にくるまって眠れずにいる。酔うことのできない、現実そのものでしかない自分を感じ続けている。現実を実感したとき、罪と、未来のない自分自身が無造作に転がっている。

自分が異物で、汚いものである気がした。

「汚くないよ。よく思い出してあげたね。ほら、よだれをふいて、毛布がぐしゃぐしゃになってる」

それでも、脳内の〝彼女〟が、やさしくなぐさめてくれた。母親のように、幻の腕でやさしく抱いてくれた。そのあたたかさと少女の臭いに包まれて、彼は子どものように泣いた。

最低な気分になった。

*

重犯罪刑務所に収監された性犯罪者は、よく私刑(リンチ)に遭う。

リチャードは、チャップマンとの二度目の接見のためグリーンヒル刑務所を訪れた。そして、今朝もまた被験者が殴られたことを聞いた。

チャップマンがあまりによく殴られていることは、ニューロロジカル内でも問題になっていた。すでに刑務所への抗議が、何度も行われていた。グリーンヒル刑務所は、完全な公営ではなく、民間の管理会社と契約している。だから双方のマネージャーの間でかなりタフな交渉が行われたと、リチャードも聞いていた。

〝アニマ〟の研究チーム内でデータの収集と評価を担当するリチャードにも、大きな関心事だった。実験期間中に被験者が囚人に殺されたら、開発自体が頓挫する可能性すらある。

リチャードは面会室に通され、そこには同じベテラン刑務官がいた。もうすぐ接見のためチャップマンもこの殺風景な部屋にやってくる。彼は、押し黙る刑務官に尋ねずにいられなかった。

「君たちは、チャップマンが死んでもいいと思っているのか」

「ある囚人をどうしても生き残らせたいなら、昔から方法は決まってます。囚人たちを仕切ってるギャングの幹部に金をわたすんです。うちには四つの系列の幹部が収監されてるから、全部にたっぷりとわたすんです。そんな顔せんでください、重犯罪刑務所はどこでもそうです」

聞いたとき、血の気が引いた。その一線を踏み越えたら実験の信憑性はゼロになる。だが、重犯罪刑務所は伝統的に倫理観(モラル)が低い。ギャングの幹部のような一部の囚人が、経済力で職員よりも圧倒的に優位なためだ。そして、刑務所の管理会社で出世した管理職も、その悪習を引きずることになる。

リチャードは刑務所に入ったときから、異様さを感じていたのだ。

「ひょっとしてチャップマンのことが個人的に嫌いなのか」

正義を為せという圧力が、常にのしかかり続けるようだ。ここの設備は広く清潔だが、外の空気とは本質的にかけ離れている。

刑務官はリチャードを咎めるように、ことばを短く切った。

「どうして、そう思うんですか」

「チャップマンがひどい目に遭ったという話になると、いつも一般論で『そうなるものだ』と片付ける。私の妻もそういう反応をするんだが、彼女はチャップマンが嫌いだ」

「普通はそうでしょう」

「ふだんは絶対にそんなことは言わない、気の弱い性格なんだ。あんな連中は去勢されればいいと怒ることもあるよ。本当にそう思うかと問いただせば、常識的にそう思う人間が多いと一般論に逃げる。けれど、性犯罪者をたとえばホルモン抑制やITPのような痛みのない手段で去勢していいか匿名でアンケートをやれば、"YES"と答える」

リチャードには、チャップマンに殺されたメグ・オニールと同年代の十歳の娘がいる。刑務官にも家庭があるのかもしれない。

「そんなものかもしれませんね」

刑務官がそう言った。

リチャードには、殺人犯だらけの重犯罪刑務所で、チャップマンの扱いが特別悪いことが不審に思えたのだ。社会には、子どもに性欲を抱く人間を自分たちと〝別〟だと扱いたい人々が、一定数いる。児童を性的に略取することを、他の犯罪行為と比べて〝別〟扱いが必要なほど異常だとみなせるのか、彼は心理学の専門家ではないので判別できない。だが、この振り分けが恣意的であれば、そこには「好き嫌い」が関わるはずだ。むしろ、根の深さは、本質が好き嫌いにあるからこそかもしれない。

チャップマンが、面会室に入ってきた。この間よりもひどく顔を腫らし、頭には包帯が巻かれていた。囚人たちにすら正義の欲求はあり、そのはけ口として性犯罪者は格好のターゲットということだ。自分は普通だと思っている者があきらかな下を踏む光景は、生々しく醜悪だ。

リチャードはここに来ると、社会の進歩がどこまで行っても砂上の楼閣のような気がして、強い疲労を覚える。

「ダニー、〝アニマ〟の調子はどうだい」

以前と同じように話しかけた。だが、チャップマンの反応は新鮮なものだった。

「あの〝声〟が、おまえらが俺に書き込んだ〝アニマ〟なのか」

チャップマンが、まるで人格があるかのように〝アニマ〟のことを語っていた。〝アニマ〟は、彼が勘違いしているような人格に近いものではない。ただ脳内の「好き嫌い」を整理するデータベース管理ソフトだ。リチャードたち普通の人間は、感覚器からの入力情報に結びついた動物的な「好き嫌い」と、文化と社会の上に築いた社会的な「好き嫌い」とを、区別できない。しかも、「好き、嫌い」の振り分けデータは数的に膨大で整理すら追いつかず、漠然とした〝塊〟を作ってしまう。彼らを取り囲む文化や社会も、どこを切っても好きと嫌いが複雑に重畳している。自分の「好き」の出所や現在の状態を完全に把握している者などいないのだ。そして、だからこそ〝アニマ〟の効果試験には、児童への性欲という「好き」で殺人まで犯したチャップマンが、被験者として適切だった。

チャップマンが聞いた〝声〟は、ストレスを下げるために〝アニマ〟が適切な刺激を脳神経へ供給したものだ。それを彼の脳はことばとして解釈している。ただ、リチャードには種明かしをする理由はなかった。

「その〝声〟が〝アニマ〟だよ。〝アニマ〟は、君の脳内の反応を読み取って、こころの穴を埋めるようにはたらいてくれる」

「〝彼女〟だけが、俺のことをわかってくれるのかもしれない」

そのことばには本物の熱があった。憧れか、あるいは恋にも似た、強い思い込みがあった。だが、現実はある意味で厳しい。チャップマンが感覚する〝アニマ〟は「人間ではない個体」ですらない、ただの彼の脳内の器質なのだ。つまり、彼が見ているのは、擬似神経で組み立てられた機械によって制御される、ただの妄想だ。

「〝アニマ〟は、外界を再整理してくれるはずだよ。君にどこまでも付き合ってくれて、決して見捨てない。声を聞きたいとき、いつでもやさしくしてくれるはずだ」

「好き」を自己管理することで犯罪を動機の根本から絶つアプローチを、〝アニマ〟は目指している。

面会室の椅子に座ったチャップマンは、もはやリチャードに気を払っていない様子で、首に設置したＩＴＰ端子をこね回していた。

「そっちにとっては、俺がどう思っていてもいいんだろうさ。けれど、俺はたまらないんだよ。〝彼女〟が話しかけてくるせいで、事件のことまで思い出した」

チャップマンは明らかに苦しんでいるように見えた。

未整理のまま塊になって膨らんでいった「好き嫌い」の、どれを参照するのが適切かわからない状態なのだ。すると突然、チャップマンの目元が劇的にゆるんだ。二度三度、まばたきをして、口元を微笑ませた。

何事が起こったのか、一瞬、リチャードも急すぎる変化の原因を見失った。考えるまでもないことだった。今、〝アニマ〟が、チャップマンの脳内で錯綜している「好き嫌い」を整理し、記憶からのフィードバックを装った信号を送って、脳のストレスを低下させたのだ。それが結果として、児童性的虐待犯にどんな幻の〝声〟を聞かせたか、リチャードは知らない。

「……しあわせに、なっていいのか」

脳内の〝アニマ〟へとチャップマンが声で答えたから、リチャードたちにまで聞こえた。事情をつかんでいない刑務官が、ゴミ箱に捨ててしまいたいとばかりに囚人を見下ろした。

リチャードも、事前に伝達した情報に補足をするのが、刑務官に教えるためなのかチャップマンを幸福から引きずり下ろすためなのか、自分でも判別できなかった。

「〝アニマ〟が君の動機（モティベーション）を管理している状態なんだから、我々は禁止なんてしないよ。人間は『好き嫌い』を、生物に必要な、食料や異性みたいなものだけじゃなく、芸術や教育のような抽象的なことにも振り分けられる。どんなことにも本気の〝欲〟を向けられるのは、人間にとって自然なことだからね」

「だから、しあわせになれるのか」

「その答えはむずかしいな。我々は、しあわせになるために動機を様々なものに振り向けて、結果として社会を発達させてきた。けれど、〝欲〟の融通がきくことが、肝心な個々人のしあわせに繋がったかは疑問も多い。人間の脳は『好き嫌い』を自由に扱える特別な器質までは持っていない。だから、君の脳内ではたらいている〝アニマ〟を、その管理のためにＩＴＰで編んだんだ」

人類の〝好き嫌い〟は、器質的に容易に暴走する。社会が要請する範囲——行動を起こす活力や、個人の利害を超えて重荷を担う美質や、困難をチャンスとする野心のようなものよりも、いつも大きく振れる。だから、古代からの文芸の積み重ねや歴史自体が、「好悪管理の失敗データベース」のごとき惨状を呈している。

チャップマン事件も、彼に好悪の管理を精密に行う能力があれば起こらなかったというのが、ニューロロジカルでの専門家の意見だ。小児性愛者が覚える性的興奮の源泉は社会だが、この快楽は、強度のみを残して、容易に苦痛へと裏返る。つまり、保身のために被害児童を口止めせねばならない恐怖感や、早くも行き詰まった関係自体のストレス、そして性的パートナーとしての児童自体の未熟さが、嫌悪となって殺人の動機になったと考えられている。

好き嫌いをはさまず冷静に分析しようとするリチャードを、いつの間にか児童殺害犯が正面から見据えていた。

『好き』ってことが、おまえはわかってないんだ。俺が面倒を見てたリトルリーグの子どもにとってだって、理屈じゃなかった。だいたい『好き』なんて、そいつと相手次第でまったく中身がちがうだろ。俺が馬鹿だと思って適当なことを言ってるなよ」

人間は、愛情という抽象物を、言語を使って整理することができる。しかし、言語ではそうできても、実際に脳内の神経で、愛情が整理された形態で存在できているわけではない。

「我々が、〝ことば〟として頭に思い浮かべるような『好き』は、脳神経の反応としては、一意なものとして保証されていない。前に、ケーキと『好き』の話をしたね。神経にとっては『ケーキが甘いから好きだ』ではなく、『ケーキは好きだ』『ケーキは甘い』という別の問題だ、という話だよ。つまり、このふたつの文章を思い浮かべただけでも、君の脳内で、そのたび完全に同じ神経の発火の組み合わせになる保証はない」

脳の高次機能がバラバラの情報を総合するとき、内実として起こっているはたらきはひどく不安定だ。ＩＴＰでの経験伝達が成り立つことすら、発生する高次機能をまるごと擬似神経で作るという力業で対処しているからにすぎないのだ。

「我々は、神経発火の最小単位まで意識を微分してバラバラにすると、その一番ちいさい一コマでは、『ケーキが好きだ』ということも認識できていないんだよ。〝ことば〟として当たり前に使っている『何かが好きだ』は、意識の最小単位時間で処理するには、複雑すぎる」

リチャードは「好き」を機械のスイッチのように語り、素朴な反感を返したチャップマンをさらにはぐらかしたようなものだった。囚人服の男は、納得などしていない様子で、疲れ切った目で中空をにらんでいた。

「要するにおまえは、俺が、しあわせになってもならなくても、どちらでもいいと思ってるのか」

刑務所の空気からにじむ「正義を為せ」という圧力が、リチャードの肌にもしみた。刑務官は、不愉快な様子で接見の残り時間を確認していた。児童性的虐待犯を憎んでいないらしいという理由で、リチャードがチャップマン寄りだという偏見を持ちはじめているのだ。自分が常識的だと疑わない人々は、しばしば自分たちが極端に保守的な群だと気づきすらしない。

「我々は、研究者として公平に接しているつもりだよ。〝アニマ〟を、しあわせを〝整理する〟ようには作ったが、君がしあわせに〝なる〟かどうかは関知するところではない」

「ここのやつらは俺を憎んでいるんだ。助けてくれよ」

チャップマンは、自分を嫌っていないと見たリチャードに、理解されたがっているようだった。

そして、リチャードにもその依存はありがたかった。

「そのトラブルについては我々も気に懸けているよ。他の囚人が君を殴っている間、刑務官たちが助けなかったことは改善できる。君からの救援要請が、ニューロロジカルに直接入るようにしておいた」

つまりリチャードは、最新バージョンのＩＴＰに備わっている、思考したことが文章として送信される文字インタフェース機能のスイッチを入れに来たのだ。ここから絶え間なく吐き出される膨大なデータをニューロロジカルのコンピュータが監視し、危険な単語を見つければ、自動的に身体機能の監視体制に入る。そして、必要に応じて刑務所管理会社へクレームを入れる。高齢だったり病身だったりする使用者向けの、自動的に救急車を呼ぶ機能の流用だ。

「君のＩＴＰには、文字コミュニケータに送信する機能がある。君が頭の中で考えた文章が、ニューロロジカルのコンピュータに送信されてくるんだ。スイッチを入れよう。ほら、こんなふうにだ」

リチャードは、持ってきていた紙状端末を面会室のテーブルに広げると、画面をチャップマンへ向けた。そこには文字コミュニケータ管理ソフトが表示されていた。このソフトウェアが提供する表示スペースに、チャップマンの神経発火から読み取った思考が、文章のかたちで表示されるのだ。

〈こいつらは信用できるんだろうな（結局データだけとって俺の命はどうでもいいんじゃないか／信用できなくてもしかたない）〉

大ケガを負った殺人犯の不信が、文章化されてだだ漏れで画面上に配置された。神経の発火は一瞬で多岐に展開するため表記法が普通の文章とはすこし異なるが、それでも一目で文意を見て取れた。

チャップマンが顔色を失った。

「こんなものが、役に立つのか」

「ことばを出せない状態でも、頭の中で考えれば文字を送れるのは、緊急時には便利だよ。病気や事故での死亡例は、非常時にことばを発せられなくて、病院に運ばれるタイミングが遅れた場合が多いんだ。息ができなかったり、声を出す体力がなかったりするときも、もちろん殴られている最中もそうだけれど、『助けて』と頭の中で考えるくらいはできるはずだ。それで命を救うチャンスが増える」

ＩＴＰは、脳内のイメージや感情自体を「受け手に理解のしかたごと書き込む」、完全なコミュニケーションツールでもある。それに比べれば、文字コミュニケータで出せる情報はただの文字だ。「読んで」「理解」してもらう二手間を受け手に要求するうえ、誤読の危険もある。

〈気持ち悪いなそういえばこいつ娘がいるとか言ってたな（娘はどんな女の子なんだ／かわいいのか（黒人と何人の子どもだろう／十二歳以下だといいな））〉

犯罪者がリチャードの娘のことを妄想していることが、はっきり映し出されていた。親として生理的に許せない気分になった。チャップマンが取り繕った。

「心の中で考えるくらい自由にさせろよ。俺だって、刑務所に入れられて後悔してる」

それは、事件を「自分の失敗」として認識していることばだった。人を殺したというのに、チャップマンは常に自分の視点からしか事件を語らない。そこに無惨に命を奪われた少女の居場所はない。

〈俺の味方になってくれなきゃこまるんだよなんだこの画面どういうつもりなんだこいつ――〉

反省しているから仲間になって欲しいと、すり寄られているかのようで、リチャードは苛立った。

チャップマンは、〝アニマ〟が見せるビジョンも女の子だと認識して、それが自分のものであるつもりでいた。支配欲と情欲を際限なく満たそうとしているだけのようだった。

「ダニー、今、〝アニマ〟は、君の頭の中で何か言っているかい」

「いつでも話すわけじゃない。こいつは、俺の自由になってくれないんだ」

紙状端末に、文字コミュニケータから送信された文字列が表示された。

〈なんでこいつはしゃべらないんだ〉

〝アニマ〟が脳内の好悪情報を管理するソフトであることを考えれば、それが正常だ。〝アニマ〟は脳内で、反応や感情や意志を、好悪で整理する。チャップマンの反応を分類整理した結果、神経に干渉するべきでないとしたときは、待機するのが正しい。

「〝アニマ〟は、罪を罪としたうえで君を承認するものであり続けようと、判断したんだと思うよ。君が一番求めているものになろうとしているんだ」

リチャードも、文字コミュニケータの正常動作を見届けた以上は、この異常な世界から出て行きたかった。

「今日のところは、そろそろ切り上げようか。ITP記録を転写させてほしい」

〈もうすこしここにいてくれイヤだ（ここの暮らしに戻るのはイヤだ／殴られるのはイヤだ／みんなに嫌われ続けるのはイヤだ）〉

チャップマンの内心が文字列として表示されると同時に、本人のことばもリチャードを呼び止めた。

「〝こいつ〟のことを、もうすこし話さなくていいのか」

〝アニマ〟の組み立てる反応は、少数の例外パターンを除けば、使用者の脳内の情報にすぎない。

じっくり時間をかけてその事実を理解してもらうことを、リチャードは選ばなかった。帰れると思うと気分が浮き立ったからだ。

このただせまく厳重な、人生の終着点のような場所にいること自体がストレスだった。刑務所の外には、保守的だが家庭的な妻がいて、愛する子どもがいる。


リチャードは社用の全自動車に乗って帰った。

その間、紙状端末には《チャップマンから救援要請》に設定した色の通知ランプが点り続けていた。最初は車内で逐一確認していたが、すぐにやめた。チャップマンは今大事なことを思いついたとばかりに、さっき言えなかったことをつぶやき直すだけだったからだ。

しつこいセールスがコールをやめないように、紙状端末にはメッセージの着信通知がひっきりなしに点灯していた。

チャップマンは、返事がないのに文章を垂れ流し続けた。ここが外の世界に通じる唯一の窓で、ここから外に這い出られると信じているかのようだった。

チャップマンの目にリチャードは、苦しむ彼の姿に安心しているように見えた。チャップマンの犯行で被害を受けたどころか、実験に彼が必要なはずなのに、理不尽だと思った。だが、彼はリチャードに《緊急の案件》だと判断されそうな文章を考えて、文字コミュニケータに送信し続けた。何かせずにはいられなかったのだ。

＊

〝彼女〟と日々話していると、活力があふれておさまらなかったからだ。そして同時に、痛み止めも慰めもない死がつきまとっている感覚に神経を削られていたからだ。他の囚人が近づいてくるときや、にらまれたり、ひそひそ話をされたりするとき、いつも恐怖で身を縮めていた。生きている限りここからもう逃れられないからこそ、息抜きが欲しかった。

定まった時間に、チャップマンはキッチンへ作業に行く。決まり通り刑務官にカウントされる。そして、消灯時間になれば眠る。単調な日々の中、気まぐれに他の囚人に殴られる。

退屈と恐怖で頭がおかしくならなかったのは、〝彼女〟が頭の中にいるおかげだ。けれど〝彼女〟と話していると、ときどき眠ることがつらくなる。今さら未来などないはずなのに、何かを手に入れたくてしかたなくなるのだ。チャップマンは、自分がまだ若い健康な男であることを自覚せずにいられない。時間を持て余すと、頭がはたらきはじめる。

本当ならチャップマンは、これから様々なものを手に入れられるはずなのに、百年の懲役を受けて死ぬまで刑務所を出ることはない。

「おやすみなさい」

消灯時間がきてベッドに横になると、〝彼女〟があいさつしてくれる。ごそごそと音がして、ちいさな女の子の気配が布団に入ってくる。胸元に、向かい合うようにかわいらしいものの体温が寄ってくる。それは、触れることのできない幻だ。

目が覚めると、〝彼女〟がおはようを言ってくれる。それだけで、一日がよい日になるように錯覚できる。様々なものが、一息つく場所のできたチャップマンには好ましく感じられた。弱音を吐きたくなると、〝彼女〟はいつも話しかけてくれる。〝彼女〟が励ましてくれるから、暴力も前ほどはつらくなくなった。〝彼女〟がほめたものが、チャップマンにもよいものに思えるようになってきた。

それも言語が作る錯誤だ。彼は、自分にとって価値があり素晴らしいと思うものを整理するとき、対象(それ)を《好きなもの》だと言う。「好き」の枠はいい加減で、たくさんの「好き」なものを入れられる不定形の箱(ブラックボックス)になるからだ。彼は、「好き」の枠内に対象(それ)を組み入れる。そうすることで、すでにこのいい加減な《不定形の箱(ブラックボックス)》に入っていた多数のものとの関係がねつ造される。こうして、彼は「好き」を中心に「もの」の価値を整理しているのだ。

たとえば、チャップマンの好きなものは〝彼女〟の朝のあいさつだ。だから、彼は自然に《「好き」の箱》に朝のあいさつを放り込み、そこで前から好きだった子どものイメージが重なって朝のあいさつをかわいらしく感じだす。朝のあいさつをすると、いつの間にか気持ちが純粋になるような気がしている。こんなふうに神経の接続状態の再利用が幾重にも重畳されて、単純だった「好き嫌い」が、どんどん複雑になってゆく。

そうして「好き」なものを増やしていたある朝、朝食後のキッチンで食器を洗いながら、驚くべきことに気づいた。チャップマンは、この刑務所での暮らしが好きになりつつあったのだ。

「おめでとう！　だから、どんな場所だって、スキになったらいいところが見つかるって言ったでしょう」

体重の軽い足音が、背後で聞こえた。食器の洗剤を洗い流しながらちらりと振り向くと、ちょうど少女が後ろを向いたところだった。赤いワンピースを着た、〝彼女〟の後ろ姿がかわいらしかった。

そのおしりをもっとよく見ようと目をこらした。見えている女の子が、突然、別人になったように、ワンピースの色が白く変わって、スカート丈が刺激的に短くなった。黄色人種の膝の裏はしっかりしていて、太ももも健康的に太い。

「スカートが短いんじゃないか」

「もう、そんなことばっかり」

怒ったような声を耳元に浴びせられて、反射的にチャップマンの尻の穴が締まった。洗い物をする手が、リズムがついたように手早くなった。こうやって、「好き」が育てた動機はみんなを突き動かす。「好き」が世界を作り、回しているのだ。

彼の割り当て分の作業は、いつもより早く終わっていた。

早く自分の房に戻って〝彼女〟と話したいチャップマンを、キッチン作業のリーダーが呼び止めた。

「そのご機嫌を、ひとりじめしてていいのか」

五十歳を超える壮年の、元大物ギャングが、じっと彼の背中を監視していたのだ。キッチン作業のリーダーは、麻薬取引と何十件という殺人教唆の罪で三百五十年の懲役を受けている。目が合って、犯罪の濃密な臭いに血が冷えた。ここはチャップマンの生きる場所などない重犯罪刑務所のままなのだ。

どう言いつくろって逃げてきたか覚えていなかった。彼は全身に脂汗をかいて、自分の房に閉じこもった。壁のほうを向いて、膝を抱えてベッドに座った。外にいる他の囚人を見ると、彼を殺す算段をつけているように思えて、身体の震えが止まらないのだ。

「テレビくらい、別にひとりで持ってたっていいじゃないね」

〝彼女〟が、チャップマンが不平をことばにするより早く、頭の中で言ってくれた。

彼の脳内のテレビや、〝彼女〟のことは、他の囚人には知られていない。ここでは、そのくらいのことで本当に人が死ぬのだ。

恐怖が止めどなくわいてきて、気をそらさないと頭がおかしくなりそうだから、彼はテレビを作動させた。子ども番組にチャンネルを合わせた。算数の教育番組が放映されていた。先生が三角形を表示させて幾何学の授業をしていた。ぬいぐるみが動いていたが、女の子は映っていなかった。

「だいじょうぶだよ。希望を捨てないで」

〝彼女〟が、子ども向け番組のような、根拠のないポジティブなメッセージを伝えてくれる。子どものころ見た絵本や童話や、好きだったコミックや児童向けドラマのようだ。

外に出るのがこわかった。キッチン作業のリーダーにまで目をつけられているとわかった途端、もうすぐ殺されるようでたまらなかったのだ。なぐさめてほしかった。〝彼女〟をもっと近くに感じたかった。

「顔を見せてくれ」

〝彼女〟は決して顔を見せてくれない。そんなささいなことでも、〝彼女〟との関係をもっと確かにできる気がするのに。

ベッドに座る彼のすぐ脇に、子どもの高い体温を感じた。お風呂で丹念に体を洗わない女の子の、甘い汗の臭いがした。視線を落とすと、汚れたシーツに、黒人の女の子がちいさな手をついていた。ベッドに四つんばいになった少女の手だ。長い髪と角度のせいで顔は見えなかったが、その面影をチャップマンは知っていた。特にお気に入りのイメージがあったからだ。

まったく同じ角度から少女の胸元を覗き込んだポルノを持っていた。つまり、チャップマンが〝彼女〟の姿として脳裏に映していたのは、人生の中で見てきた写真やテレビや映画など記憶の断片ばかりだった。〝彼女〟として、記憶の中の少女の断片を、強引に組み立てた姿を見ていた。

だが、真相を悟っても驚きはしなかった。〝彼女〟もあやまってくれた。

「ごめんね。顔、見せられないんだ」

チャップマンは、刑務所での〝アニマ〟の実験に入る前に、契約内容を理解できるよう基礎知識をITPで伝達されていた。だから、なんとなくわかった。リチャードは、神経発火の一番ちいさい単位時間では『何かが好きだ』という単純なことすら、意識には認識しきれていないと言った。ならば人間の全体像も、当然つかみきれていないのだ。〝アニマ〟は、こうした短い単位でチャップマンの脳にはたらきかけているから、断片の組み合わせに見える。

つまり〝彼女〟の姿として、少女のイメージの断片が、記憶から彼の脳に送られる。感覚から意識が人間像を構成するまでには、わずかな隙間があり、脳は一瞬では手に余る情報を総合物として把握しようとしている。だが、脳は多数の感覚器から情報を受ける器官だから、この〝アニマ〟に挟まれた記憶に対しても並行して「好き嫌い」の反応を出して、チャップマンの意識に反映しようとする。つまり〝彼女〟のイメージに彼の脳が無意識に拒絶を返したら、脳は姿をどのように結ぶのか混乱する。だから、〝彼女〟のことを、パーツやおぼろげなイメージの組み合わせとしてしか感覚できない。きっと彼自身が「まとめることを嫌って」無意識に止めているから、体のパーツと〝顔〟をひとまとめでイメージできないのだ。

なぜ「嫌って」いるのだろう。〝彼女〟が、チャップマンの望まないことを絶対しないことを思い出した途端、なぜか涙がこみ上げてきた。

だったら原因は、児童性的虐待犯で殺人犯であるダニー・チャップマン自身にあるのだ。彼の脳は、パターン化された様式でスムーズにはたらこうとする。なのにチャップマンの自意識は、意味を求める文化を背負った「ことば」で組み立てられて、何もかもが粗い。

〝彼女〟の声は、脳が無意識に愛していた「ことば」がかたちになったように、完璧に彼のこころを捕らえる。なのに、自意識は悪い感情ばかりを喚起する。メグを殺してここに投獄されて、二度と出られない自分自身のほかに、理想の少女像をまとめられない理由などあるはずがない。

その日の昼、彼に一通の手紙が届いた。刑務官から白い封筒をわたされた。

宛名を見ると、メグ・オニールの両親からだった。チャップマンにとっては、せいぜいメグに引き合わされたから顔を知っているくらいの間柄だ。裁判のとき彼らが泣いていたことを思い出した。今さらメールではなく、紙の封筒で何だろうと怪しんだ。端を爪でちぎって開けると、短い手紙と、手書きのカードを複写(コピー)した紙が一枚入っていた。

チャップマンには、手書きのほうに見覚えがあった。たどたどしい字の《Merry Christmas》と、ツリーと星がカラフルなペンで描かれたクリスマスカードだ。彼がメグからもらったのとほとんど同じものだった。

心臓が重くなるようだった。震える指で、その手紙を開いた。

手紙は、父親から一枚、母親から一枚、こちらはコンピュータ上で文書をつくって印字されたものだった。

〈メグが私たちのもとから奪い去られて、一年以上もの時間が経ちました。家に帰るたび、もうあの子が私たちを迎えてくれることがないのだと、思い知らされます。私たち一家は、あの子が立派に成長してくれることに賭けていました。どんなに私たちが悲しんでいるか、刑務所で暮らしているあなたに想像できますか。あなたは、今、ITPによる治療を受けているのだと聞きました。だから、この手紙を書くことに決めました。メグはとてもいい子でした。私たちはあなたがこころから――〉

母親からの手紙は、メグがいなくなって寂しい暮らしのことが切々と綴られていた。チャップマンは、三分とかからず読み終えてしまって、予想したより文面が凡庸で退屈だと思った。

逆に、父親からの手紙は、チャップマンが死刑にならないことへの不満を露わにしたものだった。裁判を傍聴したメグの両親は、チャップマンの話した犯行時の様子に衝撃を受けていた。だから父親が彼を責めるのは、囚人たちが殴るのとはちがう正当な怒りだ。だが、それでもメグはおとなにやさしくしてもらうことがうれしくてたまらない子だったのだ。裸にすると、身体に青痣があった。振り返りたくない記憶がよみがえったのに、思ったよりもこころが痛くなくて、自分に失望した。

読み終えて、チャップマンはカードのコピーを膝の上に置き、オニール夫妻の手紙は封筒に戻して私物入れの袋に突っ込んだ。

奇妙なほど、朝に感じた恐さがなくなっていた。刑務所の外の〝社会〟を思い出したからだ。ここの外の当たり前の世界では、メグを虐待していた両親ですら、人間らしいあたたかみや熱を見せるのだ。だからこそ、非人間的に冷淡な重犯罪刑務所に投獄される羽目になったことを、こころの底から後悔した。

だが、チャップマンは被害者ではなく加害者だ。殴られるだけの彼も、外の社会では扱いにこまる厄介者だ。

以前、夜中に思い出して以来、久しぶりにメグのことを考えた。今になっても、あの最後の時、彼女が彼に言ったことばが頭に引っかかっていない。覚えているのは、太陽の光を浴びた少女の肌の色や、あけっぴろげな笑顔だけだ。

彼女の記憶は曖昧になっていたが、彼女を好きだった気持ちだけはまだ生々しい。

「わらって。ねぇ――」

ベッドに腰掛けた彼の隣には、懐かしいような気配があった。〝彼女〟も人なつっこくて、彼がほめてやると、びっくりするくらいよろこんで、手を軽く組みながらはにかんだ。

チャップマンは、楽しかった過去へ戻るように、今度は彼のほうから話しかけた。

「ケーキの上にのせるマジパンは、アーモンドパウダーと、おさとうで作るって知ってる？」

「知らない。お菓子、作れるの？」

「本当は作れないんだ」

記憶より完璧に、〝彼女〟は微笑んでくれた。それが、ちいさなメグの面影よりも魅力的なように感じたから、悲しくなった。

チャップマンは、満たされない彼が妄想した理想の異性にただ似ていたから、少女をつけねらった。彼女が性的にも満たしてくれるのではないかと思い込んで、本能と感情を、理性で押さえきれなくなっていった。錯誤にとらわれていた。「メグは自分を好きだから、彼女は満たしてくれる」のだと、勝手に結びつけた。「好き」ということばで区切ったブラックボックスに入れているうちに、整理できない塊になったその誤解を、自分の中だけで真理に化けさせた。自分の欠けた穴を埋める何かの役を「少女」に押しつけようとした。その何かが具体的にどういうものかも、チャップマン自身は知らないのに。

彼にとってだけ、彼が殺した少女は、妄想という幻だったのだ。

彼の手は、クリスマスカードの複写を握っている。指が震えて止まらなかった。カードをもらったのはチャップマンだけではない。メグに愛されていたのは、彼だけではない。

「お父さんやお母さんと、比べられるの、イヤ?」

「嫌だけど、しかたない」

そういう彼も、比較をしていた。

「彼女のことを考えたら、つらいんでしょ」

〝彼女〟は、チャップマンの気持ちを先読みして、快適な答えを返してくれる。

「つらくても、『好き』は比べるものだ。やっぱり一番じゃないと嫌だな。ひとつでいいんだ」

「好き」は、絶対値ではなく他の「好き」と比べられるものだ。だから、「好き」には自然に序列が付く。

自分が殺したメグの思い出と、本当は存在すらしない〝彼女〟を、彼も比べていた。勇気づけるように、体温がぴっとりと背中に押しつけられた。チャップマンがひたるのは、現実の女性と関係を築けなかった自分の、生きた異性がひとりもいない満ち足りたようで荒廃しきった三角関係だ。それでも、加害者がふたりの少女を天秤にかけるのでは、あまりにメグに救いがない。

不実であることを、チャップマン自身の幼稚性が責めた。

「子どもがふたりいたら、ハーレムじゃなくて、家族になってしまうものね。でも、本格的にお父さんになって、おとなの役からおりられなくなるのは嫌なんでしょう」

〝彼女〟は、甘えたい彼を叱咤しつつも、実体のない熱だけで寄り添い続けている。

「わかった。ひとりにする」

つぶやくと、心臓にひとかけらこびりついていた人間性が涙をこみ上げさせた。欲しいと思って殺してしまった少女は、自分にとって、ただの部品だった。虐待こそあれ八年間彼女を育ててきた両親から、そんな彼が娘を奪ったのだ。

チャップマンは、彼女を殺してしまったことに、はじめて嗚咽した。

理由は、頭の中ではもう探すことはできなかった。彼が身につけてきた道徳が、少女を好きになる気持ちよさの背景だった社会性が、文化が、あらゆるかたちで理由となって、火の雨で彼を打つようだった。

何時間もそうしていて、それでもメグが最後に何を言っていたかすら思い出せなかった。ただひとつ、彼にとってはじめて彼女が人間になったということだけが、はっきりしていた。

午後四時、アメリカの全刑務所で一斉に受刑者を数える（カウントする）時間になった。

チャップマンは、時間を忘れて泣いていて、所定の場所に並ぶ決まりを守れなかった。住居房の鉄格子が、外から思いきり蹴られて、おおきな音を立てた。全所でのカウントは、四人の数が合うまで終わらないからだ。

おかげで夕食後のキッチン作業でも、チャップマンへの風当たりは強かった。バケツの水を足下にこぼされて、何度もモップをかけさせられた。彼を助ける人間などいるはずもない。

彼には、ここに友だちなどいない。まともな人間関係がないとは、時間が余るということだ。そんなとき妄想は一番の友で、そして脳内の〝彼女〟はいつでも相手をしてくれる。

「おつかれさま。ずいぶん、ひどいことされたね」

体中がきしんだ。どこにぶつかっても苦痛だから、そっとベッドに横になった。

「なんでこんな目に遭うんだ」

「助けてあげられなくてごめんなさい」

八つ当たりするより前に、〝彼女〟に謝られてしまった。

姿はバラバラのビジョンの寄せ集めなのに、〝彼女〟が愛おしかった。ちいさくてかわいらしいものに対して湧いたものは、たぶん父性愛だった。ＩＴＰの擬似神経で構成された器官が脳内に見せる幻を、守るもなにもない。そのはずなのに、父親になれない彼にも、ちいさな気配を抱いていると何かをやりとげたように錯覚できるのだ。

ベッドに寝そべったまま、ずっとこうしていたかった。こうしている間、世界がひとつの完全なかたちになったような気分になった。外に出たくなかった。救われたいと思った。

「愛しているわ」

囁き声が眼底や鼻の奥をくすぐるようで、むずむずした。きっとチャップマン自身が、愛を乞うているのだ。

〝彼女〟を好きだと思った。安直でも、たぶん好きになってもらったから自分も好きになったのだ。

裏切られることはないと、もっとよい関係を作ってゆけると信頼したから、ささやかな愛情を築くことができたのだ。

まぶたを閉じた。目を開けていると、メグの裏切られたような表情が、眼前によみがえってくるのだ。少女の顔が恐怖に塗り潰される直前の、あの空白を作ったのは彼だ。胸が重苦しくて、息を吐くたび胸焼けがしそうだった。

夢が断片のかたちで流れるように、チャップマンは一貫性のない断片として〝彼女〟をとらえる。日々鮮明になる罪の記憶とは関係なしに、彼の脳内では〝アニマ〟が好意を発生させている。好意が発生しているから、彼は「好き」という曖昧なブラックボックスに、〝彼女〟にかかわるものを放り込む。その中で、バラバラの断片は理由を与えられて、人間に見えるようになる。「チャップマンの好きなものだから、〝彼女〟は人間に見える」のだ。

チャップマンが〝彼女〟を好きであることと、〝彼女〟が人間のようであることは、本来、関係がない。だから、ふたつを「理由」の関係で結びつけたのは、脳が曖昧であるからこその取り違えだ。

取り違えで、彼らは簡単に好きになる。好意は、理由より素早く、道理より強いものだ。

チャップマンは、今日の食事のデザートだった袋入りのチョコレートバーを、ポケットのない囚人服の袖口から出した。

「チョコレート、隠してたんだよね。わたし、これ、大スキ」

さっき愛を語ったはずなのに、〝彼女〟は継ぎ目なく(シームレスに)お菓子の話題に反応した。そういう子どもらしさが、チャップマンは「好き」なのだ。こうして落ち着いて食べると、ふたりで味わえる気がした。バーを齧(かじ)ると、甘みとここちよい苦みが口に広がった。

「おいしいね」

食べながらチャップマンは、これは純粋に体が感じている「好き」だと思った。外界からの刺激に反応するとき、扁桃体(へんとうたい)での原始的な価値判断に信号が回るほうが、新皮質での論理判断に回るより早い。そうして時間差のある情報がフィルタにかけられて、ひとつのまとまった、ビジョンを結ぶ。

原始的な好き嫌いで、彼はチョコレートバーを嫌わない。〝アニマ〟は、その情報から、未整理の塊になっている「好き嫌い」の記憶を解きほぐしてゆく。

「おいしいな」

口の中で溶けるチョコレートは、思い出に繫がっている。お菓子が純粋に楽しみだった子どもの頃から、飽きるほど買えるかわりに不自由も多いおとなまでの、いくつもの「好き嫌い」がこの味に結ばれている。それは、彼が積んできたチョコレートの文化だ。

「どうして、その子にお菓子をあげようと思ったの？」

〝彼女〟が、メグのことに言及したから驚いた。〝彼女〟に触れられたこのタイミングが、ベストだった気がした。

「いいことをしたかったんだ。寂しそうな女の子に、よろこびそうなことをしてやるのは、いいことだと思った」

チャップマンは、かわいいものが好きだ。子どもっぽい物事が今でも好きだ。父親のように頼られたいと思う。異性としてパートナーがほしい。身体のセックスがしたいという欲を満たしたい。曖昧で大きなこの「好き」の枠から、枝葉が膨大に伸びて、ときには隣の枠と絡み合っていた。

驚くほど明晰に「好き嫌い」を感じられた。リチャードが言う「〝アニマ〟は好き嫌いを整理する」とは、こういうことなのだと思った。彼は父性的な文化のもとでメグに頼られたいと思い、男性的な文化に引きずられてパートナーを求め、子どもの遊びの楽しさや愛されたい文化から離れなかった。チャップマンは、ただ愛される方向へ伸びた文化の枝葉を、曖昧な「ことば」が作る神経連結を通じて感じた。ケーキの白い肌やチョコレートが作るコントラスト。彼が好きな、まるみを帯びた工業デザイン。ちいさい物品に与えられるほのめかしや愛玩動物を飼う習慣、身体を飾るいくつものアクセサリ。そして、巨大なものの前で自分の矮小(わいしょう)さを認めることにまで、彼が子どもが好きなことは繋がっていた。

〝彼女〟がそばにいるだけで、胸が苦しくなるような、出所を正確に感じることができない多幸感に包まれていた。

刑務所が最悪な場所ではないように思えた。彼が恐怖し「嫌う」ものは、この房の外にある。他の囚人が入れないこの房では安全だと、割り切って落ち着けた。

整理がついても、チャップマンは〝彼女〟を好きなままだ。それどころか、もっとありったけの欲望を〝彼女〟にぶつけたかった。受け容れてもらいたかった。

〝彼女〟が曖昧であることに、耐えられなくなっていた。あまりにも多くを預けすぎていて、〝彼女〟が人間でなければそれを回収できないと焦っていたのだ。

「顔を、見せてくれ」

ゆっくりと〝彼女〟の気配が、彼の腕の中で、顔を上げた。

彼が殺したちいさなメグの顔をしていた。

激情の大波が襲ってきた。チャップマンは、目を火傷したように首をひねった。

この少女の顔を、見間違えるはずがなかった。歯の根が、恐怖で合わなくなった。

「ねぇ、笑って」

記憶の中の少女の声と、〝彼女〟の声は、いつの間にか重なっていた。

「愛されたかったんだ」

唇が歪んだ。恐怖と嫌悪感で、体が震えた。すがるように、すぐそこにある気配へと視線を向けた。彼が、注いだ愛情の元をとろうとして殺してしまった少女が、そこにいた。

記憶の中の、一番うまくいっていたころのメグと同じ、あけっぴろげな笑顔をしていた。

「私も、愛されたかったわ」

チャップマンは、メグに、身勝手にも自分と似たところを見た。せまい世界で殴られ続けて、彼は逃げられない。彼女も親に虐待され体に痣があった。つらくて逃げ場が欲しい気持ちが、今の彼にはよくわかる。

彼は、息をするのも苦しい打撲だらけの体をきしませて寝返りを打ち、メグの顔をした〝彼女〟を抱き締めようとした。〝彼女〟の身体は、顔とは食い違って写真や動画のパーツの寄せ集めだ。微かな盛り上がりの頂上に蕾(つぼみ)のような乳首をのっけた乳房や、お腹のやわらかさや太ももの素朴さに、メグの顔が繋がっている。

〝アニマ〟による整理は正しい。彼にとって、少女が好きとはそういうものだ。写真や絵や動画に、ずっと同じものを透かし見ている。そこにある少女の姿を通して、妄想にしかない理想の異性を窃視していた。

こころの穴を埋めてくれる理想だから、〝彼女〟みたいに子どもだと楽だ。チャップマンには、妄想の中で、理想の異性という高嶺(たかね)の花から愛される理由がある。〝彼女〟は誰かの助けなしに生きてゆけない子どもで、チャップマンはすでに生活を築けているおとなだからだ。

「好きだ」

そう言って、あのときもソファに寝そべった少女にのしかかった。裏切られたように怯えたメグとちがって、ベッドに横たわる〝彼女〟は許すように微笑んでくれた。

「好きよ。だから、パパみたいになってほしかった」

彼の手は、〝彼女〟の体をすり抜ける。興奮しすぎて、普通に息をしているのに酸欠になったように深呼吸を挟まずにいられない。

〝彼女〟は、体を隠すようにうつぶせになってしまった。チャップマンには触れられないから、強引に仰向かせることができない。チャップマンの愛情を受けたのだから、愛されただけ返して欲しかった。またこんな不公平かと、怒りが湧いた。

「でも、俺は子どもが好きなんだ」

「どうしても子どもじゃなきゃダメ?」

「どうしてもじゃない。でも、子どもほど素晴らしいものは世界中にない。みんなだってそう言ってる。子どもは未来で、子どもは若さで、可能性で、純粋さで、純潔で、無垢な愛情だ。子どもを好きにならないなんて無理だ。社会が子どもを好きになって欲しがってる。今さら、好きになるななんて言うな」

血を吐くように訴えた。彼にとっては、さらに郷愁であり、愛情の記憶であり、人間関係や常識の根でもある。人間の価値のおそろしく多くの部分が、子どもに繋がっているようだ。『子ども』ということばも、『好き』と同じだ。複雑なものを単純にあつかっているせいで、曖昧で、入りそうにないものでも押し込んだらたいてい入ってしまう。

「〝そういうこと〟の相手じゃなかったら、子どもを好きでいられない？」

〝彼女〟が、うつぶせのまま笑っている。バレエのレッスンをするレオタード姿の少女の後ろ姿になっていた。なめらかなその肌が、チャップマンの手を誘うようだった。

子どもは、人間の素晴らしさの象徴なのに、そこからセックスだけ抜くのは不自然に思えた。セックスをして、〝彼女〟はチャップマンの子どもを妊娠して、ささやかな家庭を作る。いや、そうではない。彼は快適な世界を妄想し、そこを支配していたいのだ。彼は子どもが好きで、妄想の中で子どもを支配している。だから、彼は「好き」なものを支配し続けることができる。

「〝そういう〟子ども好きをやめるには、最初の一回をやらないことだ。子どもは、そのくらい強い象徴(シンボル)なんだ。俺たちは子育てしなきゃいけない。おとなが仕事をしながらでも、何十年も子どもを育て続けるように、社会ぐるみで俺たちを教育したんだ。そのためには強い動機(モティベーション)が必要だから、子どもは素晴らしいことになった。だって、世界中が子どもを好きじゃなかったら、放って置かれる子どもが年に何千万人も生まれてくることになる。子どもはみんなに愛されなきゃいけないだろう」

自然に声が熱を帯びていた。親の愛が足りないから、メグは殴られて無視された。メグの親が彼女をないがしろにしたのは、社会ぐるみで子どもに興味をひきつけきれなかったからだ。チャップマンは自分の罪を軽く見ようと必死になっているかのようだった。

「それだけ愛を振りまいたって、子どもの世話をしない親はそれなりの割合でいる。母性みたいな強力な受け皿がないから、男は『好き』を身体で納得できない。愛が変なところに当たって、子どもを性的に好きになる男だってある割合で出るさ」

「そうならない人のほうが、ずっと多いでしょう？」

「安全なやつなんていない。俺だって、本当に子どもが好きになったのは、あのときベンチに座ってたメグと会ったときかもしれない。ある日、自分がまさかって、それまで他人事だと思ってたやつが、突然、子どもが好きになってるんだ」

チャップマンは、「時代が変わっても、社会は子どもを賛美し続けた」ことが、事実だと知っている。「児童に対する欲求は昔から続いて、子どもは性的に虐待され続けた」こともそうだ。だが、このふたつの事実を、〝だから〟で結んでいるのは、彼の恣意だ。

「みんな子どもが好きなんだ。どんな時代でも、子育ては行われていたし、それはおおきな負担だった。けれど、父親を育てるような『好き』だけを、正確に送り込むなんて無理だ。子どもへ向いた好きをこんなにばらまき続けたら、子どもを理想のパートナーだと思うだろう」

彼は、こころの弱い人間だけが子ども好きになるわけではないと思う。成人の異性間の関係でもそうだが、何を「好き」になるか選べるとは限らない。けれど、対象が子どもだったとき、まともに進展する人間関係を育める可能性は低い。そうして空いた穴には、妄想が詰まるようになる。

けれど、好き嫌いを整理しても、文化をたどっても、好きのはじまりを見つけても、チャップマンが受刑者であることは変わらない。彼が欲望を自制できずに犯行をおかしたことだけは、絶対に動かないのだ。思い出してしまったメグの、血のあたたかさや肉の痙攣を、重みを片付けようがない。チャップマンが壊したのは、たしかに「取り返しの付かない何か」だったのだ。

子どもへの性的欲求はなくならなくても、その網から完全に自由にならなくても、嗜好と行動は別物だ。女性が男性に対してセックスの動機を掻き立てることと、実際に強姦事件が起こることの間には、超えてはならない違いがある。

チャップマンはそこを「だから」という原因と結果で結んだ。致命的な誤読だ。自分の「好き」をより分けて最後にたどり着いたのは、手を出したかどうかという決定的な差だった。

ようやく肌で感じた。

都合良く歪めていた認識が、ようやく本当にほどけた。チャップマンはとてもありふれた性犯罪者であり、重犯罪刑務所にいて、百年の懲役を負っている。それが現実だった。

〃彼女〃が、手を握ってくれていた。脳内の〃アニマ〃が発生させた体温が、終着点に行き着いた彼を慰めていた。

「よくがんばったね」

やさしい声が、鼓膜を介さず直接聴覚をくすぐった。この声は、きっとストレスを感じ取った〃アニマ〃が、彼の脳のコンディションを回復させるために行った操作を逆算しただけのものだ。

それでも、洗われるように、涙は止めどなくこぼれ続けていた。

〝彼女〟が肩を寄せてきた。ぬくもりを確かに感じる。けれど、それより近い距離にはならない。〝彼女〟をばらばらにして、チャップマンのこころの穴に埋め込むことはできない。

曖昧な「好き」という塊に育まれたのだとしても、チャップマンが感じる愛情はこういうものだ。この貧弱でふらついたものが、彼が育んできた等身大の愛だった。

次の朝、チャップマンは決められた通り刑務所内の労務についた。

ごくささやかなものごとを、這うようなのろさで学んで、自分は変わったのかもしれないと思った。それは、〝アニマ〟による矯正の効果だということかもしれない。

もちろん、そんなことは彼の脳内だけの話だ。他の受刑者との関係は、まったく解決してはいない。一生刑務所を出られない重犯罪者にとっては、メンツが命そのものだ。小児性愛者と仲良くするなどありえない。チャップマンはここでは幸せになれない。だが、刑務所は自己実現の場所ではない。

そして、それでも死ぬまで人生は続く。

今日、チャップマンは、気持ちよく朝のキッチン作業ができた。「好き嫌い」が整理されたおかげで、自分の劣っていたり情けなかったりする姿がよく見えた。だから、ほんのすこし自分をどうにかしたいと思えた。〝彼女〟が好きだからだ。マシになりたいという欲求は、恋の風景としては一般的なものだ。

キッチンの食器洗いは、いつもより五分早く終わった。ドアを抜けて食堂に戻ると、同室だったエヴァンズがまだ食堂にいた。彼に気づいて、機嫌の悪そうな麻薬売りが大股に近づいてきた。

昨日までの愛から一歩外に出るためには、今日、これまでしなかったことをすることだ。だから恐怖を抱えながら、精一杯の親愛の情をこめて、あいさつした。

「allo（こんにちは）」

エヴァンズの顔が、きついジョークで苦笑いする直前のように歪んだ。それに似た表情に見覚えがあった。メグを殺した後、子どもを支配しているという妄想を覆（くつがえ）されたチャップマンの、ガラス窓に映っていた顔だ。

次の瞬間、チャップマンは殴り倒されていた。

＊

そのときリチャードは、自宅の書斎で朝食前の作業を終えたところだった。今日一日にやるべきことをまとめておくと、気分よく会社での仕事に取りかかれる。

妻が朝食を作り終えるのは、毎朝、七時四十分ころだ。ちょうどキッチンへ向かおうとしたとき、紙状端末に警告ランプが点ったから、無視しようか迷った。

ただ、さっきまでまとめていたデータのことを思うと、気に懸かった。チャップマンから送信されてくる文字データは愚にも付かないものばかりだったが、昨晩のものはちがった。〝アニマ〟が明らかに成果をあげはじめていたのだ。

緊急の赤ランプが点滅しはじめた。

リチャードは、慌てて紙状端末画面を覗き込んだ。赤ランプは、チャップマンの生命にかかわる事態であることを意味していた。

ニューロロジカルのサーバに繋がっている画面には、赤ランプを見た他の職員がまとめてくれた現在の様子が表示されていた。グリーンヒル刑務所の食堂で起こったトラブルが暴動に発展し、チャップマンが巻き込まれたというのだ。刑務所が委託している保安会社のスタッフたちが鎮圧にかかっているが、難航しているという。一生自由になれない長期刑の凶悪犯たちは、ひとたび暴発すると、保安スタッフが銃を発砲してすら止まらない。刑務所内の人間関係でも、どのみち人間は簡単に死ぬのだ。

現状、ニューロロジカルからリチャードに与えられている指示は待機だ。研究者である彼に、できることなどない。巻き込まれて殺されるリスクを下げるため、刑務所からは刑務官たちですら退避していた。重犯罪刑務所では小規模な暴動が頻繁に起こると、補足コメントがついていた。

　生命の危機を表す赤ランプが、激しく明滅していた。チャップマンが死にかけているというメッセージが、被験者本人のＩＴＰ制御部から送信されているのだ。

〈痛い痛い痛い（死んでしまう／助けて欲しい）痛い痛い――――――――〉

チャップマンが考えたことが、ＩＴＰ制御部に内蔵された文字コミュニケータを通じて、リチャードの紙状端末まで届いている。暴動の中心で私刑に遭っているチャップマンの内心の悲鳴が、文章になって表示され続けていた。

〈痛い痛い頭をこじあける痛い、面倒を見てもらってなんてないやめてくれ、痛いスプーン（血が痛い／頭刺さる）死んでしまう痛い痛い――――――――〉

　絶え間ない悲鳴を見ていると、気が滅入った。子どもを殺した殺人犯とはいえ、その死に立ち会うのはたまらない。送られてくる文字情報を絞り込むため、文字欄の隣に表示された属性のボタンに触れる。文字コミュニケータが脳神経からの情報をＩＴＰ経由で文字情報に直すとき、話者がどんな気分だったかの属性情報が付与される。画面上の「冷静な気分」のアイコンを押した。フィルタを通されることで冷静な気分で考えた内容だけが表れるようになった。

〈こんなことになったのは怪物だからだ俺は怪物で違和感で排除されるべきものなんだ〉

　断末魔から苦痛の訴えと悲鳴をフィルタで削ぎ落として残った文章が、あまりに静かであることが意外だった。だが、フィルタ設定を見る限り、これは本当にチャップマンが冷静だった瞬間に送信したことばだった。

〈俺が好きなものを整理できなかったからこいつらの嫌いだってそうだやっぱりことばが間違いのもとだ〉

殴られながら、瀕死のチャップマンは、自分の到達した場所を確かめるようにまだ思考していた。リチャードは、なぜだか寒気がした。〝アニマ〟だった。死に行くチャップマンは、〝アニマ〟の幻影と話しているのだ。

〈愛している助けてほしいリチャード〉

名指しで呼ばれた。理由はすぐにわかった。

〈彼女を助けてほしい愛してる彼女を子どもが殺される（いけない／俺もやった）彼女も殺されてしまう殴られている頭を割られる――殴られて頭を彼女も――〉

チャップマンは頭蓋骨を割られようとしていた。だからこそ〝アニマ〟の幻も死んでしまうと恐れて、娘のいるリチャードなら、チャップマンが女の子だと思っている〝彼女〟を助けると考えたのだ。

ニューロロジカルの研究グループは、チャップマンは本当にここまで改善したのかと、ネットワーク上で議論していた。被験者は、〝アニマ〟が好き嫌いを整理したことで明確明確になった自分の父性や男性性を利用して、死から逃避しているという説が大勢を占めていた。〝アニマ〟は、脳へはたらきかける道具として、被験者自身の記憶を使っていただけだ。だから、チャップマンがその集積体を〝彼女〟という人格だとみなそうと、本人の脳が死ねば道連れになるしかない。

〈頭が刺さった、骨が音を立ててる――〉

そして、冷静な気分のフィルタを通過できない断末魔が彼の脳内を荒れ狂っているのか、何十秒もリチャードの紙状端末に送信されてくるデータはなかった。チャップマンはきっと、もはや人間の所行とは思えない仕打ちを受けている。

だが、人間の身体の器質は一万年前からほぼ進歩していない。だから人間は、一万年前にしていた蛮行をひとつ残らずやる可能性がある。

〈リチャードこの世は好きでできてる、けれどそのせいで世界はまちがいがたくさんある〉

ニューロロジカルの研究グループは、チャップマンの死を受け容れて、これまでのデータをどう生かすかを考えている様子だった。紙状端末に流れてくるログでは、被験者のITP制御部がどのくらいまでの衝撃に耐えられるかが、参照のうえ情報共有されていた。

〈まちがいの元は好き嫌いだ好き嫌いは動機であって複雑なものを正しく作ることに向いてない好きは男に子育てをさせたいのに小児性愛者を作るくらい狙いがついていない〉

リチャードは、この混乱するチャップマンという人格に、声をかけてやるべきだろうかと迷った。文字コミュニケータは元々、病人や高齢者が緊急時に救急車を呼ぶことを念頭に作られたものだ。だから、救急車の到着告知や簡単な意識チェックくらいはできるよう、三十文字程度の言語メッセージならリチャードたちからも返信できるのだ。

〈好き嫌いの勢いで複雑で精密な仕組みをもった世界を動かすからかならず俺みたいなトラブルがそこかしこに出てるんだ俺みたいなトラブルが積み重なり続けていて世界になっていてもっと複雑になっているんだ〉

チャップマンは、この期に及んでまだ、自分の犯罪の原因を外部に求めていた。だが、〝アニマ〟も、人間が犯してきた失敗の原因である「好き嫌い」を、意思から切り離して外部化したものだ。つまり〝アニマ〟自体も、擬似神経で作った機械に、「好き嫌い」の集中管理を外部委託するシステムとも言えるのだ。

〈リチャード（あいつの娘／うらやましい）、やさしくなってくれよ彼女にだけでいいんだ〉

呼ばれ続けているうちに、自然と得体の知れない震えが走った。チャップマンは、〝アニマ〟を通じてリチャードと繋がっていると感じているのだ。

自分のほうに近づかず〝怪物〟のままでいてくれと、いっそ言ってしまいたかった。

そのとき、書斎のドアに人の気配を感じて、弾かれたように顔を上げた。

彼の愛おしいものが、そこにいた。

「パパ？」

返事をしようとして、のどがからからに渇き、舌が乾燥していることに気づいた。半開きになっていた口を閉じ、生唾を呑み込んだ。

チャップマンからの文字データが送信され続ける端末画面から目を離し、まぶたを揉んだ。「好き嫌い」に動機づけられて作られた文化の影響であっても、家族がよろこびであり昂揚であり安心だ。ここにリチャードの体験する愛情はある。

「ママが、もう、ごはんだって」

閉ざされた刑務所で跳ね回る人間の蛮性に触れたせいか、このまま家族の団らんに入ることがためらわれた。リチャードの中で、動物である人間の本能が荒れ狂っていた。だが、理性で押さえようにも、思慮の基盤である言語は、脳のはたらきと正確に対応しているわけではない。だから、取っかかりをつかめない蜃気楼の世界に迷い込んだようだった。言語以前の時代から横たわっている暗い幻の世界は、彼らが現実だと信じている世界と、こうして一瞬重なる。

チャップマンのことばは、最後の告悔のように、激しさを増していた。まるで愛情を希(こいねが)って、差し出された手だ。

自分がチャップマンと同じだと、認めることなどできない。リチャードの現実は、刑務所の中ではなく、家族といっしょの時間にある。

だから、ひっきりなしに入ってくるチャップマンからのメッセージが、恐くてしかたなかった。

開けていた窓から風が入った。朝の日差しの中、娘が美しく、大切で、艶やかなものに感じられた。

だから近づいて、やわらかなカーブを描く薄い褐色の額に、手を置いていた。

「パパのことが好きか？」

娘に、ことばに重畳されたものを読み取ることなどできるはずがない。

「うん」

リチャードたちは、言語コミュニケーションで理解できていない伝達内容を受け容れられるかどうかは、「好き嫌い」――受け手の興味しだいだとしている。だが、「興味」は目を向けさせるだけで、それが理解されるかとはまた別だ。このため、言語による情報整理では、明らかに消化できないものを、興味から「好き――自分にとってよい」だと錯覚して丸呑みする状況が起こる。誤解や誤読は、言語が必然的に起こすエラーなのだ。

「パパのこと、好きだよ」

そして、チャップマンがメグを殺すに至った錯誤も、言語のエラーだ。リチャードの首に脂汗が浮かんでいた。

意識すらしないうちに、ごく自然に、引き寄せられるようにしゃがみ込んで、子どもと視線を合わせていた。娘の、妻に似た一途な切れ長の目を覗き込んでいた。

チャップマンと接近しているように思えた。だから、この瞬間、娘がそばにいる状況がただ恐かった。

リチャードは、この認識自体が、脳内の反応をどの程度曲げたものだろうと考えた。神経の発火図を解きほぐしたら、彼自身の頭にもチャップマンはいなかっただろうか。

端末には、瀕死のチャップマンからのメッセージが入り続けている。自分の手は、気持ちに開いた穴に、ちいさな子どもを詰め込もうとしたチャップマンの手と、似てはいないか。

だから、娘の肩を両手で摑み、身体を押して距離をとった。

いつの間にか文字の送信は止まっていた。


〈────────────。〉


かわりに、黄色のランプがゆっくり点滅していた。外的要因でハードウェアが損傷したことを示す、エラー表示だ。ITPの主制御部は、脳深部の視床近くに埋め込まれる。だから、この状況は頭蓋骨を割られて脳に外傷が加わったのでない限りあり得ない。

チャップマンは死んだ。リチャードが一度も声をかけてやらないまま死んだ。彼とチャップマンは別人で、冷静に考えれば人格的に引き込まれることなどあり得ないというのに。

そして、メグの両親にとって娘がそうだったのと等しく、死んだチャップマンも失われて戻らない。

それが理性の敗北に思えた。小児性愛者を〝怪物（外部）〟のように扱うことは、問題をはさんで世界を〝向こう（外部）〟とこちら側とに切り分けるのと同じだ。そして、排除し、あるいは関わるまいとすることで、こちら側にいる自分は何も変えたくないという態度でもある。だが、安全圏など本当はない。ことばになった「好き」は、動機（モティベーション）と同時に錯誤を生み出し、あらゆる人間を突き動かしているのだ。

それでもリチャードは安心する。彼の幸福はここにある。

「パパ、笑って」

「好き」は神経の発火だから、よいも悪いもなく起こる。曖昧すぎて、「好き」は罪に問うても有罪にはできない。そして、「好き」を通して社会から与えられる動機を、整理しきることなどできない。

娘がこの上なく愛らしく、抱き締めずにはいられないものに見えた。

言語の絶えた世界で、現実としての彼らを守ってくれるのは、理念でも認識でもなく、手が届かないよう隔てた距離だけだった。

Hollow Vision

1

ヘンリーは無重量状態の空中を、体を慣性力に預けて滑っている。高度約三万五千八百キロメートルの静止軌道をめぐるリーチュー軌道ステーションでは、遠心力との釣り合いで体を地球へ引きつける力は見かけ上働かない。

赤道直下、降って湧いた赤道利権が新たな国際紛争の火種になりつつあるインドネシアはカリマンタン島の地域色も、ここにはない。世界中から軌道エレベーターを伝って人とモノが運ばれてくる中継点では、奇妙なほど地上の色が薄まってしまう。地球での人類文明一万年の爪痕は、グローバル化の巨大な淘汰圧を生き残ったごくわずかなもの以外、すべて漉(こ)し取られている。地上ステーションからクライマーユニットに乗ってエレベーターを丸二日も上昇し続ける間に、地表では決定的に思えた地域差が矮小化(わいしょう)して感じられるせいだと言われている。軌道ステーションは、地球すらもが小さな地域になってしまう宇宙との交通のための駅なのだ。

遠すぎる暗黒から、ここを中継点にエレベーターが宇宙資源を積み下ろす。地球人類には二十一世紀初頭、高度四百キロメートルの低軌道に数人を常時滞在させるのがやっとだった。二一〇四年の今は、高度一万キロメートル以上の宇宙空間に、常時四十万人もの定住者を抱える。観光を含む一時利用者まで合わせると、宇宙利用者は年間で延べ一億人に及ぶ。

ヘンリーは二ヶ月に一度、ビジネスパーソンの身分で軌道ステーションを訪れる。工業施設の宇宙化が進み、すでにナノマシンプラントの最も精密な工程は、無重量環境のほうが歩留(ぶど)まりがよいのだ。

空中を漂っていたガイドの取っ手を掴む。気流を押し出して推進する低速飛翔体に引かれて体が流される。個人認証タグに登録されたスケジューラに従って、目的地へと誘導されてゆく。直径百メートルを超える惰球形の旅客エントランスには、今も千人以上の人間が行き交っているが、他の利用客とはぶつからない。

巨大な水槽の中を、色とりどりの金魚が遊泳しているようだった。荷物を運ぶポーターサービスのガイドが、多数のカバンやトランクを繋げて蜈蚣(むかで)のように空中をうねっている。

穏やかな加速で彼を運んできたガイドが、ゆるやかに推進方向を変えた。

旅客エントランスの蒼い内壁が進行方向へうねって見えた。海の中にいるようで、否が応でも地球を思い起こさせるようデザインされているのだ。

ヘンリーはスタイリッシュなスーツの上着の裾を気にする。無重量状態で動いてもシルエットが崩れない宇宙もののスーツは、服地の張りが地上用のものと少し違う。

無重量状態に適応したスーツを、ヘンリーはカタログのモデルのように完璧に着こなすことができる。服は自重で体にフィットさせる仕組みが機能しないため、肩で着る構造を脱却し、腰から胸にかけて固定して身体末端へ伸びている。地上とは違って、股や腰を大きく動かさないのが、着崩さないコツだ。

彼の行く手に、ショートカットに強めのパーマを当て、上品に肌を露出させた女が待っていた。宇宙では重力で押さえつけてもらえない髪はどうしても乱れがちなので、ショートカットの女性が多い。ヘンリーと同行することになっているシャンシー(祥喜)という女だった。

「ミスター・ヘンリー・ウォレス」

愛らしい臍(へそ)に目をやったヘンリーに、彼女が声をかけてきた。ヘンリーは差し出された手を握るためガイドを手放す。相対速度が違う握手だから、彼女がヘンリーのベクトルに引きずられる。

「よろしく、パートナー」

勢いに乗じて、シャンシーの体を引き寄せる。宇宙環境では、女物の胸元デザインは、腰から支える構造と、空調が完璧なことから大胆だ。肩部は腕の動きでシルエットが崩れないよう、袖と胴を分離させて対策している。

「ミスター、ふざけないで。そんな俗なことまで、カタログ通りにやらなくて結構よ」

黄色人種系のシャンシーの指が、彼のスーツの胸ボタンを外そうとする。

宇宙では紳士物のスーツは前ボタンをしっかりと閉じて張力で形態を安定させるのだ。ボタンが外れては、スーツが大きくはだけてしまう。

シャンシーが両脚を曲げた反動で方向転換すると、膝丈のスカートがふわりと膨らむ。胴のひねりで布地がズレないように、無重量圏でのファッションは服地を腰まわりの合わせかたでコントロールする。人間が宇宙に出ても、女性はダイエットから解放されてはいない。

ヘンリーは、続いてやってきたガイドを掴まえた。今度は彼と彼女を、筒状の低速飛翔体が引っ張ってゆく。リーチュー（日立）軌道ステーションから宇宙側に張り出したまっすぐなエレベーターケーブルの先にある、高軌道工場地帯を視察する予定なのだ。

「リーチューの高軌道ステーションの工場地帯へは？」

「コーディネーターとしてデータは、アクセス許可されています。ミスターには、慣れた旅行でしょう」

軌道エレベーターの構造体としての重心位置を制御するため、ステーションからは宇宙側にも長いケーブルが伸びている。このケーブルの重りを兼ねて、先には高軌道ステーションが築かれている。ここでは太陽電池パネル群の設置が容易であるため、広大なエネルギーファームが構築されていた。ファームのそばは電力が安価なため、工場地帯が広がっている。ヘンリーの身元は、小惑星を摑まえればほぼ無尽蔵に入手できるシリコンを太陽電池に加工する素材企業のマネージャーだ。宇宙での太陽電池の大規模生産と展開で、今は空前のエネルギー・リッチな時代である。人類史上初めて、エネルギーが完全無償になる時代が到来しつつあるのだ。

惰球形の広大なエントランスの天頂には、高軌道ステーションへ向かうケーブル駅がある。ガイドにトレインされてきた手荷物群が、そのまま専用ゲートに引き込まれてゆく。ヘンリーはガイドが導くまま、旅客カウンターの認証待ちの列に並ぶ。志向や気まぐれでガイドを使わず空中遊泳する者もあるが、認証行列には施設保安のため並ばざるを得ない。これが、壊れ物である軌道構造体を扱うため、人類に許されている個人の自由の限界だ。

「私はあちらのゲートに。殿方のアクセサリは、人間の女のサイズになるとクライマーに持ち込めないようですから」

シャンシーがガイドを押した反動で手荷物ゲートへ向かう。彼女は人間ではなく、人間と同じかたちなだけのモノ、hIE(インタフェース)にすぎないからだ。hIEは、人間型のボディを、外部にあるコンピュータネットワークから指示を受けて動かす、制御系を外部化したロボットだ。シャンシーの動作も言葉すらも、感情やこころの裏付けがない、与えられた「それらしいかたち」通りに人形を動かしたものでしかない。それでも、人間と同じかたちで同じ動作をして働くから、シャンシーたちhIEは、労働者として充分なものだとみなされている。

彼女だけではなく、エントランスの客の二十人に一人は手荷物カウンターへ行く。人間型の機械は客室に入れないのだ。大量生産とインフラ整備でコストが下がった人間型機械は低重力障害にならず宇宙線被曝に強く、生命維持装置の準備がいらないため、宇宙にもよく進出している。

「リーチュー高軌道工場地帯へ。渡航ビザは労働、期間は一週間以下で」

ヘンリーは備え付けられたチェックシートを素手で破る。指紋と骨格、遺伝子情報が採取され、受け答え時の生体情報と合わせて、十二もの項目が照合される。

チューブ状のセキュリティゲートに入るとガイドは去って行き、彼の体はガスの圧力で押し出されてゆく。途中、風圧のかかりかたが変わって姿勢変更を強いられた。

暗いチューブの中を二十メートルほども押し出された後、ヘンリーの視界を星空が埋め尽くした。

大気に光を減衰されない圧倒的な星の海が、黒く磨いた床に輝きをバラ撒いたようにあらゆる方向に広がっている。高軌道エレベーターを上るクライマーユニットに乗り込むための待合い展望デッキは、金属質の繊細な骨格を持つ。暗黒の星海に集まり灯る、生きものじみて力強い光の邪魔にならないように、内装も控えめだ。

豊かになったことで、かつては厳しさが剝き出しだった宇宙に余裕ができた。技術的余力と人口が、デザインに高い価値を与えた。

その宇宙を貫いて、銀色の直線が二本、星空へ落下している。旅客用とは別に、高軌道ステーションまでの交通路には、貨物用ケーブルが二本あるのだ。カリマンタン島の、世界一日の出が早い地上駅から、このリーチュー軌道ステーションまで上る軌道エレベーターは三本ある。旅客用低速軌道索《サンライズ》と、工業用高速軌道索《ひので》と《ヴァスホート・ソーンツァ》だ。この工業用エレベーターが高軌道宇宙港まで届かせているケーブル施設も、ここから見物できるのだ。

旅客用展望デッキからは、ケーブル保護殻の内側を貨物セルが行き来する様子が、灯火の明滅のかたちで分かる。施設の天井に位置するここからは、リーチュー軌道ステーションの全景が眺められた。旅客用スペースを取り巻くように、円環状の貨物スペースが配置され、《ひので》と《ヴァスホート・ソーンツァ》ケーブルに貫かれている。貨物側エレベーターは、六千キロメートル上昇すると宇宙港にも接続している。この垂直の貨物路は、人類に新しい富をもたらしつつある宇宙交易路の地球側終端なのだ。

高軌道ステーション側のエントランスから、待合いデッキの空中を、ドレス姿の女性が泳いできた。アフリカ系の真っ黒な肌に、地球の海を思わせるコバルトブルーの飛沫をまとっている。静電気を利用した、無重量状態でなければ地面に落下してしまう衣装だ。

思わず口笛を吹いたヘンリーへ向けて、蓋付きのカクテルグラスが流れてきた。黒髪をオールバックにしたスリムな男が、固定された止まり木を蹴ってこちらにやって来た。

「液状ドレスだ」

親しみ深い大きな笑みを浮かべて、ヘンリーに教えてくれた。ウォンハイは地球軌道を利用するビジネスパーソンだ。宇宙を股に掛けるスーツ組は、この展望デッキで顔を合わせることが多い。自然、デッキがちょっとした社交空間になっていた。

「久しぶりだね。この間会ってから七ヶ月か。見るたびに新作のスーツだな」

「君のほうは、ずっとL5のブランドをひいきにしてるんだな。L5コロニー群の様子はどうだった?」

ラグランジュ5といえば、彼らの間では、宇宙コロニー群が建造中の、太陽と地球に対して同じ位置関係を維持できるポイントの一つのことだ。地球公転軌道で進行方向と逆に位置するため、ビジネスパーソンにも宇宙定住者たちにも僻地として扱われている。ウォンハイは、地球と太陽の遠心力と重力場が釣り合うそこで移民誘致をしているのだ。

「フロンティアでも、地球企業の現地子会社ばかりじゃ、雇用はあっても賃金も安い。飢えなくても住民が豊かにならない開拓地で、現地生まれの第二世代以降の住民感情はどうなる?」

コロニーは民間施設だ。つまり、現地軍を持っていないから、物資の輸入価格で現地経済をコントロールされても暴発する力すらろくにない。

「L5は、地球近縁の危険施設が集中する地域だ。危険で僻地で、夢も見られないんじゃ、帝国主義時代の植民地にいる気分かもな」

「そのうち気分だけじゃなくなるさ。宇宙居住民はまだ内戦のやりかたを知らない。けど、それで行き詰まりを感じたラグランジュ5じゃ、どこのコロニーも自前の軍隊を欲しがっている」

ウォンハイが、自分も手の中に持っていたガス圧ショットグラスをあおる。宇宙では、水や空気、放射線に脅かされない生活を手に入れるのにコストがかかる。物資の輸送手段も限られ、取引先の選択肢も極端に少ない。経済的に囲い込まれる構造になっているのだ。

「幸福になるとは思えないな。独立戦争をやるには、コロニーは事情が複雑すぎる」

「何万人もの生活の話だ。コロニー利権屋の応答カタログ通りは、やめてくれよ」

真剣な指摘を受けて、ヘンリーは肩をすくめる。この展望デッキの、いかにもビジネスパーソンらしい連中に、宇宙居住者は搾取されているのだ。

青い液体のドレスの女に照明が当たる。空中にファッションブランドのロゴが現れる。

美女たちは、人々が集まる場所で突発的に行われるハプニングショウのモデルだった。話のタネができた人々が、次々に現れた液状ドレスの空中遊泳に歓声をあげる。仕事柄、話題の豊富なウォンハイがコメントした。

「ぼくが聞いたところによると、あのドレスの生地はカクテルなんだよ。顔をうずめて呑めるんだ」

液体の服から、泡が宝石のように光を屈曲させ消えてゆく。無重量環境では、液中の炭酸ガスは留まってどんどん気泡を大きくしてゆくはずなのにだ。ウォンハイが皮肉る。

「スパークリングを飲むために、液流をわざわざ制御するのは、地上人のセンスだよ」

低気圧環境ではアルコールが回りやすいことと、嘔吐が危険だったことから、伝統的に宇宙生活者は公共の場で飲酒しない。リスク管理が文化的に染みついてできた常識が、彼女たちまで危険な魅力をまとって見せていた。

「高くつく酒になりそうだ」

ヘンリーは、あの液体ドレスを飲み尽くすのは大変そうだと、体積をそらで計算する。

酒（カクテル）のドレスをまとう女たちが球形のデッキを群舞していた。続いて高軌道ステーション側のエントランスから、じれったいほどゆったりした速度で白い衣装のモデルがやって来る。

スクエアを何百と組み合わせた上品な衣装は、伝統的なAラインのシルエットを持っていた。ロマンチックなその姿に似合った十代後半から二十代前半の若いモデルたちが、華やかな笑顔で展望デッキの人々の間をゆうらりと墜落してゆく。

白いかけらが、彼女たちの通り過ぎたあとに花びらが散るように残っていた。彼女たちのドレスの生地は、刻一刻と急速に風化してもろくなってゆくのだ。

人体の動きの激しい肩や腰から、風化したドレスがこぼれてゆく。品がよかったドレスがどんどんセクシーなものになってゆく。一度離れた人々の注意を、変化することで惹き直すのだ。

空中に溶けて消えてゆくさまを、追いかけてしまっていた。

紹介されたのは、どちらも一度使うと高度な補修が必要な衣装だ。一般普及などしないが、自分を印象づけることが利益になる富裕層には違う。

「風化素材も、ゴミに神経質な宇宙生活者にはタブーな文化だ。宇宙発の文化も出始めてはいるけど、ファッションでは地球側にやられっぱなしだよ」

ウォンハイがそう言ってため息をついた。彼らの背後には無窮の星の海が広がっているというのに、人間がいるだけでまるで彼女たちのほうが重要に見えてしまう。

ヘンリーも同感だった。

「衣食やエンタテインメントは、人口差がこう開いているとな」

地球経済にとって、美のモチーフと文化の積み重ねは莫大な資産だ。そして百億人対四十万人という逆転不能の需要差が育んだ最高の商品が、宇宙に売りつけられるのだ。ラムのおかわりが、デッキのコンパニオンからウォンハイに手渡された。

「逆転の目はないだろうね。宇宙生活者が高度コンピュータを自由に持てるようになるまでは」

ショウを見物する彼らのそばで、身なりのよい少女がモデルたちに憧憬の視線を送っている。凝った星形のかわいらしい衛星が、彼女の体を周回している。無重量状態用のアクセサリとしてのサテライトは、地上のデザイナーが考案したものだが、もう流行遅れになってしまった。

エントランスから次々に現れてくるモデルたちを眺める。ショウに使われた衣服は高軌道ステーション工場地帯の製品だ。すでに工業は、拠点を宇宙空間に置いた大規模生産の時代に入りつつあった。原料は小惑星や惑星鉱物を運び、宇宙コロニーで一次加工を行ったものが、高軌道工場地帯に輸入される。そして、それがエレベーターを上ってきた地球資源と合わさり、無重量環境を利用した超高精度加工や潤沢なエネルギーの恩恵を受けて、最終加工品が生まれるのだ。可変素材をリアルタイム制御する組込コンピュータ群、ナノマシンの重力非利用型プラント、人類の知能を超えてしまった超高度AIが要求する超高度産物の部品ですら、宇宙の生産拠点なしでは成り立たない。

見上げると、展望デッキの直上からのびてゆくケーブルが、宇宙の彼方へ届く道のようだった。クライマーをさらに三万メートルも上った先に繫留(けいりゅう)された、高軌道工場地帯の太陽電池パネルの反射光がまばゆい。

そのとき不意に、ヘンリーの視界に、人工網膜に投影されたメッセージが割り込んだ。

〈確保対象が攻撃を受けます〉

警告表示の直後、デッキを鈍い揺れが襲った。

密閉された空間の大気そのものが攪拌(かくはん)されて、全身に嫌な圧力を覚える。どこかで気密が破られたのだ。

破裂音が立て続けに鳴った。

「銃撃か」

ヘンリーは、ウォンハイがそう呟くのを聞いた。無重量空間を漂う一人が、エントランスを覗いて、凄まじい形相で悲鳴をあげた。退避を促す赤の非常灯が点灯していた。電源が非常用に切り替わり、デッキから一瞬でデザインが剝ぎ取られ、宇宙施設の無骨さが露呈する。白の矢印がぽつりと空中に浮かんでいた。

テロから逃れるため人々が避難区画に突っ込んで行った。みんなが前へ進む反動を得るために手近な人間を蹴るから、紳士淑女がぶつかっては弾(はじ)かれ合っていた。

デッキ壁面に内張りされた液晶画面が不透明化されて、真っ白になる。真空中に投げ出される恐怖が緩和されたか、群衆の落ち着きが幾分戻った。

ヘンリーは、逃げまどう他の人間たちとはまったく逆の行動をとった。壁の液晶に表示された被害箇所へ向かうため、身体重心と一軸に並ぶ角度で思い切り壁を蹴る。姿勢が崩れたまま、人にぶつかって転がりながら慣性で目的地へ近づいてゆく。ヘンリーの体が、エントランスに衝突して止まる。

係員が避難誘導に出た無人のカウンターで照会すると、危険地域が見取り図上で赤く表示された。高軌道工場地帯へ向かうエレベーターゲートが、危険の中心だった。保守用エアロックが不正に開けられたのだ。

ヘンリーは片手をスーツの内ポケットに突っ込んで、シガレットケースを引き出す。一本取り出した白い紙巻きは、口にくわえると自動で先端が発熱する。白い煙を大きく吐き出す。

「標的をかすめとった犯行現場の動画が見たい」

彼の口から漏れるのは煙草の紫煙ではない。ガス内の電子運動で計算を行う霧状のコンピュータなのだ。煙草にごく微量含まれた化学物質を解除キーにして、彼の肺内に仕込んだ霧状コンピュータが活性化した。それが、音声命令を拾う。

〈OK——〉

ヘンリーの人工網膜にメッセージが投影された。続いて、エレベーターゲートの監視カメラ映像が、視界の端で再生される。長時間作業用の硬質宇宙服を着た人影が三人現れ、液状ドレスのモデルを一人、見事な手際で掠っていった。現れた警備員を、銃で電極を射出して無力化すると、そのままドアを爆破して消えた。その先にあるのは、高軌道エレベーターの保守出入り口通路だ。

カウンターの非常ボタンを押して、状況を監視しているはずの保安部に告げた。

「ＩＡＩＡだ。高度コンピュータ強奪犯の追跡のため、ステーション管理局に協力を要請する」

ビジネスパーソンの身元で軌道に上がってきたヘンリー・ウォレスの、それが本当の仕事だった。ウォンハイが言った「高度コンピュータを、宇宙生活者が自由に持つこと」を禁止しているのがＩＡＩＡ、国際人工知能機構なのだ。

空中にモニタが浮かび上がり、リーチューの制服姿のオペレーターが映し出された。ヘンリーを一瞥したその男が、上司へ相談することを告げた。

「持ち出された高度コンピュータは、高軌道ステーション工場地帯で作られて、衣服に加工されて密輸されるはずだった規制対象品だ。緊急だ」

つまり、ＩＡＩＡは、取り締まり対象となる液体コンピュータを押収する直前に、横からかっさらわれたのだ。

「襲撃犯はエアロックから脱出する。人質救助のためにも協力を要請する」

拉致されたモデルは真空中に引きずり出されて死ぬ。宇宙圏において高度コンピュータは、美女一人より遥かに価値がある。襲撃犯が、液体コンピュータの台座にすぎないモデルに、一秒を争う急場でわざわざ宇宙服を着せてくれるとは思えない。

そしてエアロックが再び開いた警告が、カウンターに大きく灯った。人間は準備なく真空中に放り出されれば、ほぼ一瞬で意識を失う。逡巡の後、係員がわかったと返す。こういうケースが起こった場合の対処法も、IAIAのマニュアルで準備されていた。

「できるだけ推力が高い宇宙艇を回してくれ。救急救命士には、手荷物コーナーに預けていた人形(hIE)を頼む」

振り返ると、ウォンハイはすでに安全区画の隔壁の向こうだ。

周囲に漂う霧状コンピュータが通信回線に接触した。信号の盗み見(ピーピング)が始まり、宇宙艇の発進作業が始まった様子が監視できた。緊急用に待機状態だった宇宙艇が、最低限度のチェックだけで発進しようとしているのだ。

宇宙艇に荷物が搬入されたことを示す表示が、視界に現れる。数秒して、ヘンリーの頭蓋内に埋め込まれた通信装置に、呼び出しが入った。

〈宇宙艇に入りました〉

シャンシーの声がした。

「エアロック開放から二分経つ。回収時には、モデルの体はもう無理だろう。脳だけ助ける」

ヘンリーも壁を蹴ってエアロックへ急ぐ。磁力で形状を変える霧状コンピュータが、口の中に飛び込んで来る。吸い込んでもう一度紫煙を肺の中に溜める。

襲撃現場には、壁に押しつけられるようにして、気絶した警備員が漂っていた。襲撃犯たちが逃げた連絡口に飛び込み、宇宙線注意区画の表示を横目に空中を滑る。誰でも利用できるよう設置された小型の放射線計を壁からもぎ取る。表示を見る限り、高度コンピュータを強奪した犯人たちはエレベーター施設を傷つけなかった。

宇宙飛行士のアイコンが描かれたエアロックそばの金属のドアを開いた。内部はロッカーで、ツナギのような軟質宇宙服が掛かっている。スーツの上から全身をすっぽり覆うそれを着ると、ヘルメットをかぶって接合部を密閉する。ボンベから低圧に耐えるためのガス混合気が供給され、宇宙服内部が〇・六気圧まで昇圧する。

エアロックに進入してドアを閉ざし、空気を抜いて気圧を外の真空に合わせる。宇宙側の隔壁を開くと、向こうはとてつもなく真っ暗な星空だ。

虚空に呑まれるようだった。人造物の内部では、数メートル先にはモノがあるのが当たり前だった。だが、この先は、数万キロメートル先にもモノがないのが当たり前の宇宙だ。

人間の本能を打つ、環境のスケール感の数千万倍の拡大が、息を呑ませる。太陽光が荒々しさそのままに反射していた。下着だけの裸身の女性が、地球の陰に沈もうとする太陽の光に炙(あぶ)られて漂流していた。液体コンピュータの服を奪われたモデルが、そのまま真空中に放置されたのだ。

もはや動くことのない、彫像のように固まった女のシルエットが、慣性でゆっくりと果てない虚空へ流れてゆく。

ヘンリーと女の体との間は、三百メートル以上離れ、爪の先ほどの小ささにしか見えなくなっていた。命綱を頼りに冒険できる距離ではない。視界に、宇宙艇からの船体番号入りのコールサインが表示された。

〈本船では、施設へ接舷する権限を有する船長が乗船していないため、タグボートなしだと五百メートルまでしか接近できません。こちらで合わせますので、跳んでください。オーバー〉

シャンシーが船を回してきたのだ。葉巻型の小型艇が接近してきた。強いサーチライトを点灯させて、ヘンリーをまばゆく照らし出す。

自らの肉体以外のすべてを剝ぎ取られた女へ向かって、ヘンリーは壁面を蹴る。寂しい宇宙空間を命綱なしで浮遊する。

〈その軌道でＯＫです。船体でキャッチしますのでお任せください〉

大振りなデブリとして漂う女の体を、腕を思い切り伸ばしてつかまえる。重心が崩れて無理な姿勢になった彼らを、地上メーカーにデザインされた白い宇宙艇が受け止めた。

腰に命綱だけを巻き付けて、女が、船体を歩いて平然と宇宙空間をやって来る。ヘンリーの宇宙服と違い、真空中だというのに旅客エントランスで別れたときと同じビジネスーツ姿だ。人間型の機械のシャンシーにとっては、運用に問題が出る環境ではない。

「リーチューの管制室に照会だ。襲撃犯を捕捉しているはずだ」

見下ろすと、日没の光を受ける巨大な構造体が、強烈な光と影のコントラストを作っていた。

ヘンリーはドレスを剝がれたモデルを、宇宙艇の中に引きずり込んだ。バラバラの速度と位置を持っていたふたりと一艘は、彼らが船に搭乗することで速度を同期させる。

○・八気圧に与圧された船内環境に戻っても、モデルは自発呼吸などしなかった。真空に曝露されて九分間経っていた。心肺は停止している。

モデルが宇宙にまき散らした吐瀉物が凍ったものを手早く集めて、シャンシーも艇内に戻ってきた。胃の内容物のなれの果てをダスターに吸い込ませると、緊急生命維持装置を医療器具ラックから引っ張り出す。

「ミスター・ウォレス、彼女の首だけを生命維持槽に退避させ、脳だけを生かしましょう」

シャンシーの全身の人工皮膚から真空中で浮き出ていた水分が、ガス化して湯気を立てていた。

「首は手早く切れよ。体は死体袋に入れて冷凍だ。後から医者がきれいに繋げるようにしてやれ」

ヘンリーは小型宇宙艇の革張りの船長席に体を固定すると、管制室へ要求する。宇宙において、人間の活動をもっとも大きく制限するのは、遠すぎる距離だ。飛行計画を綿密に立てずに辿り着ける旅など宇宙ではあり得ない。

管制室からパニック気味に連絡が来た。高軌道エレベーターを上がった先の宇宙港を出たばかりの近軌道輸送船の画像が送られてきた。

「管制室より近隣艦艇へ協力を要請する。二百秒前に出港した画像の艦艇が、申告した軌道とは異なる方向へ推進軸を向けている。その船を止めろ」

管制室から、当該艦が停船要求に応じないというメッセージが送られてきた。軌道ステーションからさらに六千キロメートルも宇宙側に張り出した宇宙港は、地球と宇宙を繋ぐ動脈の一つだ。そこから、よりにもよって軌道駅へとまっすぐ降下しようとしているのだ。

有人艦なら機械化していても搭乗員が死ぬ加速度で、不審艦が迫りつつあった。襲撃犯がどこへ液体コンピュータを持ち去るにしても、より大型の推進機を積んだ宇宙船で追いかければゆうゆう追いつける。どんなに無茶をしても、潤沢に船がある宇宙港近辺で犯罪を犯して、逃げきることなどまず不可能なのだ。

アメリカ系企業の好む力強いシルエットをした不審艦艇が、警告信号灯を明滅させながら、強引に大きく艦首を傾ける。

「モノを回収する前に撃沈されるぞ」

不審艦の前面の外板が、爆発とともに剝離した。船殻の下にあった構造物が露わになる。それは、魚雷発射管らしき深い四本の孔だ。

偽装海賊船だった。

海賊は、宇宙の距離と時間尺度が生んだ、宿命的な病だ。宇宙船がタイミングを選び、推進剤を気前よく使っても、近い中継ステーションへすら数日かかってしまう。宇宙時代は、軍艦の最高速度より外側に治安が及ばない時代なのだ。宇宙に育ちつつある生産サイクルの富と、秩序の伝播速度限界である艦艇速度限界が、航路をゲリラ攻撃する海賊を生み続けている。

宇宙港の慌ただしかった動きが、有機的になる。発艦レーンが閉鎖される。すでに発艦していた警備の宇宙艇が続々と急加速を始めるのが、映像で映し出される。宇宙港側のレーザーは、狙いをつけているはずだった。

状況からすれば、ヘンリーたちが追う襲撃犯は、あの船にいる。だが、この短時間で、五千キロ以上も離れたあの船まで、人間が移動するのは不可能だったはずだ。それでも不審艦艇は追跡者を足止めするための武装を露わにした。

そして、不審艦艇の全魚雷発射管が噴射炎をあげ、小型のカプセルが四個射出された。射出体の軌道は、リーチュー宇宙港の管制室が瞬時に計算した。そのうち一個が、地球航路の危険度を下げる中継ステーション近くをかすめていた。続けて、さらに魚雷発射管から連続で八個のカプセルが撃たれる。次々に算出されたその全部が、中継ステーションや宇宙ステーションに到達する軌道だった。

どれも宇宙構造物に衝突するおそれがなければ厳しく追跡されないサイズだ。逆に言えば、中継ステーション側で命中すると判断すれば、破壊を装って回収されることがあり得るということだ。

内ポケットの煙草入れから煙草を取り出すと肺内の霧状コンピュータを活性化させ、IAIAに暗号回線でコールする。

「標的が射出された。ダミーを入れて十二個のカプセルのどれかにある。撃墜許可を」

エージェント単独で対処できる状況を超えたと判断し、緊急を意味するコードを入力する。

IAIAは、《アストライア》という、世界に三十九基存在する人類知能を超えた人工知能、超高度AIの一基を所有している。その役割は、絶えず進歩を続ける超高度AIたちの、能力を測定し続けることだ。これには、超高度AIに到達する可能性を持つ高度コンピュータの監視も含まれている。

奪われたのは、ドレスに偽装した液体コンピュータだった。液体コンピュータは、体積を増やすことで並列計算能力を上げる、取引禁止の高度コンピュータだ。国際法務局の超高度AI《オケアノス》が、単純な体積の増量で、人類知能を超える技術的特異点（シンギュラリティ）を突破した前例すらある。

だが、近軌道輸送船は、内側から猛烈な火を噴いた。宇宙海賊は、荒々しくも自船を爆破したのだ。酸素が失われても、外殻を損傷した圧力と慣性は残ったままだ。音を伝える空気がない空間での静かだが強烈な爆発で、大量のデブリがまき散らされていた。すさまじい速度で、大型のデブリが何千個も炸裂する。リーチューの宇宙港と工場地帯の至近距離での自爆は、軌道駅全域の機能を一時的に凍結させた。

宇宙港がデブリ源になる事態を想定して設置された、デブリ捕獲のためのネットがエレベーターの周囲に大規模展開する。さっきヘンリーが出たばかりの展望デッキに、緊急シャッターが下りる。

出航直後の推進剤を満載にした船が炸裂させたエネルギーはすさまじかった。大型の破片が、回転しながら飛翔し、そのいくつかはネットを突き抜ける。それでもネットですぐに捕獲できたぶんはまだマシだった。施設の至近以外には捕獲手段もなく、莫大なデブリがバラ撒かれる。そして、地球重力に引かれて、それぞれが軌道を巡り始めるのだ。

リーチューの軌道施設全体が、初動でデブリを集めるために総動員になった。二次災害を防ぐため、入出港の全面停止が通達される。宇宙港の利用者たちも、自衛のため自発的に協力していた。

宇宙生活者たちには、簡単に反目し合うが過酷な環境では結びつく地域性がある。この助け合いは、宇宙独自の文化圏の萌芽になり得るものだとも言われている。

彼の背後の船室で、治療としてモデルの首を切っていたシャンシーが、ダスターに血を吸わせただけの脂まみれの手で、座席をつかむ。

「デブリが増えすぎています。奪われたコンピュータを正確に追跡するのは厳しいでしょう。間に合わないとして、善後策を講じるほうが現実的な局面に入りました」

展開したカーボンネットよりも施設側に、ヘンリーたちの宇宙艇はあった。彼らには、このまま奪われた液体コンピュータを追いかけることはできない。

2

人間はデザインを宇宙に持ち込んだ。新たな資源経済圏である宇宙コロニーや中継ステーションが建造されるとき、作られるモノに、独自のかたちを求めたためだ。かたちの自由度もまた、素材の進歩で増していた。宇宙の交易路が、宇宙生まれの人類を増やし、新しい地域性を生もうとしていた。

リーチューの爆発事件から三週間後、ヘンリーはバリー中継ステーションにいた。中継ステーションは、ラグランジュ3、4、5と地球との間の航路を安全に行き来できるようにし、小惑星や貨物を一時的に置く、減速中継軌道を公転する施設だ。海賊被害と、宇宙パイロットがかつてほど強靭なトップエリートのみではなくなったことが、施設を成り立たせている。長期の宇宙居住性を求めて、ここではドーナツ型の居住区とそれを自転させるシャフト区からなるスタンフォード・トーラス型の構造がとられていた。宇宙コロニーごと他のポイントに移動させることも可能で、バリー居住者の住民投票の結果次第ではそうなる予定だった。

ヘンリーがいるのは、遠心力で一G環境を作った居住区の道路だ。彼は軌道ステーションで出会ったウォンハイの姿を、簡易整形と人工皮膚で借りた。ウォンハイも正体は地球のコンピュータ企業の工作員だ。宇宙コロニーの住人たちを煽動して内戦を起こさせることで、コロニー群の内需を拡大させたい企業が一部にある。こうした企業の工作員は、身元証明に適度な穴があってIAIAにとっては成りすますのに都合がいい。

彼がウォンハイに化けて潜入したのは、今回の事件が高度コンピュータ拡散に関わるIAIA事案とされたせいだ。コンピュータ性能が人類の知能を超えた技術的特異点に到達して、半世紀が経つ。もはや昔ながらの人間が主導する社会は、管理して規制をもうけなければ維持できない。超高度AIを許可無く作ることは厳禁とされ、罰則も厳しい。IAIAは、超高度AIの能力をはかる《アストライア》の計算に必要な情報を集める調査機関でもある。そして、ヘンリーたちの調査結果によって、事件を収束させる手段は大きく変わる。

先の襲撃を行ったのも、人間ではなく宇宙服を着た海賊カスタムの無人機だったのだ。これまでの調査の結果、貨物スペースの係員が買収されて海賊無人機を起動してしまったことが明らかになった。海賊無人機は、生命維持装置に偽装して背負ったコンピュータからの機体操作信号を受け、現場まで宇宙を遊泳したのだ。そして、液体コンピュータを奪取すると、長径二十センチメートルの電波吸収素材のカプセルに手早く詰めた。それを運び去るために、自機のパーツをバラして組み立て直すことで発射管を作り、カプセルだけを打ち上げた。海賊宇宙艇がデブリ捕獲用のキャッチャーで液体コンピュータを捕獲。無人機たちのほうは、射出の反動で大気圏に突入したため、ヘンリーは犯人と出会わなかったのだ。その後の経緯は、彼らが目にしたことばかりだ。おとりのカプセルがバラ撒かれ、周辺をデブリだらけにして追跡を防ぐため自爆が敢行された。

カプセルの軌道からこのバリー中継ステーションを割り出せたのは、データを取得したセンサー群と、解析をした超高度コンピュータの圧倒的なマシンパワーによる物量戦の結果だ。そして、犯行の全行程に人間の手が入っていないことから、海賊が高度コンピュータ支援を受けたIAIA事案とされた。

何も知らない施設住民の子どもが三人、ヘンリーのすぐそばを駆けていった。小脇に二年前に月で流行(はや)った磁力スケートボードを抱えている。

ドーナッ型の居住区の内側に貼り付けられた街区は、自転軸に垂直な天地方向では山を偽装して谷間にあるように装い、不自然さを軽減している。この街区部分は、自転によってほぼ一G環境を維持されている。空中に浮かんだ環境モニタには、現在の気温や気圧や放射線の線量当量、風速とともに自転速度と重力加速度が表示されていた。地球では、重力や遠心力を意識しながら生きる人間は少数派だった。コロニーでは、その状態が悪化すれば避難警報が出る、生活の一部なのだ。

彩り豊かではない道路の隅を、ウォンハイの顔をしたヘンリーは歩く。コロニー施設内ではトランスポーターの使用が制限されている。主要な交通機関は動く歩道と地下鉄で、だからこれらの入口にはセンサーが仕掛けられている。

ライフラインを床下に収納したコロニーは、容積より開けた印象の風景になる。施設の自転軸方向の前後へは道路が後方宙返りを打つようにせり上がって見えるが、慣れるとそう気にはならない。

ヘンリーが頭上を見上げると、太陽光を巨大なミラーで取り込んだまばゆい天井に、コロニー施設内の大まかな地図が表示されている。

居住区の人口密度には疎密がある。中央シャフトへ繋がる連絡回廊周辺が賑わう商業区画で、そこから遠ざかるほど人は少なくなり、けれど家屋は大きくなる。近軌道の港湾施設では職業による収入差が顕著だ。コロニー居住区は一G環境で、伝統的な肩で着る洋服が地上と同じ着心地になるため、居住者の服は地球に似る。だからこそ地球とほぼ同じ感覚で、貧富の差が残酷に現れる。

港湾の低所得労働者らしい肌を剝き出しにした男たちが、立体刺青(いれずみ)を晒(さら)している。一G一気圧の環境とは違って港湾作業は低重力の宇宙港で行うため、彼らは仕事上筋力はむしろ落ちやすい。日焼けして逞(たくま)しいのは、コロニー内でのジム通いとエステサロンでの皮膚染色の成果だ。宇宙という過酷な環境は、ムダを淘汰しようとするが、少しずつ広がってきた余裕がそれを押し切りつつある。

高度コンピュータを略奪した海賊が、極めて高い確率でここにいる。だが、この施設すべてが海賊のものではない。

情勢が真に緊迫していることを、居住者たちは知らない。IAIA事案であるとは、地上より規制が難しい宇宙で、超高度AIの違法生産が始まるきっかけになり得るとされたということだ。そして、施設が脆弱(ぜいじゃく)であるため、宇宙では戦争は常に先手必勝だ。調査結果次第では、ここは報告を受けた軍によって先制攻撃を受けるのだ。

ヘンリーの後ろに、太くまるい胴にセンサーを載せた機械の犬が、まるで子犬が主人の後ろに従うようについてきた。骨格が剝き出しだが愛らしくも一歩一歩足を弾ませて、彼の後ろをついてくる。頭の代わりに、薄型の画面がつけられていて、《お助けすることはありませんか》と表示されている。

シャンシーらhIEと同類である、動物型のaIEだ。宇宙生活者たちの生活圏と社会はどんどん複雑になってゆくため、生活環境に独自のデザインを施すことが増えていた。人は生きてゆくうえで、まず〝かたち〟から環境の改造を行う。バリー中継ステーションがデザインしつつある地域性は、敵意がないと示すしぐさに、機能的にはいらない機械のしっぽを振るaIEたちだ。

「ワン公、地形データを持ってこい」

うれしそうにしっぽを振り回しながら、命令を受け取ったaIEが道路を逆走してゆく。音声命令を共有した周囲の犬型ロボットが、どこからか二機三機と集まってきていた。aIEたちは、あらゆる住民の後ろにしっぽを振って近寄ってゆく。彼の背後に、無料の紙状端末をくわえたaIEが戻ってきた。

この犬型ロボットたちの親愛はかたちだけのものだ。aIEも、hIEと同じく外部コンピュータに管理された通りにしか動かず、それと無線信号で常に情報をやりとりしている。海賊たちが、リーチューでの強奪で使ったのも無人機だった。人間なら不可能な環境へ無人機を投入しての犯罪や奇襲は、宇宙海賊の常套手段の一つだ。

ウォンハイの顔をしたヘンリーは、持ち込んでいた錠剤を口で噛み潰して、発生したガスを大きく吸い込む。そして、後ろにつき従うaIEの頭を撫でてやった。頭のかわりに液晶画面をつけた機械の犬が痙攣（けいれん）した。握り込んだ呼気に、肺内に仕込んだ霧状コンピュータを少量とりわけて、対象へなすりつけたのだ。

霧状コンピュータがaIEをハッキングし、情報を吐き出させる。機械の犬があふれている場所で、海賊が監視機械をまぎれこませることはたやすい。だが、その監視の糸は狭いコロニー内で特別な場所に繋がっている。ヘンリーの霧状コンピュータは、監視データが送られている場所をすみやかに探り当てた。

コロニー居住区の底側、内部からはせりあがりを山に見せかけているその麓に建てられた邸宅だった。

ハッキングしたaIEについて、住宅地から坂道を上ってゆく。邸宅は、コロニー内の光線を屈曲して実際より小さく見えるように処理されている。外観では内部がどうなっているのか、はかることができないということだ。建材の進歩と視覚の解析で、肉眼では本当のかたちが判別できないモノが増えているのだ。

宇宙に最良の人々しか送り込めなかった飛行士の時代が終わると、次は山師の時代がやって来た。二キロメートル程度の小惑星を一つ引っ張ってくれれば、最低水準の評価でも、原価を引いた資源の採掘益で五百人の宇宙定住者が三年間生活できる。まさに海賊が横行する理由だが、おかげで成功者が予算のかかる建築を豊かでないコロニーにぽつんと建てることも珍しくない。

紙状端末の画面を指でなぞる。握り込んでいた霧状コンピュータの残りが、紙状端末を支配する。中央シャフトの底にあるバリー宇宙港に停泊した彼の船とは、直通回線が繋がっている。

襲撃犯の拠点に到達したことを、IAIA近軌道支部へ暗号通信で伝える。海賊の取り締まりは、本来なら地球近軌道を守る特別近軌道軍の任務だ。MI（軍情報部）の出番をIAIAが奪ったため、データの報告が義務づけられているのだ。

邸宅の門に到達する。車両が二台並んで入れる金属の門は、外見だけは重々しいローズスティールだ。中身がそうであるはずがない。

近づくと門は自動で開いた。空中に立体映像で、アポイントメントが十五分後に入っていることが表示された。

アポイントはすでにとってあった。バリーの地域社会に海賊関係者と目された人物は五人いた。この全員と約束をして、必要ないものを断るつもりなのだ。短期的にしても問題が多い方法だが、対処は船のコンピュータがやる。高度コンピューターにとっては、経験豊かなビジネスパーソンを複数人同時にごまかすことは、難度がそう高いタスクではない。

邸宅は、敷地内に一歩入ると外からとはまったく違う姿を見せた。上品だが味気なかった白い壁が、円柱の塔を組み合わせた複雑な構造だったことが分かる。その塔を整然と組み入れた胸壁には、無重量状態でなければ使えない高い位置に巨大なドアが設えられていた。近づいてゆくにつれ、まるで厚紙を組み合わせた飛び出す絵本を開いたように、複雑なその真の姿がつまびらかになってゆく。

順路通りに、水晶細工で彩られた豪奢なファサードにたどり着いてみると、邸宅は外見からあたりをつけた四倍の大きさがあった。

呼び鈴のたぐいもなければ、hIEが表に立っていることもない。IAIAの分類によれば、便利であるべき玄関を不便にする人物は、二つの類型に分かれる。つまり、懐古主義者か、身体を高度に機械化したオーバーマン主義者だ。

分厚いドアをノックすると、ひとりでにそれが開いた。

その向こうには波打った広間があった。目の錯覚ではなく、軟素材で作られた壁自体がコロニー施設の遠心力の微妙な不均衡で、本当にさざ波立っているのだ。白亜の海に沈み込んだようなホールで、真っ直ぐなものは奥にある二階への大階段だけだ。

階段は幅が広くて、深紅の絨毯が敷かれている。そこには一人の男が優雅に腰掛けていた。薄い黒髪を整髪料で後ろになでつけ、もったいぶった仕草で両手を広げている。トラン・フィッシャーという、小惑星捕獲船団(アステロイドキャッチャー)の経営者だ。バリー中継ステーションの経済は、複数の捕獲船団と関連企業を中心に回っている。宇宙では距離が開きすぎており行き来が制限されて、交通を握る者が巨大な権益を持つためだ。テクノロジーの塊である宇宙コロニーは同時に他の文化圏と離れた僻地で、経済を囲い込んだ流通業者が勝者になることが多い。

トランが、彼にじっと鋭い視線を向けていた。

ウォンハイの顔を貼り付けたまま、ヘンリーは調査通りに話を持ちかける。

「連絡した保険会社だけど……バリー中継ステーションの今後を考えたら、施設保険が必要とは思わないかな。それとも、このバリー自体を、中継軌道から、たとえばL5のような遠い場所に移送するときのための、運送保険か」

トランの低い声は、周囲の壁から聞こえた。

「正面から来るものとは思わなかった。潜入するくらいの手間はかけないのか」

全身義体者で、声を体ではなくスピーカーから出しているのだ。ヘンリーが入った背後のドアが、自動で閉ざされる。ホール内に拘禁されていた。

「これは熱い歓迎だ」

「宇宙施設は狭すぎて、センサーを設置する側がかならず潜り込む側に勝つと、知らないわけでもなかっただろう」

ヘンリーのスーツに、レーザーに照準されていることを示すポインターが、赤い雨に打たれたように灯る。百や二百ではきかない数だが、警備ドローンや遠隔操作銃座を大量運用していればそのくらいの火力は屋内でも揃えられる。

「小惑星捕獲船団は荒っぽいと評判だが、まるで宇宙海賊だ」

「中継ステーションは海賊から船を守るが、そこに海賊の巣があるのなんて、宇宙じゃ常識のうちだ」

トランは自分が海賊であることを隠さなかった。海賊にとって中継ステーションは便利な拠点で、施設利用者のほうも膝元では他所の海賊に手を出されない利点がある。

「だいいち、海賊なんて、おれたち自由を選んだ人間に、地球側が貼り付けたレッテルだ。おれたちがリーチューから奪ったコンピュータが目当てなんだろう」

「コロニーのために、ぼくがそういう交渉に来たと？」

ウォンハイを装って質問を返す。ウォンハイはコロニーへの住民誘致をする保険会社員というカバーでよく知られている。海賊がうなる。

「ウォンハイ・リフか。いいスタッフだ。おれの船団にも彼を知っている者がいる」

「船員保険契約でぼくに会ったのかな。ぼくらには、コロニー群が高度コンピュータに守られることは大きな利益になる。たとえば、そう、ここで入手したものは管理してくれてもいい。バリーにこれから問題が起こるようなら、ラグランジュ5に軌道を移して、ぼくらの紹介するコロニーと連絡を持つのはどうだろう」

「宇宙移民は、おまえたちが想定してたほどの力を持ててないんだろう」

「長い目で見れば力を持つさ。宇宙の距離を超える一番合理的な手段は、あらかじめ目的地にモノを置いておくことだ。人間をその場に生活させておいて、データだけを移動させるなら、交通するものは通信だけで光速だ。ネットワークに依存している地球にとってこうするのが一番効率的な世界の広げかただから、人口は増えて、宇宙商業圏はそれに伴って拡大する」

そういう合理性で宇宙生産サイクルを回すために、移民は広がっている。そして同じ理由で、植民地個々の地域性に対して、ネットワークは暴力的な優位性を持つ。ネットワークが距離による時間の浪費を削るには、植民地住民は定住していることが望ましく、そのために社会を営める人数が必要だ。だが、距離の隔たった場所の社会には、いさかいの種子でもある新しい民族性が発生してゆく。この二律背反の構図が、今の人類社会のダイナミズムだ。

宇宙海賊はまさにその隙間で、倫理を考えなければできるあらゆる自由を達成しようとした者たちだ。

「分断された無色の社会よりも、いっそ新しい民族になってくれたほうが、カネになるとでも？　モノを手みやげにコロニー群に入れば、便宜ははかると？」

海賊は階段に腰を下ろしたまま、ヘンリーを見上げている。来客である彼の頭やスーツの肩を打つレーザーポインターの雨は、止む気配もない。

「歴史は大きなビジネスになるんだよ。君たちに初期投資してくれるスポンサーもそうだろう。技術でだけなら、脳を完全に機械化して無限の寿命を得ることができる。けれど、法律が禁じてる。これに不満な人たちが、宇宙に独自文化の国家が築ければと、そう、歴史に投資している」

初期投資が必要な宇宙犯罪に新規参入者が絶えない原因は、宇宙船を買わせるファンドやベンチャーキャピタルの甘い査定にある。当然、宇宙時代への貢献や長期的に見た投資効率といった納得しやすい文言がついているが、内実はそういうものだ。

「おまえが本物のウォンハイでないことは確実なんだが、あのコンピュータ目当てでそれだけの嘘をつけるなら大したもんだ」

「死を逃れることは、あらゆる富裕層にとって大きなニーズさ。誰も死にたくはない」

技術的特異点を迎えてコンピュータが人間の能力を超えたことは、人間観を確実に変えてしまった。能力だけを比べれば、機械でどんな優秀な人間のかわりもできるからだ。かつて人間の模倣に特化した中国の超高度ＡＩ《万能人》と、当時の人類最高の知性と芸術家たちとを二つの部屋に一年間置いて、そこから出た受け答えや作品だけでどちらが本物の人間か当てるテストが行われた。ネットワーク経由で世界中から十五億人が参加した実験の結果は、根拠までたどった完全な正答が出ないというものだった。

ここにいるトラン・フィッシャーは、外見は四十代だが、実年齢は八十四歳だ。人間が無限の寿命を手に入れるという欲望を無邪気に正当化できる者は、技術的特異点到達前の世代が圧倒的に多い。

「人間が脳内情報を電子化して不死になった歴史じゃ、おまえたち保険屋は事業を構築し直しだろう」

「老人にまだ生きたいと訴えられて、あきらめて死ねと返せないんだ。いつか誰かが踏み込む新分野なら、いっそ先頭に立ったほうが儲かるさ」

機械化による不死者が優勢になれば、富裕者向け事業が一人歩きを始める。ＩＡＩＡは、この技術爆発が宇宙時代の貧富の差を最悪のかたちで露見させると予測した。その先に待つのは、軌道エレベーターのある赤道地域でこの矛盾が戦争を呼び、超高度ＡＩ生産が歯止めを失う未来だ。

「賢明な判断だな。人類は自由を求める」

「宇宙も、人間が増えただけスキマができたのさ。生活をよく営もうとすれば、環境には穴がこじ開けられる。この穴をうまく使って、管理者側を逃げる者が簡単にまけるようになれば、無法の時代が幕を開ける。地球史でもあったことだ」

ヘンリーは、本物のウォンハイならそう言うと計算済みのガイドライン通りに返す。

この答えは海賊のセンスにも合った。波打っていた玄関ホールの内装が、ぴたりと固定された。自由な曲面で構成された内装の陰に、レーザー発振器の小型銃座がいくつも覗いていた。海賊が武器を露わにするのは、脅すときと、相手の口を完全に封じられるときだ。

「おれは思うんだが、ＩＡＩＡによる超高度ＡＩの規制は緩和されるべきだ。人類こそが変わらねば、宇宙には適応できない」

ヘンリーはつばを飲み込む。

「オーバーマン主義者の主張までは知らないけれどね。ただ、IAIAが警戒するほど、オーバーマンのことを大多数の人間は気にしていないだろうね」

大多数の人間はそういう倫理観だ。だからこそ、技術的特異点の突破から五十年間も人類社会は正気でいられた。宇宙に生活の場を得る前、いつ核戦争で種が滅びるか分からない狂気の時代も、この鈍感さで乗り切れたのだ。

ヘンリーに周囲のhIEからの探査レポートが伝えられていた。IAIAは、《アストライア》が開発したコントロールプログラムを出荷前のhIEに仕込んで、さまざまな場所に放流している。潜入した機体への指令暗号は、霧状コンピュータから出ている。ヘンリーに近寄られたhIEは、目覚めてIAIAのために働き始める。

邸宅内で潜入工作員と化したhIEたちに、工作命令は送信済みだ。海賊と話しながら彼が吐き出す霧状コンピュータに家内システムが接触することで、侵略は開始した。IAIA側のプログラムが、トラン邸に寄生するサブシステムを急速に築きつつあった。肺内の霧状コンピュータ端子から、彼が持ち込んだIAIA側システムによる侵食達成度が伝えられる。

何重にも講じられていた邸内セキュリティを、感知すらされないまま掌握してゆく。ソフトウェア側からは手を出せないハードウェア的冗長性すらも、操られたhIEがコネクタを繋ぎ、あるいは機材を破壊することで物理解除してゆく。彼の体そのものが、今、邸内を管理するもう一つのシステムだった。

ヘンリーは、システムを構成するコードほど完璧にではないが、ＩＡＩＡという諜報システムの部品としてウォンハイを偽装する。

「世界だとか人類だとか、どうでもいいことさ」

「わかった、見事だ。他人の仮面をかぶって、これだけ自然に話せるものなのだな。さすがはＩＡＩＡだ」

海賊が力強く膝を立てて立ち上がる。

「おまえが何者かははっきりしている。どれほどうまく芝居をしても、おれが疑っている以上、どうするかは決まっている」

体の上に、また赤い雨が降るようにレーザーがポイントされる。このレーザーの出力が上がると、彼は一瞬で黒こげになる。

周囲の検索を終えたのだろう海賊が、肺などないのにため息をつく仕草をする。

「センシングしても、他のスタッフの姿はない。どうやらおまえに、人質の価値はなさそうだ」

話は打ち切られた。レーザーは音もなく人間を熱量で焼き殺す。そうして、人間のなれの果てが黒こげで転がるはずだった。

だが、ヘンリーはそうはならなかった。レーザーの出力低下が間に合わなかった上着が焦げ付き、頬からは煙が上がっていた。

彼は、変装に使っていたウォンハイの顔を皮膚から引き剝がすと、地味な上着を脱ぎ捨てた。自分の顔に戻ったIAIA工作員は、救出しておいた煙草ケースから、一本引き出してくわえる。

「脳まで機械化したオーバーマンは、たいてい身の回りの世話をhIEで済ませる。人間も同じオーバーマンも信じてないからだ。脳の完全機械化までして、データを消されたらたまらない。わからないわけじゃないさ。けれど、社会に貢献しない不死者ばかりになった人類に、未来があるのか？」

再度、玄関ホールの壁面が波打ち始めた。床までもが一気に湾曲して、壁面が球形を作る。壁や天井に分散配置されていたレーザーが、メンテナンスモードに戻ることで球の中心に自動で狙いを変更する。トランの意図したものではない。もはやコントロールはIAIA側にある。

海賊が、ヘンリーが自分の顔に戻ったと同時に、意のままに動かなくなった邸内の様子を驚いたように見回す。そして、どう猛な笑顔を向けてきた。

「死を免れたいなんて、自然すぎる欲求だろう。欲望を阻害し続ける人類に、未来などあるのかね」

ヘンリーへ迫るように、海賊の全身義体がゆっくりと余裕をもって歩んでくる。脳を完全に機械化したオーバーマンは、本人の脳のコピーをAIとする戦闘用アンドロイドとほぼ同じだ。

「IAIAを見くびっていたよ。単独潜入して暗殺に来たとは、たいした海賊ぶりだ」

迎えるヘンリーは、口からも鼻腔からも、肺内で活性化を進めた霧状コンピュータを、白い煙としてわき出させる。

「ネットワーク経由で逃げられると鬱陶しいんだ。オーバーマンを捕獲するときは、データ人格のバックアップをきちんと潰しておく決まりになっている」

白い煙が、海賊の義体に接触するのを待つ。

もうもうと立ちこめた白煙に気づかれた。トランが警戒してじりじり後退し始める。そして、手首から引き出した通信ケーブルを階段の手すりに挿す。邸内システムが侵食済みであることが瞬時に露見した。

「これは油断だな。おれのデータは、この義体に格納したもの以外破壊されたか」

「IAIAから、君自身が義体に搭載された違法なコンピュータであるとして、差し押さえ命令が出てる。抵抗は、このコロニー全体の利益を著しく損なうことになる」

彼はコロニー施設外板から潜入する計画と、潜り込ませてあるhIEを働かせる計画を入念に検討したうえで、ここに来た。こういう成り行きになることも《アストライア》の予測通りだった。

「おれがコンピュータか」

「そうだ。代替のきくパーツ以外のものは何も混じっていない、ただのデータだ。もう君は、人間として本物でも偽物でもない」

ヘンリーの網膜には、IAIAに操られたhIEたちによって、邸内システムの掌握完了が報告された。

「無法の時代はいつか終わるんだよ」

3

バリー中継ステーションに停泊中の宇宙艇から、IAIA近軌道支部に報告が届いたのは、ふたりの会話の最中だった。

IAIAの《アストライア》の警告を発端にして、IAIAからトリシューラ軌道基地に攻撃要請が到達した。

トリシューラ基地は、軌道エレベーターや宇宙港といった地球側施設を守るため、宇宙コロニー群へにらみをきかせる盾だ。ただし、固定施設に対するレーザー砲撃のような戦い方は容易かつ止めようがないため、報復のための戦力である意味合いが強い。

　だが、この基地の最大の特徴は超高度ＡＩを格納する要塞でもあることだ。国際法務局の超高度ＡＩ《オケアノス》は、日々変化して事例を積み重ねる複雑すぎる宇宙法をとりまとめている。《オケアノス》は、等質な液体コンピュータを海のごとく莫大に集めたハードウェア内で、同時に三千万件を超える数の入力を受け付け、同時演算、同時解答を可能とする。この液体コンピュータは、計算時にエネルギーをかけ続けられると、ゲル状を経て結晶になることで高速化を果たす特徴を持つ。無重量状態でこれが自由に自己連結して複雑なネットワークを築いたことで超高度ＡＩに到達したのだ。《オケアノス》は、宇宙で日々数限りなく発生する新しい事例に対する裁判の経緯と判例について、常時何千万という裁判事例の請求を受ける。このあらゆる問い合わせに待ち時間ゼロで解答することにより、判例矛盾を極限までゼロに近づけているのだ。

　この《オケアノス》が、近軌道基地で持たれた会議で、基地の戦略支援ＡＩが立案して可決された作戦に、法的に逸脱がないことをチェックした。適切な法的根拠が与えられたことで、人間の手だけで行えば倫理委員会の設立や会議の連続で数週間を要しただろう準備行動が、わずか十五分間に短縮された。

　バリー中継ステーションと海賊トラン・フィッシャーへの攻撃は、ただちに実行された。軍事行動にとって速度は力である。ことに距離と伝達速度に縛られる宇宙ではだ。

4

ＩＡＩＡからの指令は、バリー宇宙港のＩＡＩＡ宇宙艇を経由して、ただちにヘンリーに伝えられた。

ヘンリーの新しい任務は、眼前の海賊の脳情報のデータが中継ステーションから逃れるのを防ぐことだった。ＩＡＩＡが予測した逃走経路は、義体まるごと逃走するルートとデータのみの通信転送だ。

「これはなかなか厳しい」

ヘンリーは、煙の中で呟いた。彼は、探知を恐れて武器を持ってこなかった。だが、攻撃がバリーに到達するのは確実だった。軍は、宇宙施設を破壊するとき軌道にデブリが散ることを嫌う。だが、やるとなれば躊躇しない。

海賊も邸内システムに依存しない通信網を義体内に持っていた。ヘンリーに暗号通信が入って数十秒後には、トリシューラからの攻撃が察知されていた。

「軌道軍が電波を遮断する大型の物体を射出した。バリー中継ステーションには定住民が二千人いるのを忘れたらしい」

「定住民が人質にされると見越して手を打ったんだろう」

ヘンリーの装備では、オーバーマンを力で足止めできない。相手が戦端を開くことをためらっていたからこそ、微妙な均衡状態が成り立っていたのだ。

「ＩＡＩＡの工作員は、コンピュータの大量殺人にまで賛成とはな。機械の奴隷と話していた時間が悔やまれる」

「宇宙を無法地帯にされちゃ困るんだよ。《アストライア》のアドバイスに従うのも、無法にならないギリギリを《オケアノス》に算出させるのも、君たちみたいな連中よりマシだからだ」

トランが嫌悪に顔を歪める。

「奴隷根性の極みだ。時間稼ぎの道具になって、自分が死ぬことまで承知の上とはな」

「時間の使い方を誘導することは、謀略の基本さ。これだけ大層なことをしたんだから、覚悟はできていたはずだ」

この海賊は、目くらましのために軌道ステーションの至近で爆発を起こした。そのせいで宇宙港業務は半日にわたってストップした。致命的な事故が起こってステーション施設が崩落でもすれば、地上ではおそるべき規模の死傷者と被害が出ていた。ヘンリーと海賊に妥協点などない。犯罪者は社会に認められる望みを持つが、社会はそうそれを許さない。

「宇宙犯罪のセオリー通りにやろう。軍用無人機が五個小隊もあれば宇宙施設を制圧できると、ＩＡＩＡなら知っているだろう」

コロニーが鈍く揺れた。宇宙施設全域対象の緊急警報が、聞き逃しようのない音量で鳴り響く。

中継ステーションの管理部からの緊急メッセージだった。バリー宇宙港および管理セクションで爆発事故が発生したというのだ。

ヘンリーがコンピュータネットワークの中心になれるのと、同じことが脳まで義体化した海賊にもできる。小惑星捕獲船団の経営者トラン・フィッシャーのコネクションでコロニー各地に伏せてあった物資内部から、施設を占拠するため軍用無人機が飛び出したのだ。

「用意がいい。怯え続けていたのか」

そのとき、動きを止めていた玄関ホールに落雷のような音が轟く。ヘンリーが制御を奪った使用人ｈＩＥが、銃を投げ渡してきたのだ。反動自体が小さいため棒のような繊細なシルエットをしている銃が、空中をスピンしながら飛んでくる。

だが、トランの動きはそれよりずっと速い。強化をまったく施していない生身の人間では反応すら不可能な速度だった。

非常用のアイコンが張られた壁面にトランが近づき、操作ハッチを開けて、義体用端子に指を突っ込む。玄関ホールが一気に隣の部屋構造と連結して五倍の大きさに拡大する。

霧状コンピュータとの接触を避ける場所を作ったのだ。

ホールが密室でなくなったのと、ヘンリーの手に銃が渡ったのはほぼ同時だった。ためらわずに引き金を引く。反動軽減のため初速をおさえた弾丸が、床に吸い込まれた。着弾と同時に弾頭が潰れ、弾頭内部に充塡(じゅうてん)された化学物質が爆発を起こす。その勢いで、霧状コンピュータが飛散した。

「まだだ！」

瞬時にその領地を拡大した霧から、空間を得たトランは逃げきった。

自由になった海賊が、また同じように非常用アイコンを張った壁面に触れる。四角柱型の大きな制御盤が壁面からせり出してきた。

「宇宙港からの出航はもう差し止めだ。施設が攻撃を受ければ、港に停泊したままの船が一番脆(もろ)いぞ」

トランの脅しに、ヘンリーは体内通信機と宇宙艇の間に通常回線を繋ぎ直そうとする。強力な無線妨害がかかっていた。掌握済みの邸内システムを経由した直接回線に繋ぎ直す。

「船を人質にとられたくらいで、軍が攻撃中止を勧告すると思うか」

最も利己的なタイプの危険な犯罪者は、刑務所でのアンケートによると、たいていオーバーマンとして死ななくなることを求めている。だから、こういう危険な人間が脳の完全機械化で死ななくなることを、危惧する声は多い。ＩＡＩＡの職員が諜報活動を行うことも、まさにトランのようなオーバーマンがいるから認められている。

「みんな死ぬぞ。停泊中の船は、緊急退避シェルターほどの強度がない。宇宙施設が損傷して全員道連れだ」

宇宙船は危険がせまった施設から一刻も早く離れるのがセオリーだ。だが、修羅場になっているだろうバリー宇宙港を救うことはできない。

「懐柔は無駄だよ、ネットワークにとって、人間がいる意味は、距離を最短時間で埋めるためにその場所にいること自体だ。となると、わたしのようなカタログに体を合わせる諜報員のほうが、仕事はしやすくてね」

トランが吐き捨てる。かつてリーチュー軌道ステーションで、本物のウォンハイがヘンリーにしたより、もっと激しく。

「人間らしさが剝がれて、カタログの塊が出てきやがったか。ウォンハイの皮をかぶってるときのほうが、よっぽど人間に見えたぞ」

小惑星捕獲船団のオーナーで宇宙海賊という大金持ちのトランが、人類の代表であるような顔で悲鳴をあげる。

「宇宙に見合うまで人間を強くしなけりゃ、終わるのは人間の時代だ」

極限状態で正しさを主張したとき、人間を語る海賊にも、オーバーマン主義者のスローガン以上のものを絞り出すのは不可能なようだった。

「君が液体コンピュータを手に入れて、やったのはバリーを道連れにすることだ。他人を永遠に犠牲にする犯罪者を大量生産したいとは、たいした自由の時代だ」

いつか追い着かれると知ったうえで、この海賊がこれまで何をしていたのかも分かっていた。

広くなったホールと繋がるドアから、次々にヘンリーが乗っ取った使用人hIEが現れた。手に手に、本来コロニー施設では所持を禁じられる大威力の銃器を持っていた。海賊が、反応しない制御盤をぶったたいた。単純な衝撃で作動する仕組みだったらしい隠しラックが、制御盤の脇から飛び出す。そこには全身義体者でも一撃で仕留められる大口径銃が仕舞われていた。トランがそれを片手で握る。

ヘンリーは即座に、支配下の邸内システムに、玄関ホール壁面を変形させた。彼をさっきまで狙っていた壁面設置のレーザー銃が、海賊を目がけて斉射される。

爆発音が大気を揺らし、金属片が部屋中に飛び散った。海賊のボディは高熱で燃えていた。照射されたレーザーの熱が、海賊の機械化した全身を一瞬で焼いたのだ。

だが、ヘンリーの腹からも赤い液体が噴き出した。臓物が脇腹からこぼれたのだ。トランが放った銃弾一発で、彼の肉体は致命的な損傷を受けていた。

燃えた海賊の体から、銀色の液体が垂れ落ちた。これが、リーチューから海賊トランが奪った液体コンピュータの今の姿だ。海賊は、破損に強い液体コンピュータに自らの人格データを書き込むためにこれを奪い、自分が強い影響力を持つバリー中継ステーションに持ち込んだ。

「その死にたくない妄執こそ、カタログ通りだ……」

ヘンリーは冷笑を浮かべる。そしてそのまま力尽きて床に崩れ落ちた。

人格データの本体である銀色の液体が、生き物のように燃えた義体から這い出した。そのまま、せり出した制御盤と床の隙間へと滑り込んでゆく。

レーザーの熱と、斉射された炸裂弾で、トランの屋敷が燃え始めた。

バリー宇宙港に停泊中の宇宙艇の操縦席で、彼らはその様子をモニタしていた。

トラン・フィッシャーの邸宅内から発せられる反応が、作動停止の表示になっていた。

「ヘンリー・ウォレス、心停止しました」

副長席に腰掛けていた黒髪の女性型hIE、シャンシーが報告する。

船長席の彼は、バイザーを顔から外す。これまでこのバイザー型の脳非接触インタフェースで、感覚を同期させて操作していたのだ。

「せめてヘンリー・ウォレス型偵察インタフェース、機能停止しました、にしてくれないか」

バイザーを外した彼は、さきほど胴を吹っ飛ばされた男と同じ顔をしている。船内にいるこの彼のほうが本物のＩＡＩＡ工作員、ヘンリー・ウォレスだ。

破壊されたのは、彼の顔を作った上からウォンハイに変装させた、脳以外は人体と同じ仕組みの偵察用インタフェースだ。これも人間のうちとするかは、ヘンリーの管轄するところではない。

偵察用インタフェースは、トラン邸で機能を止めた。邸内システムのみ、霧状コンピュータを介してＩＡＩＡ宇宙艇のシステムから掌握している。邸内監視カメラとｈＩＥで、海賊の人格データが記録された液体コンピュータを追跡しているが、成果はない。非常システムが邸内システムから独立していて、そちらの管轄区域に逃げ込まれていた。

バリー宇宙港は、中継ステーションの自転軸となるシャフトの下端に位置している。今は出力と規模を取り混ぜて十二隻の宇宙船が停泊していた。それぞれがトリシューラ近軌道基地からの通告を受けて、宇宙船たちは推進機を駆動させていた。

「ミスター・ウォレス、いらだっているのですか」

「他の船長だって同じだ。自前のレーダーで、何かが近づいてるのは分かってるんだ」

埠頭内にも、軍用無人機が十機も浮遊していた。海賊が送り込んだ無人機は、強力なブースターと装甲を持つ宇宙軍用無人機だ。中型までの軍艦の推進機周辺なら外殻に機首をめり込ませ、内部に仕込まれた爆薬で推進手段を奪える。つまり一機一殺で、十二隻すべてが一斉に強行突破しようとしても、二隻しか残らない。

「ミスター・ウォレス。第四埠頭の中型輸送艇《レインジュエル》艦長が、協力して突破しようと言ってきていますが」

　近軌道支部の備品であるシャンシーが、確認をとってくる。港には強力な無線妨害が敷かれていたから、ワイヤーを射出しての接触通信だ。

「聞くな。協力者を港に置いておいて足並みを乱れさせるのは、海賊の常套手段だ」

海賊の住処（すみか）だから、当然海賊艦が停泊している。十隻を航行不能にできる軍用無人機が配備されているということは、セオリーならこの十二隻のうち二隻が海賊艦だ。

「それでは《レインジュエル》を攻撃しますか」

「いや、こちらのIAIA船籍を明かして、全艦に船のコントロールをIAIAに預けるよう提案しよう」

　国際機関であるIAIAの艦艇は、条約の範囲内で、一般には許可されていない装備を搭載している。中でも、無線妨害や強い太陽風の影響下でもデータのやりとりを行える通信システムは、《アストライア》が開発した超高度産物だ。

　バリー宇宙港では、荷物は繋留区画に切り離して、艦艇だけを装甲板に覆われた埠頭に停める。埠頭は着艦ボードに接舷した船ごと駐艦所に移動させ、停泊中の船がデブリに当たって損傷することを防ぐようになっている。つまり、離着艦施設を使って入出を行う仕組みであるせいで、自力だけでは外に出られないのだ。

それでも、全艦がすでに推進機を作動させ、出力を上げさえすれば推進剤の噴射を開始できる。宇宙港施設を使わずに発艦レーンまで移動するという、正攻法ではない条件さえ整えられれば、彼らは逃げられるのだ。

シャンシーが彼へ許可を求めた。

「IAIA近軌道支部から、その計画を許可する通知と、必要なソフトウェアが送られてきました。港湾内の通信システムまでなら汚染可能です」

IAIAでは、計画を提案すると、必要なソフトウェアは《アストライア》に組み立てられてその場で送られてくる。

「それでいい。通信ケーブルを射出する。十二隻が相互に繋がった段階で、IAIA電子署名を添付して提案とソフトウェアを送信。後ろ暗いところがなければ、こっちの高度コンピュータ支援を受け入れるだろう」

宇宙船運行とコンピュータ制御は常に二人三脚だった。アメリカ最初の人工衛星エクスプローラー1号の打ち上げと追跡も、マーキュリー計画も、アポロ計画も、あらゆる宇宙開発はコンピュータによる自動化のサポートを受け続けた。重要な仕事を自動化することは、宇宙船の黎明期から普通に行われていた。

だが、制御を絶対に預けられない海賊は、この案を選ぶことができない。

ヘンリーたちの宇宙艇が、ワイヤを自動照準で射出し、立体的に配置された埠頭に繋留された各宇宙船に命中させる。宇宙港区画に張り出した管制フロアの直下にも、船の戦闘AIが自動で一本突き刺していた。

IAIAに制御を任せる返答が、即刻港の船から戻ってきた。三十秒と経たないうちに、《レインジュエル》を除く全艦艇からコントロールを委任する返事が揃った。ワイヤー越しにマスターパスワードと認証信号がやりとりされ、ヘンリーの下に十一隻の艦隊が編制される。

「トラン・フィッシャーの海賊艦は、どうやらさっきの《レインジュエル》だな」

「海賊艦は最低二隻なのでは？」

「一隻は、今、罪を悔い改めた」

そして、操縦席のヘンリーを取り巻く大気が緩衝しきれず震えはじめた。タイミング制御までIAIAのシステム管理下に置かれた艦隊が、海賊たちに状況に対処する時間を与えず、即時に行動を開始したのだ。

突然、宇宙港全体の電源が落ちた。ヘンリー艇の戦闘AIが、敵の行動を阻害するためにそうしたのだ。真っ暗になった繋留施設が、直後に非常電灯の赤い光に満たされる。船の主パネルに、ヘンリー艇のシステムが盗み見ている港湾業務予定リストが表示される。電力を要する新規作業が極端に制限されていた。そこに自動ハッキングで、脱出計画がリスト化される。画面に、現場を取り仕切る彼の選択を求める表示が明滅する。

〈READY?〉

「さっさとやれ！」

返答と同時に、ヘンリーの宇宙艇が強引に推進剤を噴かした。センサーがとらえていた宇宙戦用無人機の機影が、そのガス圧に煽られて姿勢を崩した。超高熱が埠頭の空気を熱し、猛烈な勢いで膨張させているのだ。みしりと船体がきしんだ。今、まさに強引に発艦ボードから船体を引き剝がそうとしていた。

衝撃波が、立て続けに二つ船に到達した。緩衝しきれない無秩序な加速度を吸収するため、シートがふくらむ。宇宙戦用無人機たちが、壁面に衝突して爆発しているのだ。

ヘンリーはＡＩ制御の精密にして無茶なアクロバット噴射で船ごと振り回されながら、現れるＡＩからの許可要請に片っ端から承認を出す。

再び通信ワイヤーが、今度は姿勢を立て直している最中の無人機群へ放たれたことが告知される。艦首から二百メートルの射程距離にいた機体を、立て続けに三機捕らえた。もはや戦闘ＡＩは、頭を振られたヘンリーの許可すら求めない。一瞬で無人機を支配し、その機体を宇宙港外壁へと体当たりさせた。

凄まじい衝撃が施設を揺らし、構造材を引き剝がした。そして、ヘンリーの操縦席を急激な減速感が襲った。勢いで埠頭から宇宙艇が剝がれないよう、固定用のワイヤーロープが発艦ボードから何十本も射出されて各艦を固定したのだ。

ヘンリー艇が支配した無人機が次々に爆発し、壁面に穴が開いた。熱されたガスが一気に施設外へと吐き出され、発生した気流で、無人機がおもちゃのように翻弄される。制御などしようがなく軍用の頑丈な機体が施設や船体に叩きつけられる。だが、宇宙船にとってはさっき船体を固定したワイヤーロープが盾になった。

自動制御でなければ神業としか言いようがない噴射制御で、ヘンリー艇は埠頭の中の嵐を乗り切った。それどころか、固定された指揮下の艦艇から通信索が射出されて、無人機を次々に支配してゆく。

人間なら考えの枠外に置く極限環境を乗り切ったとき、駐艦所が真空で気圧差がなくなったことを感知して、固定ロープが自動で外された。終わってみれば、港を制圧していた軍用無人機は排除され、海賊船《レインジュエル》のみが埠頭に拘束されていた。

〈それでは、埠頭施設から非常用の半手動制御で、十一隻ぶんの発艦作業を行います〉

ヘンリーの頭蓋に、無線通信が入った。

モニターの画像を見ると、シャンシーが軽装のままエアロックにいた。船外の施設はまだ高熱を持っているが、人間型の機械であるシャンシーは衣服と人工皮膚を失う程度で稼働できる。

そして、間一髪、バリー宇宙港に停泊していた宇宙船は、《レインジュエル》を残して全艦が脱出を果たした。

　ヘンリーの船は、中継ステーションから最後に宇宙の漆黒へと滑り出した。

　艦首カメラの風景で、まず目を惹いたのは巨大な地球だ。

　その青い輝きが、見慣れたものであるはずなのに、出会い頭に殴られたように彼を棒立ちにさせた。

　近地球圏の宇宙航行者がもっともよく見る風景は結局地球であるという。

　宇宙生活者にとって忘れ得ないグレートマザーだ。

　人間は可能である限り、宇宙にあっても地球でそうあるように生きようとする。その結果、生活の場所ごとに地域性ができ、その生活感のズレで摩擦を起こす。そして、ズレが決定的にならないよう、ものかたちにデザインを施してやりとりする。

　危険を避けて飛び出した宇宙船群も、さまざまなデザインをしていた。宇宙船にも余力ができたことにより、文化や嗜好を反映した色やかたちが現れるようになったのだ。

　バリー中継ステーションにも、壁面に妖精の島ネバーランドの壁画が巨大に描かれていた。

　ステーションの自転に従って、宇宙に幻灯がめぐるように新しい壁面が見えてくる。市民に開放された部分には、コロニー住人の子どもが元絵を描いたのだろう、ボール型マーカーを追いかける遊びの風景もあった。定住民の地域性として定着しているのか、市民の元絵のデザインには、ボール型マーカーでサッカーをしているものが何枚もあった。

　まだ稼働している霧状コンピュータから、ヘンリーたちにもバリー中継ステーション内部の様子が伝わっていた。定住民と一時滞在者は、ほぼ全員が、最高強度のシェルターに避難していた。

ヘンリーたちの宇宙艇にも受信できるオープンチャンネルで、近軌道基地からの通信が届く。一定期間を置いて、コロニーでかならず受信できるように、何度も繰り返される。内容は、トラン・フィッシャーの全財産の凍結と、海賊行為によって奪った高度コンピュータが返却されない場合、その拡散を防ぐためバリー中継ステーションを破壊するという最後通告だ。そして、住民に退避用シェルターに避難するよう通告し、避難を邪魔するあらゆる行動を殺人行為として裁くと警告していた。

「全員シェルターに入れるほうが本命か。だいじょうぶなのか」

シャンシーが、hIEのボディを埠頭に置いて来たので、声をスピーカーから出した。

〈オーバーマンが、人格と記憶データを通信にのせて送信する危険があるための強硬措置です。この記憶データには、液体コンピュータの組成情報が含まれているでしょうから、知識として拡散してしまうと歯止めがきかなくなります〉

人を殺すことはできても、一度拡散した知識を殺すことは難しい。IAIAは不毛なモグラ叩きを避けるため、初動で犠牲を払って食い止めると決定したのだ。

満天の星の海を、奇妙に陽光を照り返す灰色の板のようなものが急速に迫りつつあった。レーダー画像で観測できる限り、それは長辺が十キロメートル、短辺でも六キロメートルもある極薄の壁だった。外部カメラ映像を拡大して、自動解析されたデータにヘンリーは思わずうなる。その表面を見る限り、織物の布だった。常識が眼前の現実を疑わせるそれは、バリー中継ステーションに追突する軌道に乗っていた。

そして、それが速度を緩めることなくそばをかすめて通り過ぎた直後、このサイズの意味は判明した。

彼らが脱出したばかりの中継ステーションと、高速のままの布が衝突したのだ。速度差による摩擦で、ちいさな火花が上がった光が、衝突面でいくつもまたたいた。

だが、衝突はただの始まりだ。勢いでたわんでコロニー施設を包み込まんとする巨大な布の両端で、推進剤の青い光が次々に上がる。壁のような布の端部に、高速宇宙船用の大型推進機を備えた、ガイドが設置されていたのだ。広大な宇宙が要求する移動時間を短縮するための加速度に引かれても、布の素材は耐えた。ヘンリーの縮尺感覚がおかしくなるほど手早く、自転する施設円環部に引っ張られながら、布がぐるりとコロニーを包んだ。

太陽光を反射して銀色に波打つ灰色の布が、いともたやすく、直径二キロメートルの施設を巨大な円筒に包んでしまっていた。ガイドが布に着地して、彼の知らない技術で封が完了する。コロニー施設が外から見えなくなって、外界と布一枚を隔てて遮断されてしまった。

だが、布でラップされたコロニーの円筒は、自転を続けている。無音の宇宙で、人間に無力感を強いるほど大規模な崩壊は始まっていた。布地の、自転軸方向の上下の端に取り付けられたガイド群が、推進剤を吹き続けていたのだ。キャンディーをねじって包むように、布の上下がねじられて絞られてゆく。

バリー中継ステーションは、まさに巨大な包み紙にくるまれたキャンディーのような〝かたち〟になっていた。

軌道エレベーターのエレベーターケーブルは、静止軌道までの約三万六千キロメートルぶんの自重をささえている。カーボンナノチューブの引張(ひっぱり)強度は、宇宙コロニーでもっとも強靭なシャフト部に使われる合金の十倍を超える。そして、軌道エレベーターに要求される三万六千キロメートルもの長さでこの素材を製造する技術があれば、長辺十キロ、短辺六キロの長方形の布を織ることは、ハードルはそれほど高くない。居住区の差し渡しが最長でも二キロメートルの円環でもあるコロニー施設を捕獲する布は、人類が到達した宇宙尺度の技術でなら、充分にあり得るものだった。

ガイドが布の上下を絞り続けることを、ヘンリーにどうこうできるわけもない。ついに絞られた上下の端が自転軸であるシャフトにからまった。太陽光を反射する主ミラーが砕け、太陽電池群が外れて遊離したか、包まれた内部がグロテスクにゆがんだ。宇宙港周辺の構造物がひしゃげたことが、布のかたちに反映していた。そして、不吉に、静かに、キャンディーの自転軸が斜めに傾いた。自転が急激に弱まって、その加速度の変化でコロニー構造に致命的な損傷が起こったのだ。そこから自壊がはじまるのは早かった。

　宇宙は音を伝えない。だが、内部が混乱して秩序を失っていることは明白だった。包みの内部が、今、いかなる地獄になっているかは、もはやヘンリーにははかり知りようもない。コロニーのシェルターは、安全基準上、コロニー構造の崩壊に耐えられるカプセルになっている。それでも構造体の崩壊と、布地内部での攪拌に巻き込まれて、人命と財産の損失は起こっているはずだった。単に、ＩＡＩＡの超高度ＡＩ《アストライア》が、このまま液体コンピュータを逃がすよりよいと計算したのだ。トリシューラ近軌道基地の戦略ＡＩは、内側からの逃走を防ぎ内部住民を殺さずに抵抗力を奪い、軌道にデブリをまかない方法として、シミュレーションを重ねた末にこの武器を準備したのだ。《オケアノス》は、これを適法の範囲内だと判断した。

　ヘンリーたち人類は、普通の人間を送り込むことで、宇宙に愚かさと文化摩擦を持ち込んだ。それを管理する力は、今やＡＩに外部委託（アウトソース）されて、こうして宇宙用の素材と運送技術を前提に構築されている。

　具体的な解決方法をヘンリーは伝えられていなかった。だから、風景の異質さに打たれていた。単に、宇宙に出た人類の生産スケールに見合った発想を、ＡＩたちがしたというだけのことだ。だが、ただ圧倒的で、どう反応してよいかすらためらう。地球環境で育まれた人間のそれとは、違う手触りの文化に思えた。

　彼は眼前の印象に、記憶を塗りつぶされていたようで、目許を指で強く押した。ＩＡＩ

Aのガイドライン通りの表面を装っていた彼が、新しい風景を前に、手本を失っていた。

カタログのモデルのように、ヘンリーは首元のストラップを外して息を楽にする。

彼は、宇宙時代にも人間の世界がずっと続くよう、IAIAのガイドラインに従って仕事を続けていた。《アストライア》が立てたプラン通りに、オーバーマンを排除する陰謀に荷担することにもためらいはなかった。

だが、眼前の、発想を超えていた巨大な風景が、彼自身の小ささを思い知らせる。この事件で、彼にしかできない仕事はなかった。《アストライア》や高度コンピュータの計画に従い、道具を与えられ、常に誘導を受けていた。彼に割り振られていた本当の仕事は、ただ必要な場所にいたことだけだ。

「ああ――」

ヘンリーの喉から、息が溶け出すように漏れた。

身体を機械化して海賊トランのように永遠に豊かさを享受し続けることは、ごく限られた人間にしかできない。だが、カタログに載った服を選び、ガイドラインに従って仕事をして報酬を受けることは、彼ら特別豊かでない者にもできる。かたちを享受して流され、その隙間に生を見出すことは、万人に許される。ヘンリーは、生暖かい息を吐いた。便利さと繋がった支配の陰で激しい感情を燃やしたたかさか、人間が宇宙に飛び出しても抜け出せない嫉妬という宿痾(しゅくあ)か。

「ああ、おまえはそこで凍りつけ」

銀色の液体コンピュータに自らのデータを転写したトランは、あの中を漂っている。

だが、モニタに映る、キャンディーラップされたコロニーを見ていると、とてつもない不安が押し寄せてくる。

中継ステーションを脱出したばかりの宇宙船からも、コメントはなかった。

ただ、何度でも、深い、ため息が出た。

人間社会が宇宙に広がるとは、人力で足りない部分は巨大オートメーションにしてでも、規模と内実の精密さが宇宙水準になった仕事を動かすということだ。このスケール感は地球での人類の歴史と切り離すことができ、こちらのほうが主流になる。地球のほうが今度は僻地になる。

考え方を変えるべきだと分かっても、それでも彼らは宇宙を地域性の問題として扱ってしまう。そういう地球の歴史的思考を捨てられない。海賊トランもまた、宇宙に、地球の規範がゆるむフロンティアという地域性を見た。

見事にキャンディーラップされたコロニーが、闇の中に浮遊していた。追突によってわずかに加速した施設が、太陽から遠ざかるように軌道を滑り始める。

あの巨大な布でラップされた中に、人間の姿は判別できない。ただ、ヘンリーは、太陽光線を完全に遮(さえぎ)られたあの布の内側の人々が暮らしたコロニー残骸の合間に、銀色の液体を幻視する。海賊トランのなれの果てである、人間の判断アルゴリズムを書き込まれた液体コンピュータが、人間が生きようとする姿を真似ている姿だ。

「あのキャンディーラップ、今度、表面に何か描いたらどうかな？　国旗でもいいし、本当にキャンディーの包み紙みたいな、かわいいやつでもいい」

彼自身も笑ってしまいそうなほど、俗な意見がぽろりと出た。

宇宙空間に残されたキャンディーラップされたコロニーという〝かたち〟は、今は驚きと生理的な恐怖を呼ぶ。だが、世界が彼らに過酷だったのは、今に始まったことではない。飢えと寒さにさいなまれた文明以前の時代も、絶え間ない戦争と欠乏の連続も、工業化の後も、核の時代も。変遷してゆく脅威の中、彼らは環境を変えてゆくことで、生きる場所を広げた。その取っかかりは、かたちのデザインだ。

眼前の巨大な破壊に、彼に想像できる唯一の反抗が表面に図案をつけることだった。人間のあかしというにも、あまりにも俗っぽくて、ヘンリーは笑う。

シャンシーか、あるいはその裏にいるもっと別の人工知性からか、船のスピーカーを通して返事がきた。

〈今度、公募してみましょう〉

彼らの辿った、人類の版図広がるところことごとく、デザインされたかたちが、漆黒の宇宙にまで漂っていた。

父たちの時間

金属の配管が、乳白色の霧に包まれている。細い管やバルブが、卵形の大きな金属容器に接続されていた。容器は底部でドーナツ状の太い管に取り巻かれている。この太いドーナツは、溜まった水に半ば水没している。

まるでまどろむような風景だった。

この閉鎖された空間に人の気配はない。一年間、誰一人そこに入った者はない。最大で毎時二百ミリシーベルトという強烈な放射線を受ける、汚染区域だからだ。

人のいない世界には、独特のたたずまいがあった。

その水と金属の世界に、白い霧が立ちこめている。

無人の施設を監視するのは、カメラのみだ。カメラはコンクリート壁に急造で固定され、放射線の影響を遮断する防護ケーブルが繋がっている。撮影された動画データは、霧と配管と水の世界から百メートル離れた監視所に送られる。

それを見ているのが、ナノロボット管理者の持田祥一だ。

「人が立ち入れるまではもう半年はかかるな」

廃炉中の原子炉に、祥一たちはナノロボットを散布している。高エネルギーの放射線を吸収して低減させる長さ三〇ナノメートルのロボット、《クラウズ》の群れが、白い霧の正体だ。

現在、地球上で核分裂炉は三千基運用されている。高度な技術者の養成可能数を完全に追い越した数だ。原子炉運用にはデリケートな制御と頻繁なメンテナンスが必要なため、致命的な事故が毎年のように起こっている。ただ、それでもエネルギー需要を満たすために原子炉が増え続けているのは、この霧が作られたおかげだ。原子炉の廃炉や廃棄物の管理を困難にするのは放射線だ。この放射線を吸収して自己増殖するナノロボットを充塡することで、環境汚染を防ぎつつ霧内では作業難易度を下げることができる。《クラウズ》は理想的な遮蔽材なのだ。

祥一が監視しているのは、ナノロボットが放射線に干渉して発電し、窒素と炭素を固定して自身を増殖するエネルギーとして使っているためだ。霧は、そのせいで特に増殖直前は高電圧の静電気を蓄える。このため、ナノロボット漏出予防のため充塡区域の管理が必要なのだ。

「監視技術者なんて、大層なことを頻繁にやる必要が本当にあるもんかね。安全なんだろ、これ《クラウズ》」

発電所の廃炉工事監督が、監視所にやって来ていた。五十代の背の低い男性で、廃炉チームを束ねる頼れる人物だ。祥一は携帯端末のモニタから目を離した。

「帯電時に近づかなければ、人体には安全だ。せいぜい大気中のチリや水滴同士を引っ付き合わせて、霧ができるくらいかな。ただ、環境影響がないかどうかの、完全な試験は不可能なんだ」

「専門家にそんなこと言われちゃ困るよ」

工事監督が、電子煙草をくわえてソファに腰を落とす。作業員の状況を映したモニタが監督の周囲に投影される。

「小さすぎて一体ずつ管理できないんだ。ナノマシンはちょっとしたことで外に漏れるし、水に溶けて地面にも染み込む。だから、極限まで人間や環境に悪影響がないようにできてる。それでも、複雑な機構を持つ機械を永遠に変化させないのは無理だ。故障しない機械を作れないのと同じだ」

「故障？　《クラウズ》もか」

監督が目を剝いた。政府広報の通り、安全だと信じていたようだった。

「いつかは壊れる。そんなに嫌な顔をするほど早くじゃないよ。危険域まで最低でも十万年は余白(マージン)があるらしい」

ナノロボットが厳重な閉鎖環境の外で使われるとき、激しい議論があった。だが、自然環境で最初にナノマシンが使用された二〇四〇年代、すでに軍用ナノマシンが環境漏出事故を起こしていたことは知られていた。それに、ナノマシンには利得があった。医療用ナノマシンはガン患者の延命に大きな力を果たした。さまざまな高度な化合物の製法を管理するため、ナノマシンの工作機械がコスト的に不可欠だった。最も細密な電子基板や装置を現実的な価格で作れるようになったから、量子コンピューターが少しずつ普及しはじめた。

人類は、未来に管理技術が進歩する可能性に託して、現在ある問題を解消するほうを選択した。リスクを呑んで豊かになることを選んだのだ。

「そりゃ絶対安心なら、あんたみたいな大学の先生がうちみたいな現場に、監督に来ないだろうしよ。でも、廃炉作業中の原発なんて、こんなに封鎖されてまだ危ないのかね」

最先端分野だから、祥一のような専門家が動員される。大学講師の副業として、週に二度浜松まで通うが、割はいい。もう四十歳だ。副業を嫌がるほど若くもない。

「原子炉は必ず水を使うからね。廃炉中にナノロボットが水に沈んで、そのまま地下水まで引きずり込まれるんだ。その後、海に流れて、環境中でゆっくり変質する」

プレハブで外を覆って密閉しても地下経由で漏れる。その後は追跡も困難だ。ナノロボットは原発の外で自然由来の放射線を受けても増えるからだ。有名なウラン鉱床などは管理されているが、環境に散った核爆弾のダストのような管理不能のものもある。《クラウズ》の増殖場所になり得る放射線源をすべて管理するのは不可能だ。

工事監督が、祥一を不安そうに見る。廃炉作業が、最高のプロが苦闘する過酷な現場ではなくなったのは、《クラウズ》の存在が前提だ。ナノロボット遮蔽材の霧の中で、機械や防護服を着用した作業員を入れて作業ができるおかげで、強い放射線からの安全確保が可能になったのだ。

「そりゃ、原発もこんな世界中あっちこっち作っちまってるし、こいつがないと仕事にならんがよお」

「《クラウズ》も使われてまだ十二年だし、問題になるのはずっと先だろう。原発ができて百年で、廃炉も原子炉廃材や核物質の貯蔵も致命的な問題じゃなくなった。《クラウズ》さまさまだよ。ナノロボットの制御も、科学がいつか追い着く」

放射性物質と核技術は、二〇六〇年代の今、世界中に拡散している。世界情勢から、第二次大戦以降の歴史で力の局在が失われていったことによる、必然だった。放射性物質との共存は不可避で、そのために安価な廃炉技術が不可欠だった。《クラウズ》なら安価で管理の手間もかからず、管理リスクも低かった。

「俺が気にするのもお門違いだな」と、監督が野太く笑った。

《クラウズ》は原発が世界各地で老朽化したため開発された、人類自身の恐怖を克服するための道具でもある。祥一も、この霧と自分たちは共存できていると信じている。

「けど、何でここまで神経質に監視してるんだろうな――」

ぽつりと監督が漏らした。

祥一の前のモニタには、霧に包まれた原子炉格納容器が映っている。時間が止まったように、そこには流れる水のほかに動きはない。大地震時に老朽化していた配管が同時に四本断裂し、冷却水の水位が上がらない時間があった。その後、検査の結果、放射性物質が漏出するおそれがあるとされ、廃炉措置になったのである。事故廃炉は、ダメージの大きいものは受注できる業者が限られるうえ、費用も割高だ。ナノロボットによる放射線軽減がなければ、原発周辺何十キロをも立ち入り禁止にせねばならないところだった。

不安は消えないからだ。

世界中で霧が増えていたこともあった。それを採取した結果、自然環境で増殖した《クラウズ》の霧だと判明した。予測よりも遥かに速い増殖ペースだった。そして、予測を出した科学者たちも、そうなった理由を解明できていない。

現在、白い霧は、人類が科学を持て余していることの象徴になりつつある。かつては核がその役目を担った未来への恐怖を、今は《クラウズ》が背負いつつある。

祥一の上着のポケットの中で、携帯端末が震えた。緊急以外の呼び出しは、気づかなくてもよい程度のものしか使っていない。

それでも、彼の態度から、伝わるものはあったようだった。現場監督が作業員の時間当たりの放射線量をモニタしながら、手でうながした。

「遠慮しないで、席外せよ。どうせ見てたっていっしょだってよ」

祥一は曖昧な表情で席を立つ。月の終わりに連絡がくるときは、だいたい相手は決まっている。夜でもいい通信を、本人の仕事の休憩時間に済ませようとするのだ。監視所を出て、廊下に設置されたエアゲートをくぐる。強風で身体や服についたダストを飛ばすのだ。ナノロボットを風で完全に吸い取ることなど不可能だが、放射能ダストの持ち出しや持ち込みは避けられる。

監視所の外は、秋の黄色がかった陽光の景色だ。肌寒さに襟元をかき合わせ、ポケットから携帯端末を引き出す。案の定、よく見知った名前だった。別れた元妻だ。

「仕事中に連絡するなって言ってるだろ。そっちは休憩時間でも、こっちはそうじゃないんだ」

通信を繋いで、抗議する。毎回もめるのもストレスがかかるから止めたいが、声を聞くと冷静ではいられない。

〈連絡されたくなかったら、そちらからかけてきたらいいでしょう。心当たりはあるくせに〉

月末になると、元妻に引き取られた息子に会う日取りを話し合う約束になっていた。離婚のときは毎月会うことを彼のほうから条件にしたが、今では正直持て余している。

何も答えないでいると、元妻が刺々（とげとげ）しい声をあげた。

〈あなた、今でも直樹の父親なのよ。どういうつもり？〉

端末からの声に眉をしかめ、ため息を吐（つ）いた。

「俺はろくでなしだ。すまなかった。それでいいだろう」

祥一は、自分の時間を大事にし、相手のことを決定的なときに思いやれなかった。小さな家庭共同体の中で、自分の居場所を見つけられなかった。

〈本当に最低ね。忙しいって言っても、休みくらいあるでしょう〉

「休みは休みで、職場の付き合いだってある。わかってるだろ」

彼のいるナノロボット分野は今は研究者が多く、よほどでなければ論文だけで上に行ける状況ではない。

〈子供を放っておいて何とも思わないの？〉

「思うさ。ただ……忙しいんだ……」

子供のことを思い出そうとする。自然と、記憶エージェント機能を携帯端末上で呼び出す。小さな画面が浮かんで、息子の直樹のプロフィールと顔写真、家族写真が表示された。

六歳の子供のことが、データを呼び出さないと精密には思い出せないことに、薄情さを自覚する。

誕生日を確認してみて、今月ではなかったことにほっとする。小学校の行事カレンダーを同期すらしていなかったことを思い出す。言い訳をしながら、直樹のカレンダーと同期処理すると、今月は運動会だった。もうとっくに終わっている。祥一は立派な父親になれなかった。

「直樹は何か言ってるのか」

子供の顔を思い出すと、不安にかられた。衝動に駆り立てられる。

〈霧をね――〉

元妻が、聞き慣れた深いため息を挟んで言った。

〈――霧を怖がっているの〉

祥一にもため息が感染したようだった。安心させてやる言葉が出なかった。

彼の専門分野は、《クラウズの効率的な大量破壊法》だからだ。そして、環境中に散った《クラウズ》への対策は、世界中で研究競争が行われているが進んでいない。街に出た霧があまりひどいようなら、九〇度以上の熱をかけて薄れさせるくらいだ。大丈夫だと言い難いことを、彼は知っていた。自然環境に漏れたナノロボットを追いかけて撲滅する方法が発見されるのは、ずっと未来のことになる。

通信が切れると、正直ほっとした。週末に、息子と顔を合わせる約束をした。彼女が夕方になったら迎えに来るのだと言う。しばらく意識していなかった父であるということを、久しぶりに感覚して居心地が悪かった。それは、たぶん孤独だ。家庭がある間も、自分と家族が別の時間を生きているような疎外感を感じていた。自分が家族の中で必要ない人間であるようで、どうしようもなかった。だから、離婚を切り出されたときも、それがお互いに幸せな道であるように感じた。

家庭にいるよりも仕事中のほうが、自分がするべきことが明白だった。安らぎはしなかったが、迷うことは少なかった。

仕事を終えて帰宅したころには、週末のことは半分がた忘れていた。

週末の面会時間は、プランを何も決めていなかったので、大衆向けのレストランチェーンに入った。小学校のことや身の回りの話を聞いたが、ほとんど上の空のままだった。直樹は、ピザをうまそうに食べて、それなりに満足したようだった。気苦労を感じさせない直樹の顔を見ていると、父親の前で笑っていた時期が自分にはあったろうかと疑った。

「パパが、霧を退治してくれるんだよね」

直樹が無邪気にたずねる。嘘がつけなくて、迷った末に祥一は返す。

「パパたちは、その準備になる、基礎研究を進められるくらいだな。なんとかなるのは、直樹たちが大人になって何十年も後かもしれないな」

がっかりしている様子の息子に、彼は慌てて付け加えた。

「直樹たちが、霧をやっつけられるように、少しずつ進めておくんだよ」

　自分の仕事が、ひどく重くなったようだった。このしかかる感覚は錯覚だと知っていた。科学は事実を探求するものであって、誰かの期待どおりの答えを出すものではない。彼の仕事の結果、自然環境中の《クラウズ》をコントロールする手段がないと結論されることもあり得る。

「どうして、霧が怖いんだ？」

　直樹は、質問を返されたことが意外だったように口を開けている。あまり頭がよさそうに見えないことに、軽くため息をつく。その空気を敏感に察して、直樹がうつむく。

「わかんない。でも、お母さんも、みんなこわいっていってるし」

「そうか」

　ふと時間が気になった。そういう彼の様子を、敏感に察して直樹の声が大きくなる。直樹にとっては月に一度の機会だ。自分にとってもそうだったと思い返して、すまない気分になった。

　どうやって父親をやればいいのか、イメージできなかった。彼は理想的な父親にはなれなかった。きちんとした父親になるには、家族にどのくらい時間リソースを費やせばよいのか分からなかった。

　夕方まで時間を直樹と使った。それなりに満足しているように見えた。祥一にはピンと来なかったが、向こうに有意義な時間になっているならよいと思った。彼に理解できる愛情のかたちは、そのくらいのものだ。もっと本気で分かっていた気もしたが、一度挫折してみると、それしか残らなかった。元妻と会うのは、どうひねくり返しても有意義になる気がしなかったから、直樹を渡すとすぐに別れた。

夜になるまで、仕事か大学に戻ろうとも考えたが、作業が手に付かないことも想像できた。一人で呑みに行くことにした。

大学の同期の科学者から文字通信が届いたのは、その夜のうちだった。

文面を読んで、すぐに現場に入れてもらえるよう連絡した。現在廃炉中の原発建屋内で、設定外の挙動をする《クラウズ》が現れたというのだ。それは、ナノロボットを閉鎖環境の外で運用し始めたときから、いつか起こると予言されていた現象だった。

話が回っていたのか、対策スタッフの席に滑り込めた。祥一の現場入りは二週間後だった。

現場は茨城県の東海村にある東海第三発電所だ。前世紀の日本で最初に建造された商業用原子力発電所は、その後、隣接地域への建て替え、改修と新炉の建造を繰り返しながら長期運用されている。日本の原発は、世界的に見ても市街地に近い場所に建造されている。それでも、万が一の事故に備えて、空間的に余裕をもって人が周囲に極力住まないようになっている。

　祥一が寂しい駅に着くと、送迎してくれる車両が待っていた。十一人乗りのマイクロバスで、現在では自動車はほぼ無人化されているのに、運転手がハンドルを握っていた。異常な待遇だった。祥一の他にはふたりしか乗客がいないのに、早くも発車してしまった。きっちりしたスーツに身を包んだ運転手は、原発の状況に関する質問にまったく取り合わなかった。祥一は窓が開かないように密閉された車内から、外の風景を眺める。原発へ向かう不自然なほどまっすぐな道を抜け、何度か曲がった後、森に入る。

　原発のそばの風景は、現在はたいてい過疎地だ。東海村原発群では、二十一世紀初頭の福島第一原発の事故後、計画的に半径二キロメートル圏内の住民を減らしている。勝手に植物が生えてしまう日本の気候条件では、必然的に森や草地だらけになる。

　この環境でナノロボットが周辺に散ったら、予算と手間の問題で回収は不可能だ。つまり、廃炉作業中で密閉している原発施設から外に出してしまえば、異常挙動を行うようになった《クラウズ》を封じられないのだ。

　確かに運転手の送迎付きになるはずだった。もしも《クラウズ》の変質が致命的なものなら、世界中にとてつもない影響が出ることになる。これはナノロボットの霧の発生原因を特定する滅多にない機会かもしれない。だが、東京都心から百キロメートルほどしか離れていないここが、災害の爆心地になるかも知れないのだ。

　東海第三発電所は、一角が白い板で箱状に封じられていた。廃炉作業中の新十二号炉と新新一号炉が、密閉プレハブに覆われているのだ。新新二号炉から新新四号炉は、点検中の規定で外から見える状態にしておかねばならず、稼働中の新新五号炉から新新十一号炉は安全上建屋を密閉できない。

「職場はどこになるんだ？」

車は東海村原発群の鉄扉をくぐった。祥一に答える者はいない。原子炉建屋でも廃炉中のコントロール建屋でもなく、奥に守られた免震重要棟へと向かっている。免震重要棟には、非常用コントロール設備が集まる緊急時対策所が置かれている。ここは原発をコントロールする中央制御室が事故等で機能を損なったときの最後の砦であり、ナノロボット研究者が仕事をする場所はない。

祥一が探している間に、もっと注意力のある同乗者がそれを発見した。

「あれか」

免震重要棟の奥に大きなプレハブが建てられていた。急造の研究施設にもしものことがあっても、原発の重要施設にダメージを与えることがあってはならないからだ。免震重要棟への交通を妨げてもいけない。

小規模なスーパーマーケットほどもある大型プレハブの前で、車は停まった。護送されるように引き出されて、入口に誘導される。入口は三重のロックがかかり、その先は防疫用のクリーニングロッカーになっていた。

上着とシャツを脱いで、部屋の隅のラックにかける。下着だけになると、備え付けられていたツナギを着込む。靴まで全部ここで着替えろということだ。

祥一と一緒に連れてこられた男が、ぽつりと呟いた。

「厳重だな」

まったく同感だった。ただ、祥一はここより神経質な施設に入った経験があった。

「ナノロボットの研究施設ほどはひどくない」

彼らは与えられたIDの通りに、現場に振り分けられる。AR（拡張現実）で投影されたガイド通りに長い廊下を歩く。基礎研究セクションとAR表示のある扉を開くと、彼をここに呼んだ男が、量子コンピューターの前から振り返った。

ツナギ姿でも線の細い二枚目だった。これが祥一をここに呼んでくれた、久賀（くが）祐司（ゆうじ）だ。大学院の同期では、出世頭のひとりだ。その専門はナノロボットの設計、生物の遺伝子をモデルにした自己増殖システムだ。《クラウズ》の増殖方式も同じだった。

久賀は、顔色も悪く、疲れ切っていた。

「よかった。間に合ったか」

「ひどい顔色だな」

久賀は肌の荒れた顔を乱暴にこすると、脂っぽい髪をかきむしった。

「さっそくだけど、これを見てくれよ」

基礎研究セクションの研究室の中央は、ぽっかりと半径二メートルほどが空いている。そこに、原子炉格納容器の立体映像と、五枚の投影画面が表示された。東海第三発電所の現状のようだった。

《クラウズ》を運用するときは、廃炉する施設ごと密閉しておくのが規則だ。《クラウズ》は、大気から窒素や炭素を一定量吸収し、充分に静電気を蓄えることを引き金に自己増殖する。だから、窒素や炭素を欠乏させると、増殖数を制御することができる。だが、表示されたグラフでは、この飢餓状態で横ばいになるはずのナノロボット密度が、逆に微減していた。最初は、久賀たちも喜んだのだと言う。環境中に漏れた《クラウズ》を減らす、量的な制御の手掛かりだと考えたからだ。だが、そのナノロボットを捕獲してくわしく調べた結果、最悪の状況であったことが判明した。その《クラウズ》の中に、霧を構成する同じナノロボットを捕食するものがいた。つまり、資源と電力を入手して自己増殖する条件は、同種のナノロボットと融合して一つになることでも満たせた。

まったく設計とは異なる行動だった。変化が起こったのだ。

祥一は、グラフを見ながら、なかば呆然として現状を聞いた。

これはもっとも起こってはならない変異の一つだった。今は、二つのナノロボット間で捕食が行われ、また分裂して量が二つに戻っている。捕食によって減っているタイミングが存在するため、全体として量が微減している。だが、もしもこの異常《クラウズ》が、三つ以上に自己増殖するようになったらどうなるか？　量的な制御が前提から崩れて世界中に満ちあふれてしまう。その致命的な変化が起こらないとは誰にも言えない。すでに、ナノロボット同士の捕食という、設計外の現象が起こったのだ。

もはや言葉を失って立ち尽くすしかなかった。重大事態だった。

対策センターでの行動について簡単なミーティングを行った後、すぐに祥一も仕事を始めることになった。初日は研究環境を大学からこちらに移行した。指示されていた通り、データは携帯端末に入れていた。検査を受けて安全確認された端末を、研究所の封鎖されたローカルネットワークに接続する。

祥一の前で、計算環境が自動で構築されてゆく。椅子に腰掛けた彼のために、研究ブースとブロック化されたコンピュータユニットが、自動で組み上がってゆく。

「まさか、《クラウズ》が最初になるとはな」

「自然環境に漏れやすい運用法のナノロボットは二十八種類あるけれど、《クラウズ》はその中でもっとも複雑な機構を持つもののひとつだ」

久賀が休憩にしたか、組み上げの様子を見物している。基礎研究セクションには、久賀と祥一を含めて八人いる。彼らの他に、相互に会話はない。

「それにしても、早すぎるだろう。千年は大丈夫なはずだった」

ナノロボット設計者を責めているように感じたか、久賀がしばし言葉を探す。

「《クラウズ》は運用環境も放射線にさらされて、過酷だ。自己増殖させるシステムがないと使い物にならなかったとはいえ、あり得るリスクだった」

《クラウズ》の自己増殖システムは、遺伝的アプローチで制御されている。かつてナノロボットはプリンターで印刷されていたが、これでは運用現場で必要とする量が揃わないことが多く、増殖速度とコストで見合わなかった。このため、ナノロボット自体が、自身の設計図を持っていて、自己増殖を行うシステムに切り替わったのだ。これは、生物が持つ、自らの設計データを維持しつつその記録媒体である生物体をも生産する、一石二鳥のシステムを参考に作られた。自己増殖するナノロボットは、微細な身体を生産しながら、同時に遺伝子のように自らの設計データを受け伝えてゆくのだ。

だから、《クラウズ》に起こった変化は、生物の進化に類似していた。時間を経ればいつかは発生する現象だ。だが、その中でもこれは、植物のように外界の化学物質を取り入れるシステムから、他者を捕食して増殖する動物に近いシステムへの変化だ。《クラウズ》は廃炉工事に使われ始めてから十二年しか経っていない。

基礎研究セクションは、変異《クラウズ》を撲滅するためのアイデアを出して、具体的な方法を提案するのが仕事だ。そして、見込みがあると検証セクションで認可されれば、変異《クラウズ》を封入した密閉空間(チャンバー)に置かれたプリンターにデータが送られる。プリンターからデザイン通りの化学物質あるいはナノロボットが出力され、その場で解決策が試される。

　翌朝、対策室へ向かうと、祥一は、まずこの東海村原発群で使われていた《クラウズ》のバージョンを確認した。《クラウズ》も他のナノロボットと同様、バージョンによって細かな設計が違う。開発の進歩で生じたバージョン違いのものが、現場の状況や原発の種別によって使い分けられているのだ。東海村の《クラウズ》は、十二年前の初期型と、昨年リリースのバージョン三・〇二が混在していた。十二年前にもここでは廃炉作業や放射性物質の管理が行われていて、そのときから残存していたものと、今回使ったものが混淆したのだ。変異しているのは新しいバージョン三・〇二のほうだった。

　見れば見るほど、手のつけようがなかった。《クラウズ》の三〇ナノメートルというサイズは、自然物だとノロウイルス粒子とほぼ同じで、既知ウイルス全体の分布に位置付けても小さい部類だ。限界温度は摂氏九〇度で、原子炉の炉心に侵入しても、炉内の放射線を利用した大量増殖は決して起こらない設計になっている。だが、除去するために外から熱をかけると、軽すぎるため熱気でたやすく吹き散ってしまう。熱のかけかたによっては帯電して自己増殖するおそれがある。だから、小さな水滴を大量に吹き付けて、この水ごと凍らせて落下したものを吸引するのが、一般的な対処法だった。水滴に簡単に取り込まれるため、《クラウズ》は捕獲しやすい、扱いやすいナノロボットだと考えられていた。廃炉作業が終われば速やかに捕獲され、致命的な変異を起こすほど長期間、自己増殖を続けることは運用手引きの外だった。自然環境に霧のように大量にあふれることは想定されていなかった。

だが、時間はもう戻らない。すでに原子炉内に《クラウズ》は充満しており、正常な個体は自己増殖できない。増えてゆくのは、ナノロボットを捕食する変異ナノロボットだけなのだ。

「変異型三・〇二に、初期型以外のバージョンの《クラウズ》を食わせてみる実験はもう俺がやった。どれでも食ったよ」

久賀が、祥一の取り寄せたデータを知ったか、そう教えてくれた。そこまでは調査は進んでいるのだろうと、知見を借りることにした。

「《クラウズ》に共通な殻構造の特徴は？　捕食って言っても、どうやって殻構造の中に、殻構造を侵入させてるんだ」

「ウイルスの侵入に似ている。変異《クラウズ》は、他の《クラウズ》の殻構造と、自らの殻構造との間の特異性を中和するんだ」

人間の身長ほどもある立体映像が空きスペースに投影された。《クラウズ》の拡大画像だった。静電気で引き寄せられて接触した二個の正二十面体のナノロボットが、接触面をぴたりとくっつけた歪(いびつ)なかたちのまま、自転を始めた。磁力の作用だ。そして、その自転のエネルギーで、いびつだったかたちが、大きな一つの球形に近づいていった。二つが一つになった。こうして捕食は行われるのだ。

祥一は目を疑った。《クラウズ》の仕様外の形態だった。

「この状態で、自決機構は働かないのか？」

「この混合状態では、正常な《クラウズ》の自決スイッチだけが異常判定を正しく出す能力を持つ。だから、正常な《クラウズ》の情報が、自決機構で失われる。その結果、変異型の情報のみが残る」

「それで、ここから新しく自己増殖する《クラウズ》は、二つとも変異型になるわけか」

同じ《クラウズ》同士で捕食が行われ、変異型のみが残るメカニズムは解明されていることになる。

そして、祥一は、久賀の憔悴の理由を知った。この捕食過程は、《クラウズ》の機構を流用していて合理的だ。つまり、発展性がある。もっとエスカレートして状況が悪くなる可能性がある。自決機構は、あらゆるナノロボットに搭載される安全装置で、仕様外の状態になったものを自死させる。行き着けば、この捕食システムは、外殻を融合させる能力が進化すれば、別種のナノロボットも食える可能性があるのだ。

太く長いため息が漏れた。祥一が発したものか、久賀のものか、知れなかった。

彼らが立ち向かおうとしているのは、直径三〇ナノメートルの殺し屋だ。

ナノロボットは現在、多くの分野で普及している。鈍い疲れのようなものが、脳の片隅に居座って離れない。どこまで影響が広がるか、にわかにはイメージもできなかった。

祥一は、環境中に散ったナノロボットの大量破壊が専門だ。アプローチとしては、自己増殖型ナノロボットに外部から情報を打ち込み、人工的な本能をつけさせることで同士討ちさせ自滅を促す。久賀が祥一をここに呼んだのはたぶん正解だ。捕食型の変異《クラウズ》を利用して、自分なら《クラウズ》の天敵を作り出せるかもしれない。

最初に試したのは、化学物質を取り込ませることで、外側からナノロボットの挙動を制御する手法だ。これは非常に難度が高く、結果が安定しなかった。だが、その過程で、天敵を作る祥一のアプローチにとって、捕食型は理想的な媒介だと判明した。ウイルスが細胞に感染するときのように、ナノロボットに情報書き換え用の人工ベクターを捕食させることで、外部から一種のハッキングが可能だと分かったからだ。

プレゼン資料を作り、基礎研究セクション長に提案した。セクション会議を経て、全体会議にかかる。質問項目に対する回答とその資料をまとめるために、睡眠時間の他はほとんど仕事にあてた。体力的には身を削られたが、精神的には充実した。

だから、元妻からまた連絡がくると、まだ月末ではないからいぶかしんだ。月末になるまで連絡しなくてもよいということではなかったと思い出した。今月中に会議を通したかった。変異型《クラウズ》の進化は、人間の都合など待たない。直樹はどう思うだろうかと考えた。

メッセージを見れば、おそらく直樹のことが書いてあるのだろうと想像できた。人として生きることはしんどい。やりたいことばかりをやれるわけではない。それでも、自分以外の誰かから、そう行動すべきだと考えられていることを避けきれるわけでもない。そんなふうに優先順位を下げて重荷だとしていることが、息子にすまなく思えた。

彼は元妻からの文字通信を、中身を確認しないまま、後から片付ける仕事のリストに放り込んだ。ままならないと分かっているものに、時間を使いたくなかった。

東海第三発電所の敷地から外に出るには、多くの手続きを経る必要がある。そして、一度外出した後で戻ろうにも、安全が確認されるまで中に入れない。

「いいのか」

そう心配してくれる久賀もここに来てから四ヶ月、ほとんど外には出ていない。

「人格も感情も意志も、コンディションしだいで揺れる脆いものだよ。自分のは逃げようもないが、他人に深く付き合うのは、自分が資源を用意できてなきゃ無理だ」

彼にとっての人間観の前提だ。人間もまた、統計学的に見た場合は、資源と条件に合った機械のように振る舞う。

「君はろくでなしだな」

「家族にも言われたよ。友だちに聞いても、みんなそう言っていたらしい」

そう、元妻のほうが正しい。祥一は、元妻が常識だと考えていただけの資源を、振り分けなかった。実質的に無制限に時間を使うことになると思ったからだ。それでも、一時はそれでいいと思ったから結婚して子供も作った。それが、いつの間にかできなくなっていた。たぶん、どこかで信頼が壊れたのだ。

そのとき、彼のコンディションが悪かったのかも知れない。そうではなく、ただ彼がろくでなしだったのかも知れない。はっきりしているのは、もう戻らないことだ。

変わらず、彼の前に仕事はある。彼にとって、時間を費やすに足るその価値は変わっていない。

ナノロボットによる霧が観測されたという報告は、世界各地で聞かれるようになった。この二ヶ月ほどで急速に観測地が増え、六大陸すべてに霧が現れた。原発の有無どころか人口や産業のありなしも関係なく、南極大陸では霧が高高度に大規模に広がった雲すら見られた。

人類による対策は、功を奏することがなかった。《クラウズ》の撲滅や制御を行おうとしている研究者は世界中にいる。東海村研究施設も拡張している。恐怖にかられて、そうした研究に予算が下りるようになった。それだけ余裕が失われたということだ。

誕生日も子供に会わないまま、年が明けた。祥一は、正月明けの全体会議にデータを間に合わせるため、年末年始をセンターで過ごした。久賀は、祥一のプランに使う人工ベクターの設計を担当するようになった。祥一の案が基礎研究セクションの会議を通過し、センター内で有力視されるようになったのだ。

世界規模で行われている霧対策に《クラウズ》が抵抗力をつけるのが速すぎることが問題になっている。本来何千年もかけて行われるはずの変化が圧縮されているかのようだった。ナノロボットを見誤っていたことはもはや明白だった。

隣のブースで作業中の久賀から人工ベクターのデータが送られてきた。

祥一にも分かっている。

「ナノロボットの時間単位が、人間のそれよりも速すぎる」

「潰しても潰しても、記録媒体と情報がワンセットでどんどん増えていってる。対策をとっても、止められないように変異したものの情報が、コピーされて増え続ける。ウイルスそれ自体を撲滅できないのと同じだよ」

久賀は、ナノロボットの自己増殖システムの堅固さをずっと評価してきた。この堅固さのせいで、人類は今、窮地に立ちつつある。

祥一の脳裏に、ふと直樹の顔が浮かんだ。おそらく本能的な恐怖が、すがるものを無意識に求めたのだ。それは巨大な凋落(ちょうらく)への怯えだ。

《クラウズ》に外圧や外乱に耐えた情報がコピーされ続けるシステムができているなら、彼らの仕事はおそらく達成できない。ナノロボットが生物の適者生存のシステムを獲得しているということだからだ。生物が進化してきたことと同じ理屈なら、その堅固さは生命が辿った四十億年の道程が検証済みだ。

これは機械的な伝達ミスが生んだ、ただのナノロボットの暴走だと自分に言い聞かせる。年末年始にまとまった休みをとらなかったのは、失敗だったかと思った。今のままでは作業効率が上がりそうになかった。

椅子の背もたれに身体を預けた。煮詰まっていた。

追い詰められつつあるのは、祥一や久賀だけではない。今はただ不気味に増えつつあるだけに見える《クラウズ》が、遠からず人類の敵になる。そう想像して深く怯える人々がネットワークで暗い未来を囁きあうことが、日常的になっている。この冬は、テロのニュースがこれまでにも増してよく報道される。原発や廃炉事業に対するデモが激化している。恐怖には誰もが関わらねばならないが、その方法はそれぞれで違う。そして、恐怖との付き合い方は個人の範囲で留まらず、組織化が行われて高度化してゆく。恐れも不安も、共有できるものだからだ。テロもまた、ナノロボットと同じく組織化され、高度化してゆくのだ。

霧は少しずつその発見報告を増やしつつあった。

結局、元妻に文字通信だけを送って、息子には会いに行っていない。テロの激化によって、東海第三発電所の出入りがより厳しくなったためだ。日本で研究者が誘拐される事案が起こった。それは高度に組織的な犯罪で、テロ組織によるものではなく、いずれの国かの特殊部隊によるものだとされた。恐怖に罹患するのは、個人だけではない。

祥一はただ彼の時間を、仕事に使う。彼が力を振るえる場所はここで、ここでこそ彼は価値がある。彼の生きる時間は、ここで変異《クラウズ》を撲滅するための仕事に従事している間、最大の価値を持つ。

《クラウズ》は、恐れられてはいるがまだ致命的な敵ではない。それは既存の生物とは反応しない。その細胞膜にあたる外殻が、生物と反応しない仕組みだからだ。ナノロボットが高度化しても、既存の生物圏のいかなるドメインとも、互いに捕食関係は発生しない。であれば、既存の地球生命圏と変異《クラウズ》は、互いの世界を重ね合って大気中から資源を奪い合いながら、それぞれの時間を進めることになる。

そんな《クラウズ》にとって、時間はどういう価値を持つものなのかと、ふと思う。

東海第三発電所にやって来て二ヶ月で、彼の役職は上がった。最も活発に対策案を出しているのは彼だからだ。そのうち二つは、会議をすべて通過して、新新一号炉から採取した変異《クラウズ》に効果を試されている。水を得た魚のように、彼は働き続けた。

「おい、持田」

祥一は、苗字で呼ばれて、シミュレーションを行っている最中の画面から顔を上げた。検査班の研究員に声をかけられたのだ。久賀以外の同僚とも会話することが増えた。

「何か聞こえないか？」

言われて祥一は、パトカーのサイレンのような音が遠くに聞こえるのに気づいた。

研究所が激しい縦揺れに襲われたのは、その直後だった。

＊

それは、一発のロケット弾による攻撃だった。

東海第三発電所の廃炉工事現場に、GPS誘導装置を備えた手製ロケット弾が撃ち込まれたのだ。弾頭は廃炉作業中の新新一号炉の建屋に命中し、廃炉のために解体していた天井の隙間から内部に侵入した。中国からの横流し品の軍用炸薬が、建屋内部で爆発、原子炉格納容器を覆っていた二階天井を崩落させた。

この崩落した瓦礫が、原子炉配管を直撃、循環中の冷却水が漏出する大事故になった。

テログループは、それを「変異ナノロボットを開発している東海村開発所を攻撃した」のだと非難した。霧を兵器だと断じて、これを開発しているのが政府だとしたのだ。根も葉もないデタラメだった。

だが、そのロケット弾は、行き詰まりへの不満を告げる号砲でもあった。

＊

ロケット弾攻撃によって、東海村対策研究センターの警戒はさらに厳重になった。新新一号炉の変異型《クラウズ》は、細心の注意でレベル七隔離施設に運ばれて実験に使用されることになった。施設は対策センターのさらに奥に、年初から地面を深く掘って建設されていた。ロケット弾が撃たれるに至った疑いの元になった施設でもある。このナノロボット移送措置のせいで、すでに敷地内にいる人間が軽々(けいけい)に外出できなくなったのだ。

それは祥一にとって間が悪かった。外出制限が設けられてしばらくして、ニュースに東海村が出ることが増えたせいか元妻から連絡が入ったのだ。仕事にかまけている間に、ロケット弾攻撃からさらに二ヶ月経っていた。またなじられるのだろうと思うと億劫(おっくう)で、直接通信はとらずに文字メッセージだけを見た。そして、めぐり合わせの悪さに絶句した。

直樹が入院したという。ぜんそくに似た原因不明の症状で、霧が原因なのではないかと、元妻は考えているようだった。

入院先の病院と病室のことも書いてあった。血が冷えたような思いがした。昨秋から会わなくても何とも思わなかったのに、何もしなくてよいのかと駆り立てられた。我知らず手で口を覆っていた。

これからの時間で、何度でも会う機会があるつもりでいた。だが、そうではないのだ。焦りを感じて日々を過ごすうち、少しずつどうしようもなく人生の中での優先順位が変動する。もうすぐ小学二年生に進級するのに、大丈夫なのかと心配だった。どうしていいのか分からなかった。ただ、今、突き動かされていることは正しいように思えた。衝動の激しさが、理性を乗り越えて正しいことを保証しているかのように錯覚する。

祥一は、息子の見舞いを理由に、初めて外出申請を出した。許可は下りなかった。出られないのだと思うと、今後は仕事のほうが億劫になりそうで、家庭の営みについて深く考えることをやめた。《クラウズ》の進歩は、彼らが全力を尽くしても置き去りにされるほど速いままだからだ。

《クラウズ》を使っての廃炉作業を中止する勧告が、とうとう国連から出された。東海村対策センターから祥一たちが出した、捕食型《クラウズ》についての論文がおそらく影響している。

それ以後、まるで最初のリスクを誰かが取るのを待っていたかのように、世界中で変異型ナノロボットの存在が報告されだした。特に衝撃を持って受け入れられたのは、アメリカから出た、《クラウズ》が原発や貯蔵施設から遠くへ拡散した仕組みの調査だ。高濃度の放射能に汚染された微細な水滴の内部で急速に《クラウズ》が自己増殖することと、ある変異型が全米四〇箇所以上で発見されたことが確認されたのだ。

汚染水の水滴から、《クラウズ》が広がる仕組みはシンプルだった。まず汚染水からの放射線によって、水滴内に沈んだナノロボットが帯電する。このエネルギーは潤沢で安定しているから、水滴に溶けた炭素と窒素を手に入れたときも《クラウズ》は帯電し続けている。こうして自己増殖が起こり、空中を漂うこの微細な霧の粒が、ナノロボットの巣になってゆく。それでも水滴はナノロボット単体より遥かに大きく、一マイクロメートル、つまり一千ナノメートル以上に膨らんでいる。これが静電気で別の《クラウズ》で帯電した水滴や、別の帯電した物を引き寄せる。そこに獲得できる炭素なり窒素があると《クラウズ》は増える。この繰り返しで、水滴は重さで落下したり分裂して風に流されたりしながら、世界中に種のように《クラウズ》を運んだのだ。

自然環境に漏れ出た《クラウズ》が急激に増えているという報告には、パニックもあれば、あきらめたような反応もあった。ナノロボットがコントロールを外れかけていることは、すぐに誰もが知るところとなった。対策センターに缶詰になった祥一には、社会がそれをどう受け止めたか、ネットワークや報道を通して知るよりない。原発施設内に、生活の不便を埋めるためにコンビニエンスストアができた。立ち入り業者は国の監視機関によって徹底的に洗浄されているうえ、入ってくる品物自体も厳しく選ばれた。

隔離されて守られたのだとも言えるが、それで祥一たちが悩みわずらうことから解放されたわけではない。彼らは、水っぽく潤んで泥臭い営みに振り回されている。それは、彼らの身体でもっとも比率の高い成分が水であるせいで、断ち切れない重さであるようにも思えた。

初夏になった。霧が静かにその濃さを増しつつあった。

ナノロボットは、変容によって急速にバリエーションを増やしつつある。変異型《クラウズ》同士の接触が関連しているのだ。外部からのナノロボットの侵入を防ぐため、東海村施設全体を急造のドームによって密閉する。近々、発電を止めることすら検討されていた。

祥一は、五月に稼動開始したばかりの地下研究棟に足を踏み入れた。最新設備だが急造である。必要なクリーニング施設や隔離環境は整っているが、どこまでも殺風景だ。

ここでの制服である気密服で、祥一は億劫に歩幅を狭めて歩く。地下研究棟の内部区画の半分では、ナノロボットの飛散と大気成分との接触を抑えるため空気が抜かれている。このため、宇宙服から転用した、パワーアシスト機能つきでも重い気密服が必須なのだ。セキュリティのため、三基のエアロックを通過した真空区画からでないと、実験施設の細かい制御はできない。祥一は要請を受け、実験機器が正常作動するか確認しに来ているのだ。

「《クラウズ》の数を減らすより前に、ここまで来ると変種の広がりを特定しておきたいな」

〈現状では厳しいだろう。安定して放射線が供給される場所でなら、どんな変異型《クラウズ》でも自己増殖が加速する〉

同じく気密服姿の久賀が、無線越しに返す。気密服ヘルメット内部に投影した画面で、実験パラメータを確認している。冷静なのは、危機の程度に目算があるからだ。《クラウズ》の爆発的な増殖が起こっていない以上、まだ各個の変異型へ慌てて対処するのではなく基礎研究を積み上げる時期だ。対策センターの研究者はほぼ全員、そう考えている。

もう一人、気密服のずんぐりしたシルエットが近づいてくる。性差は判別しがたいが、四十代の自信に満ちた顔つきの女性研究者だ。無線越しの音声の他は、真空のモニタルームで音は伝わらない。

〈そろそろ、人類側の集団行動に影響が出る閾値に入る。恐怖を突きつけられて冷静で居続けることは難しいからな。ここからはタイムリミットが厳しいぞ〉

ミオ・劉は、工学化された社会学の専門家だ。対策センターの追加人員は、各方面から集められた総合力を高める陣容になっている。劉は祥一の対策のアプローチに興味を持って、ここに来てくれたのだ。

《クラウズ》駆除用ナノロボットの実験が始まろうとしていた。《クラウズ》の進歩が速いからこそ、自滅的な異常行動を植え付ける方法は大きな注目を受けている。

彼らは巨大で透明な結晶パネル越しに、実験施設を見ていた。直径二〇メートルの円柱形の空洞の中央に、テスト用ナノロボットを封入するジュース缶サイズの容器が置かれていた。その周囲で、身長一六〇センチメートルほどの小柄な人間型の機械が動き回っている。ナノロボット実験を行うレベル七ブロックに人間は入れない。

「風通しのいい状態で、対策をまともに立てられる期限は、何十年くらい残ってると思う？」

〈社会が手を打たず野放しにすれば、十年以内に世界は資源統制の時代に入るだろう〉

劉の計算はシビアだ。

社会についての学術的アプローチには疎い久賀が、眉根を寄せる。

〈人間はもっと複雑だ。そんな予測ができるほど単純だとは思わないがね〉

〈人間は理性を持っているが、所属するコミュニティの中でいつも理性的に振る舞うわけではない。恐怖や憎悪が増幅されたとき、対応力を落として単純な動きをするようになる。魚や鳥は、周囲数匹の個体との単純なルールに従った行動によって、何百何千匹もの巨大な群れを見事に動かす。それと同じ力が、人間にもある〉

その答えにも久賀は不満そうだった。久賀は人間が特別なものだと、たぶん信じているのだ。

〈それで済むなら、政治家の仕事は楽だったろう〉

劉にとって、人間の性質はもっと細分化するべき問題だ。

〈群れを作る力があるから、集団では多数者が、正しいものであるかのように振る舞い始めるんだ。個人は統計に押し潰され、その内実を露出することができない群れの一要素になってしまう。君、人間が群れによって洗脳される必要はないんだ。群れが進んでいる間、内心で思っていることを表出できなくさせるだけでいい。理性を維持した個体が方向の誤りを指摘すると、その何十倍何百倍もの反対を受けて、群れの流れに修正されてしまう。あるいは、数の力によって黙殺される。群れ内での動きを整理する力はとても強い。イナゴの群れでは、距離感を間違えた個体が共食いで消されることで、集団の整理が行われる。人間もこの性質を持っている〉

〈性質があることと、人間がそれを選ぶこととを混同するのは、暴論だ〉

〈君、まさか人間が共食いしない動物だと思っているのか〉

劉が心底驚いたように言った。その反応に、久賀が両手を上げた。すでに彼の専門分野からかけ離れすぎたからだ。

そのまま彼女が人食いの社会学について講義を始めそうな気配だったので、祥一は話をナノロボットに戻した。

「共食いは、もっとも原初的な捕食だ。最初の捕食生物は、同種を知覚して選り分けることができなかったろうしな。今の《クラウズ》もそうだ」

捕食型《クラウズ》も、同種の見分けがつかないから、自己増殖で増えたコピーをまっ先に捕食する。

気密服のヘルメットのパネルに、実験過程が滞りなく進行していると表示されていた。合成音声のアナウンスが聞こえた。

〈今回の実験は、一気圧の高線量環境で行います。変異型《クラウズ》の密度が低下することにより、これより放射線量が上がります。《クラウズ》密度が変動する環境で放射線遮蔽試験を並行する場合、実験をコンテナ内に封印して行うことを推奨します〉

祥一が久賀と劉の協力で挑んだのは、捕食に特化した変異型《クラウズ》を作り上げることだ。《暴食体》と彼は呼んでいる。この《暴食体》は、現在は一個の《クラウズ》を捕食して二個に分裂している変異型《クラウズ》に対して、二個捕食して二個に分裂する。これによって、残る《クラウズ》は、以前の三分の二に減少する。シミュレーション上では、《暴食体》をナノロボットの密集域に放散すると、とてつもない速度で密度が減り始める。

〈空中を通過する放射線量が、実効線量で〇・一ミリシーベルト毎時を超える見込みです。防護シャッターを下ろします〉

合成音声のアナウンスが響き、実験場と制御室の間を隔てる重いシャッターが無音で下りた。実験場はまったく見えなくなる。

密閉されたものものしい光景に、久賀が肩をすくめる。

〈ただ、こうも顕著に放射線量が増えるのは、やっぱり問題視されるだろうねえ〉

「《クラウズ》を減らせば放射線遮蔽材としての能力は落ちる。当たり前だろ」

気密服の奥で苦笑する。《クラウズ》が減れば、人類が環境中に出し続けている放射線が素通しになる。本当は、《クラウズ》を適切に制御して共存ができればベストなのだ。ただ、自然の営為は人間の思惑などかえりみない。

劉の気密服の肩が突然揺れた。笑いだしたのだ。

「何かおかしかったか？」

〈群れは、集団の動きを整理する力が強くなると、魚の群れがそうするようにドーナツのように回り出す。その力がもっと強くなると、一つの方向へうねりながら進む。たとえば、鳥の群れが、単純なルールの積み重ねで一つの方向へ飛ぶようにだ〉

彼女が何を言っているのかピンとこなかった。

〈いや、もし《クラウズ》が自力で移動できるようになったら、いつか群れで行動する能力も手に入れそうだと思ったんだ。《暴食体》みたいな優秀な捕食者がいるんじゃ、群れて空間を有効に使ったほうが利得が大きいでしょう〉

「群れか……。あまり高度になられると、撲滅させたい側からはきつい話だよ」

シャッターの向こうで、人間の敵になりつつあるかも知れないものを、再び制御下におくための手順確認が進んでいる。人間とはまったく違う速度で進歩を続けるものと、祥一たちは関わっている。

じっとシャッターをにらむ彼に、久賀が尋ねる声が無線越しに聞こえた。

〈どうして、《クラウズ》の撲滅をテーマにしたんだ〉

問いかけられて、他人からは不思議に見えるだろうと自分でも思った。ナノロボットの暴走は千年は起こらないはずだった。脚光を浴びる日など来るはずはなかったのだ。彼でなくても誰かが手をつけただろう仕事だった。社会が抱える問題を進歩によって乗り越えようとする動機は、核の時代以前から続いている普遍的なものだ。彼が家族を放り出してまでやらなければならないものでもない。

そうさせた強い動機があるはずだった。

それがどんなものだったか、ふと立ち止まって考える。胸に引っかかる重みが確かにあった。

シャッターの向こうでは淡々と、自動化された実験手順の予行演習が進んでいる。真空のモニタルームに音は伝わらない。だが、この時間は平等に進んでいる。彼にとっても、同じ部屋にいる久賀や劉にとっても、ナノロボットたちにとっても、このせめぎ合いから遠く離れている元妻や直樹にとってもそうだ。時間だけが、個人にも立場にも人間にもナノロボットにも動物にも自然にも等しく流れる。そして、営みは続いてゆく。

「ああ……」

口から、深い吐息が漏れた。

ふと思い出すことがあったのだ。

彼がナノロボットの大量破壊という今のテーマを決めたのは、大学の博士課程だった頃で、学生結婚したばかりだった。元妻が、その頃使われ始めていたナノロボットを怖がったことがあった。そうだ。最低千年はあり得ないと、説明しても彼女は納得しなかった。だから、調べてみた。ナノロボットが暴走したときにまとめて破壊する方法を本気で講じている研究者は、まだほとんどいなかった。

「たぶん、新しかったからなのかもな……」

まだ十数年しか経っていない。記憶を掘り返してみれば、すっかり忘れていたことのほうが不思議なくらいだった。甘く苦い気分が、胸に押し寄せる。口もとに不意に笑みが浮かんだ。

「動機ってのは面白いものだな。きっかけは他人からもらったものでも、時間を費やす理由として、いつの間にか自分のものになってるんだから」

〈新しいからか。なるほどね〉

「新しいといえば、《クラウズ》にとって、今は世界中がフロンティアだな。放射線という、既存生物が使わない不要エネルギーを押しつけられた、新しい生態系みたいなものだ」

久賀が気密服のヘルメット越しにも分かるほど顔をしかめていた。

〈やめてくれ。生物に新しいドメインができて、その先に進化の系統樹でもできるのか？　今いる生物がみんな淘汰されて滅びる可能性があるみたいじゃないか〉

声に本気の嫌悪感が覗いていた。久賀は動機が責任感だから、背負ってしまっているのだ。人類が作ってしまったものが、地球から既存の生命を駆逐してしまう可能性もゼロではない。この問題は考えるほど深い穴に落ち込むように逃げ場を失ってゆく。

劉が他人事のように、生態系の話題に乗っかった。

〈霧の濃淡が、コロニーのように、規則的なパターンを描く例が発見されたという話もあるぞ。さっきの群れの話に繋げるなら、何らかの要因で《クラウズ》に、集団を整理する力が働いている可能性は高いと見ているよ〉

「本当なら、明日にも大パニックだ」

まったく笑えなかった。直樹は、怖がっているだろうかと、ふと思った。直樹が霧に怯えるようになったのは、きっと元妻が恐怖していたのを学んだのだ。家族の関係は壊れてしまったが、恐怖だけは財産のように受け継がれて息づいている。彼ら家族は、霧のせいで別れたわけではない。彼が時間を家族に振り向けなかったろくでなしだからで、霧とは関係のないところで信頼が壊れていたからだ。

彼の家族という群れは、何らかの整理する力が働いて距離を取るようになったのだろうかと考えた。いや、もっと単純に、群れで居ることを意志的に拒絶するほど元妻には耐え難かったのだ。

シャッターの向こうで機械が動き続ける。その規則的な動きは、音が伝わらないせいで隠されているが、決して止まらない。彼らの営みの時間にも、自然環境に漏出した《クラウズ》は変化している。最悪の可能性を起点にして論理を組み立てるなら、すでに人類の未来はタイムリミットを切られているかも知れないのだ。

＊

そのとき人々は、自分たちの目にしたものが信じられなかった。海面から、珊瑚のようなものが伸びていたのだ。それは小枝のように細かく折れ曲がっていて、白く、質感は石灰のようだった。最初に発見された日、埠頭の突端から十メートルほど離れて、波間から十センチほど突き出ていた。次の日には、二十センチほどになっていた。五日目には三十センチだった。異常な速度で伸びているのは明白だった。

漁港の人々は、波の乱れからその白いうねりの下に構造体があると噂しはじめる。夏の海で舟から落ちても大事にならない気安さと、底にあるものへの不安が、調査の原動力だった。そして、漁船を近づけて水中を見たとき、そこにあった構造体の巨大さに驚いた。底の浚渫（しゅんせつ）された深さ十メートルの海底から、網目でできたキノコのようなものが育っていたのだ。直径は八メートルを超え、中間の膨らんだ円柱のような構造をしていることが判明した。波に水面が揺れ、小さな気泡が上がった。細かな格子様の構造の中に、空気を抱えていたのだ。

その謎の物体は、枝状の先端を簡単に折り取ることができた。だから、それは地元の大学にただちにサンプルとして持ち込まれた。

ほどなくして、カルシウムと窒素と炭素でできたそれの正体が判明した。その情報は、大学の学生がネットワークにリークしたことで、即座に発表された。そして、衝撃が静かな爆発のように余波を世界中に広げていった。

莫大な量の《クラウズ》が検出されたのだ。

《クラウズ》が珊瑚のように伸びる組織を手に入れたのではない。サンプルが採取された周辺は、原発から海流が流れてくる湾にあり、海底の泥が放射能汚染されていた。この汚染泥を《クラウズ》が抱え込んだのだ。川を流れてきた生活排水から窒素を、メタンの泡から炭素と適切な圧力環境を手に入れて、自己増殖するために適応したのだ。

だが、それ以上に注目されたのは、《クラウズ》が、東海村と同じナノロボットを捕食する変異型だったことだ。しかも、共食い群だったナノロボットたちが、海底の泥を挟んでその成分を接触させだしていた。砂粒に邪魔されて、近づいたが接触も捕食もできない関係のナノロボット同士が、電位を交換していた。《クラウズ》間で交換されるのは、泥から出る放射線を受けて発電された電位だけではない。泥の成分がイオン化して、自己増殖に必要な窒素や炭素も行き来し始める。共食いせずして、必要なすべてを集められるようになり、爆発的な自己増殖が始まった。海泥を媒介にして、多細胞体に似た組織が発生しつつある。珊瑚のような海底の構造物は、ナノロボット間のイオン交換の結果できた副産物にすぎない。

《クラウズ》と環境の新たな共存が始まったことこそが、決定的な変化だった。

霧は急速に進歩しつつある。

＊

《クラウズ》接合体と呼ばれるようになったサンプルは、東海村対策センターにも持ち込まれた。

新しいナノロボットの可能性であるそれをどういう体制で調査するのか、所内の研究員たちも動向を注目している。

祥一もその一人だった。だから、センター所長室に呼ばれて、《クラウズ》接合体の資料を見せられたとき、内心の興奮を抑えきれなかった。

所長室もプレハブ内部の施設だから、狭く生活感がまったくない。十畳ほどの空間に、デスクと端末と、電子化しない書類のためのラックのほかには、来客用のロウテーブルとソファがあるだけだ。

所長の津川が、デスクで仕事を続けながら言った。

「《クラウズ》接合体のサンプルに《暴食体》を使用する実験を、一週間で準備してもらいたい。やれるか？」

「準備だけなら、地下のレベル七施設でリハーサルさせてもらえるなら可能ですが」

「後ほど出す基準リストを満たす実験を、慎重に行ってもらう。その結果に問題がなければ、一年以内に環境中で《暴食体》を使用するだろう」

《クラウズ》接合体が発見されたのは東北の海底、つまり開放された自然環境中だ。祥一は脈が止まった気がした。興奮が一気に醒めて、動悸が止まらなくなった。

「《暴食体》は、東海村の変異型にもろくに試していない、試用以前の段階ですよ」

「接合体が出現して、国が重要課題として《クラウズ》対策を行うことが決まった。機密扱いだが、わかってくれるね」

所長の言葉が、頭蓋の中に反響する。祥一は血が沸騰するようだった。言い換えれば、国からの要請があれば安全確認も不十分なまま《暴食体》をバラ撒くということだ。

「正気ですか？　あれは厳重に管理して使うのが大前提ですよ。検証セクションも、長期間の観察を経ないと、環境中で使う許可はできないと評価していた」

「それは原則論だ。地元が怯えて、政治家がそれに反応した。求めに応じて有識者会議が開かれた。これだけ流れを作られたら、断るには積み上げがいる」

「向こう千年は変化しないはずだったナノロボットに、もう進化の爆発に繋がりかねないきざしが現れてる。これだけで、慎重になるには充分でしょう」

それぞれの《クラウズ》は、自身が増えるための最適値を計算する超小型コンピューターだとも言える。それが働きの中で、生物の自然淘汰と似た振る舞いをとっている。元々、ナノロボットが遺伝子を模して、情報と情報媒体のワンセットで機能しているのだから、生命を真似るだろうことは潜伏していた危険だったのだ。これは暴走だが、コンピューター側にとって、環境との自己調整が過剰になっているかどうかを判断するのは難しい。

祥一の苛立ちが伝染したように、津川が禿げかけた頭をかく。

「間に合わんのだ。捕食型の次の《クラウズ》が近いうちに発生すると、会議でとある教授が予測した」

「それは出ますよ。多細胞生物に似た能力をすでに獲得したんですから」

「捕食関係なしで、電位と成分をやりとりする《クラウズ》が大量に現れるんだぞ。共存型《クラウズ》だ」

「放っておいても、その単細胞生物から多細胞生物の時代に本格的にジャンプするでしょうよ。でも、すぐと言っても、二、三十年の猶予は見込んでいいはずです」

《クラウズ》は長い目で見れば、おそらくこのまま環境と共存してより高度に進化する。だが、その危険は、自然環境で使いはじめたときから指摘されていた。環境との相互作用で発生する現象は、完全な予測がそもそも不可能だった。それでも人類は、決定的な問題が起こるよりも、それをコントロールする技術開発のほうが早いと判断した。その貴重な時間を、恐怖のために大きく削ろうとしている。

「だが、接合体がある三陸沖の住民は、不安にさらされている」

「耐えてもらいましょう。無理なものは無理だと言えない会議なら、解散したほうがいいですよ。嘘か気休めか楽天的すぎる見通ししか出せないじゃありませんか」

　御用学者であることを求められた人々が、難しい立場で働いている。それは分かるが、ないものはないと答えるよりない。

「だが、今も《クラウズ》接合体が波に浸食されて、かけらを太平洋にバラ撒いている。未曾有のナノロボット汚染が太平洋に広がりつつある。誰が責任をとるんだ」

　そう言う津川が、危険を理解していないはずがなかった。

　祥一の《暴食体》は、ナノロボットを二つ捕食して、一つだけ増殖する大量死システムだ。だが、この捕食されたナノロボットが、自死（アポトーシス）を起こして完全に自己分解するかは、自然環境で扱う場合もはや保証がないと考えたほうがよい状況になっている。《クラウズ》にはすでに逐一実験するどころか把握すらしきれないほどの変異型が発生しているからだ。そして、自死が中途半端だと、《暴食体》の自己増殖（セルフコピー）の情報に付着し、冗長化するおそれがあった。情報が冗長化されても、自己増殖には反映しないジャンク情報になるよう、安全装置はある。同種や類似種間での共食いだから、ジャンク情報もほぼすべて同じコードの繰り返しでしかない。だが、それでも、これらを食わせることで何が起こるかは、もはや闇の中だ。

「ナノロボットの自己増殖系は、生物のDNAによる細胞分裂がモデルだということを、忘れたふりはできないですよ。そのDNAが、カンブリア紀には海で進化の大爆発を起こしているんですよ。けれど、今の段階の《クラウズ》になら、汚染水が薄められる海水の中で、必要な線量を確保する能力はないはずです」

祥一には、海中の《クラウズ》は、放置しておけば充分に増えて進化を加速させるまで何万年もかかるように思える。

だが、津川は疲れた顔で、両手を合わせる。意味がない仕草だったのだろうが、祈っているように見えた。

「海底に放射線源がないとでも思っているのか？　この西太平洋には、ロシアや中国の原子力潜水艦が、何十隻も沈んでいる。もちろん廃炉などされていない。海中での核実験で出た汚染土壌もまったくマッピングされていない。二十世紀から海洋投棄され続けた核廃棄物のうち、現在位置が分からんものがいくつあると思う。地上は記録がある。だが、海底の汚染源はわからん。ほとんど！　まったく闇の中だ」

海の無明にも劣らぬほど、人間の作った闇も暗かった。だが、《暴食体》は残留した冗長化済みのものを、最後に焼却処分できる環境でのみ使うはずだった。海底での拡散など、世界を賭けてバクチを打つようなものだった。

所長室からどうやって出てきたのかは、覚えていなかった。

呆然として、彼は廊下を歩いていた。まるで罪を犯したように、すれ違う同僚の目が気になってしかたなかった。

耐えきれなくなって、自動販売機のそばに置かれたソファに腰を下ろした。

発作的に、子供の声が聞きたくなった。時計を見るともう夕方だった。家に帰っているはずだった。元妻が直樹に持たせている携帯端末を呼び出す。呼び出し音が鳴る。二度、三度、直樹は出ない。

待っていると、留守番サービスが祥一からの通信であることを判別して、通信を転送することを伝えてきた。待っていると、再び呼び出し音が鳴り、二度で通話がとられた。

〈どうして連絡してくれなかったの？〉

固い声で、頭ごなしに問い詰められた。元妻だった。

「直樹を出してくれ。話がしたいんだ」

〈直樹は話なんてできないわ〉

「どうして？」

〈入院しているの。倒れたのよ〉

全身の血が引いた。立ち上がることができなかった。

「どうして？」

〈どんな気持ちで、どうして、なんて言えるの？〉

なぜ詰問されたか分からなかった。彼女が問題にするポイントが、彼にはときどき理解できない。

直樹が入院しているという文字メッセージが、四ヶ月も前に入っていたのを思い出した。

「ぜんそくで入院したメッセージは見た。あれは、三月だった。きょうび、悪くても二、三日で退院できるだろう。どうしてまだ入院しているか、聞いたらいけないか？」

〈そういう話じゃない〉

彼女が怒っていた。衝動的ではない、深く暗い感情のうねりが伝わってくるようだ。感情のわだかまりがあるから、彼らは離婚したのだ。その語尾が強くなる声を聞いていると、端末の向こうで鼻で笑う準備をしている彼女の顔が目に浮かぶようだった。

「君を怒らせたのは俺だ。悪いのは俺なのはわかってる。けど、今は、まず直樹の入院の話を教えてくれ」

たぶん苛立っていた。彼の声に対して、感情の整理をつけるように、彼女は押し黙る。泣かれるのではないかと不安になった。あるいは、感情をむき出しにして激しく拒絶されるのではないかと。

鼻をすすり上げる音がした。祥一は、彼女の半分も感情が動いていない冷酷な人間だと指弾されているようで、苦しくなった。一緒に泣かなければ、人間として欠陥があるような思いに駆られる。

「お願いだ」

答えが欲しかった。

元妻がついに、大きく荒い呼吸をするばかりで、言葉をかけてくれなくなった。通信の向こうで、彼女は泣いていた。

いたたまれない気持ちで、彼女が声を発してくれるのを待った。こっぴどく殴られるのをじっと待っているような緊張の中で、腹の底は冷えて、彼の呼吸まで次第に荒くなった。

そして、彼女が軋(きし)るように彼を怒鳴りつけた。

〈通信を入れても、どうしてずっと返さないでいられたの！　直樹は四ヶ月もずっと入院しているのよ〉

ようやく理解が訪れて、そして肩に重いものがのしかかった。問題は、時間だった。

彼女も、直樹が入院してから不安だったのだ。なのに、父親である彼が、これまで仕事にかまけて連絡もしなかった。

彼は正真正銘のろくでなしだ。

〈ねえ、あなたの仕事は、子供の見舞いにも来られないくらい大事なの？〉

「あれから一度も敷地の外には出ていないんだ。本当だ」

そう返すのがやっとだった。まるで言い訳のようだった。

〈直樹はぜんぜんよくならないし。わたしだけ病室にひとりで見舞いに行って、直樹からよくなると思うって聞かれるの、どういう気持ちかわかる？　霧はどんどんおかしなことになっているし。どうしてって、わたしが聞きたいのよ〉

祥一と元妻の「どうして」は、指し示しているものが違う。だが、それを論理的に指摘しても、この会話にとって意味はなかった。

「すまなかった。そんなに深刻だと思ってなかった」

〈直樹が苦しいかどうかなんて、あなたに何がわかるんですか〉

祥一はソファに座ったまま、身体を折ってうなだれていた。何もかもがしんどかった。

津川は《暴食体》を使うという。有識者会議で、きっと、直樹の、今の医学水準にしては不自然に長引いているぜんそくのような、異常な症例の話も出たのだろう。

〈あなたはずっと、人の苦しさなんてわからない人でした。常識で考えて、今さら、どうしてなんて言えるのは、おかしいでしょう〉

「直樹の症状はどうなんだ？」

〈まだそんなこと〉

元妻は一向によくならない直樹の世話をしてきた。そのぶんの怒りを叩きつけられて、不誠実をなじられるのは当たり前だった。

だが、このまま一時間聞き続けても、話が前に進まないことも経験で推測できた。

ナノロボットの毒化が起こっているなら、海沿いは最初に被害を受ける可能性が高かった。

「不安なら、直樹を海から遠い病院に転院させろ」

〈今、何って言ったの？〉

聞こえにくかったのかと思った。大きい声で言った。

「海に近い病院なのか？」

〈聞こえない！　何て言ったの？〉

「海だ」

〈だから何？〉

祥一は、かつてセンターに入所したとき教えられたことを思い出してぞっとした。ここでは、機密度の高い情報を外部に漏らそうとすると、通信を中継する基地局で自動検閲が入って音声を消すのだ。海に危険があるという話も、今や機密なのだ。

「いや、だめだ。俺の話そうとしたことが機密に引っかかっていて、音声通信で伝えられないらしい。しばらく外出許可も出ないだろう。直樹をうちの実家の近くの病院に移すんだ」

元妻は、霧に健康被害があるとする説の信奉者だった。彼女は霧を原因だと疑っているだろう。そして、強いストレスに苛まれている。祥一は、《クラウズ》をまだ制御できていると信じていた。だが、それも怪しくなりそうだった。

どちらが正しくてどちらが間違っているかという主張が、火事の残り火のようにしばらく続いた。

そして、彼の言葉を待つような沈黙の後、通話は切られた。

彼女の最後の声が、耳にいつまでも残るようだった。

〈あなたは、直樹の父親なのよ〉

祥一は、深く、肺の中の空気を吐き出した。《クラウズ》をめぐるギャンブルの責任から、家族に癒してもらうつもりが、疲れ切っていた。

ままならないと思った。

けれど、自由にならない点で、津川と息子のことを並べてしまっていることに、愕然とした。直樹の小さな世界にとって父親は大きなもので、それは彼しかいないのだ。

＊

《暴食体》の使用は、祥一の反対にもかかわらず津川のスケジュール通りに行われた。

そして、二ヶ月と経たず霧に変化が観測されるようになった。時が進み、十一月の今は、世界各地にそれが広がっている。

ウラジオストクで観測された、アメーバのように自律移動する《クラウズ》が、その極めつけだった。放射能汚染水に大量に溶け込んだ群れが、そこから《クラウズ》が発電する電力をエネルギーに、大きな構造体そのものを動かしていた。《クラウズ》接合体の珊瑚状組織からさらに進歩した、やわらかく伸縮する表皮に覆われていた。

「変異によって《暴食体》がきかなくなった《クラウズ》に、さらにそれをターゲットした新型《暴食体》をぶつけるのは危険です。何が起こるかわかりません」

祥一は、研究センター内のプロジェクト管理ソフトに、動画メールでそう回答した。言葉が直截（ちょくせつ）すぎるように思えた。ここのところよく眠れないのだ。理由は分かっていた。ウラジオストクで発見された《多重クラウズ》のせいだ。ケース・ウラジオストクを構成していたのは、祥一が警告した、自己増殖情報にジャンク情報を抱えたナノロボットだった。これは転写不正による突然変異のため、二重構造を持つ。つまり、真核生物が、細胞内に酸素呼吸の場であるミトコンドリアを抱え込むように、ナノロボット内に別の働きを持つ《クラウズ》が入っている。二重の《クラウズ》——《多重クラウズ》では、自己増殖に必要な電気と成分収集は、内部に封入された《クラウズ》が分担する。だから、《多重クラウズ》総体としては、その基本能力を確保した上で、より環境に対して有利な性質を得るため多様な形態をとれる。ついに真核細胞に似た能力を獲得したのだ。

進化は《暴食体》のせいかも知れないし、同じような性質のナノロボットを誰かが自然環境で使ったのかもしれない。少なくともはっきりしていることがあった。

「《暴食体》を安易に使えば、現状をさらに悪化させる可能性があります。何も考えずにバラ撒けば《クラウズ》を駆除できると考えるのは、そう、安直です」

端末に備え付けられたカメラが、彼を撮影している。画面の右下隅に開いた小画面に、目の下がたるんでくまのできた中年の男が映っている。ひどい顔をしていた。

　ここのところセンター内の会議が多すぎた。彼は事前にレジュメ項目についてコメントを録画しておけばよいという許可を受けている。研究に時間を割けるのはありがたいが、《暴食体》の投入計画に意見する権限はない。

「ターゲットした型（タイプ）の《クラウズ》は、《暴食体》によってほぼ撲滅することが可能です。ただ、これは新しい変異型《クラウズ》が、淘汰された古い型が専有していた資源を使って一気に大量増殖するということでもあります」

　効果としては感染した生物の細胞を三分の二に削ってゆくウイルスに相当する。こんなものが蔓延（まんえん）すれば罹患した種は絶滅するに決まっている。

　だが、《暴食体》は、ターゲットしていない型（タイプ）の《クラウズ》には効かない。だから、《暴食体》に非ターゲットと判断されるほど大きな変異を起こしてしまったナノロボットは生き残る。《クラウズ》の生態系にとっては、《暴食体》という脅威を乗り越えたものが繁栄するだけだ。人類は《クラウズ》に淘汰圧をかけて進化を加速しているのだ。

　祥一は、さっきネットワーク上から採取して、注釈を書き込んだ情報を画面に呼び出す。

それは、かつて《クラウズ》接合体が発見された海底に、新種の接合体が芽吹いてイソギンチャクのような触手を伸ばしている画像だ。

「この新種の根元が、かつて汚染泥と生活排水から接合体が作った、格子構造から伸びていることに注目してください。《暴食体》はターゲットした接合体を駆除しました。けれど、《クラウズ》が繁殖した有利な環境が残っていたため、新種があっという間に成長したと思われます」

ひどい空しさを覚えた。祥一が何を言っても、結局は《暴食体》を使うことになる。センター側も祥一が本気で拒絶したら、新しいスタッフを連れてくる。センターが《暴食体》を使う動機は、致命的に制御がゆるみつつあるナノロボットとの共存ではないからだ。センターの理事はほとんどが科学者ではなく、天下りした政府官僚で、社会の不安を解消するために働いている。そんなものはナノロボットにはまったく関係ないのにだ。

ひどく生きづらかった。外出許可も、申請しているがずっと出ていない。《暴食体》の使用から、行動に厳しく制限を受けていた。

コメントを作って研究所内ネットワークにアップロードする。明日の会議分のレジュメも読む。今日の会議のものと要望が同じだから、また似たようなコメントを録画し直すことになりそうだった。

不毛さにうんざりして、立ち上がってストレッチを始めた。コーヒーメーカーから紙コップ入りのコーヒーをとってきたミオ・劉が、声をかけてきた。

「そういえば、原始的な採取狩猟社会では、女性が子供を産み、子育てもし、食糧のほとんどを女性の採取に頼っているという話を知っているか」

唐突に話を振られることも慣れてきた。首凝りがひどいから、腋の下の筋を伸ばすストレッチを続ける。

「男は何をやっているんだ？」

「大勢で狩りに行くが、獲物は少ない上に小さいから、人数割するとたいした量にはならない。集落にとっては意味がある政治や、ときには近隣の集落と戦争をする」

「つまり、時間を持て余しているわけか」

祥一は雑談を振られた理由を察した。劉もストレスが溜まっているのだ。会議へは、基礎研究セクションからも人員の出席を求められている。劉からは、原始的な集落の、時間を持て余した大人の男の寄り合いに見えているのだ。

「生物では、成体のオスが暇を持て余すケースはしばしばある。父親が生物として意味を持つのは、生殖のいっときだけだからな。オスのクジャクみたいに身体を派手にするような進化をしてリスクを背負えるのも、生殖して繁栄するために、時間はあっても生物的意味がないオスが死んでもさほど問題ないからだ。オスの身体にメスが卵を産んで守らせるような、有用な時間の使い方をさせる生物もいるが、たいていは違う。オスの時間が無駄だとバレないように子育てに参加するくらいか」

「人間の場合は、オスの無駄な時間があったからこそ、その労働力で発展したのもあるんじゃないか」

「あるかもな。だが、今は生活が便利になって、人間のメスも時間に余裕ができて、社会参画が広がっている。オスとメスとにかかわらず、生命維持と生殖という生物の意味からは自由な時間の余力がある。なのに、時間ができてやることは原始集落の寄り合いだ。時間を持て余した連中が集まると、政治的イニシアチブをとることを動機にしはじめる」

ここで話されているものも愚痴で、一つの政治だ。それ以外にも、彼らにとって時間を使うに足る、有用な仕事が目の前にはあった。ままならないが、これしかできない。

「仕事をしておけよ。そっちも、ずいぶん時間を持て余しだしてるぞ」

祥一は、やらざるを得なくなったときの用心に《多重クラウズ》対策用の《暴食体》を設計していた。徒労感がぬぐえなくても、不本意でも、これが今の彼の生業(なりわい)だ。

劉が、立ったまま熱いコーヒーを一口啜り、「違いない」と疲れた息をついた。

祥一は席に戻ると、設計を続けながら、左下隅の小画面で、自動収集した社会の動向データを視た。ニュースで、政府が原発で秘密の研究を隠していると非難する人々のデモが取材されていた。ロシアでテロ事件が起こったという報道もあった。その営みの中に、様々なかたちで霧の風景が差し挟まれていた。それは古い街路に立ちこめる靄であり、街を行く人々は子供をそこから遠ざけた。晴れた原発そばの岸壁を覆う地上の雲であり、デモ隊は気が触れたようにそれを避けつつ拡声器で主張を述べた。首都の喧噪に踏み散らされる煙であり、余裕のない表情のデモ隊はそっちのけでつかみ合っていた。

霧は今や不安の象徴だ。だから、様々なかたちで人々もそれに立ち向かおうとしている。すでに社会の営みの一部に組み込まれていて、それに対してどうあるか皆が決めるしかなかった。

祥一たちは、社会に必要とされる仕事を果たしているが、問題解決のための装置ではない。限界のある人間が作った組織の中、人生の一局面でそれに関わっているだけだ。だからこそ、仕事は、政治やしがらみでままならない。人間だから、大きな役目を、営みの一環として仕事にする。役目はいつも俗情とカクテルされる。直樹の入院が長引いていることを知って、祥一が、外出できないことに苛立っているようにだ。営みの中で選択されるものだから、人類の仕事は、どれほど高度化しても他の要因に振り回され続ける。シンプルに自己増殖を続ける機械である《クラウズ》たちとは違う。

祥一は、高度になりつつある《多重クラウズ》を攻撃する《暴食体》を組み立てながら考える。《クラウズ》たちにも、こんな生きづらさはあるのかと。いつか充分に高度になったら、《クラウズ》由来の〝何か〟と、コミュニケーションをとる日が来るのかと。

ミオ・劉から提案があったのは、その数日後だ。提示された小論文を見て、彼女の専門が社会学だったことを改めて意識した。それが、《多重クラウズ》を社会化するプランだったからだ。

現在のペースで《クラウズ》の進化が進めば、群れを作るほど高度な動物的性質を持つものが現れる可能性がある。それに備えて、コミュニケーションの準備を始めるべきだと言うのだ。祥一は面白そうだと言える余裕を失っていた。

「コミュニケーションはまだ非現実的だろう。《クラウズ》はもっとも進化したものですら、感覚器も持っていない」

劉が後ろ髪を指で弄(もてあそ)んでいる。彼女のやりたいことにとっては、今の凄まじい《クラウズ》の進化速度ですらもどかしいのだ。

「感覚を持たせるところからアプローチを始めるさ。人類に馴れやすいかたちで、好悪反応をつけさせるんだ」

当たり前のように彼女が言った。《クラウズ》の家畜化を将来的に見越しているのだ。

「自己増殖の条件がいい場所にたまたま集まってるだけで、この変化だ。好悪を判断して移動するようになったら、もっと速くなるぞ」

「発想の違いさ。どうせ放射線量の強い場所に人間は居住しない。今は霧のエリアが人間の居住空間と重なってるから不安がられてるんだ。だから、棲み分けさせればいい」

劉が基礎研究セクションの立体プロジェクタを起動させる。直径一メートルの地球の立体図が空中に浮かび上がる。そこに、現在観測されている霧の位置が白く描き加えられた。立体像の中の霧が、風に吹き流されて拡散し、また集まって濃い霧だまりを作ってゆく。

「広がっている《クラウズ》が、好悪を選択して移動すると、こう分布が変化する」

彼女がパラメータを操作した。人口密集地からは人間が放射性物質を運び出してしまうから、かわりに、海岸では顕著に海の霧が濃くなる。人口密集地からは人間が放射性物質を運び出してしまうから、《クラウズ》の自己増殖には向かないのだ。時間が経つにつれて、確認されている原発や廃棄物処理場、そしてウラン鉱山へと密集してゆく。

「まずは、第一段階の移動力を与えると、こうなった。つまり、好適な環境に留まろうとする力を与えられた霧は、自然と空間線量の高い地域に集まるわけだ」

時間パラメータが一年経つと、都市部の霧は最初の四〇パーセントの濃度になっていた。

祥一は、興奮と不吉な予感に、思わず立ち上がった。

「移動力の第一段階というのは、初めて見るパラメータだが」

「《クラウズ》接合体さ。あれの本質は、適切な位置の海泥に《クラウズ》を引き留める一種のコミュニティだった。あれは、移動を止めるための群れだとする見方もある」

「群れ？」

「そう、群れを作りつつあったんだ。人間は、ナノロボットの数を減らすのではなく、その群れの羊飼いとなることを目指すほうがいい」

劉の言葉は自信に満ちている。祥一は嫌な予感がして、彼女の公開スケジュールを手持ちの端末から閲覧した。彼女の予定はほとんど会議で埋まっていた。対策センターはこれもやるつもりなのだ。

このアイデアに実現の目途(めど)が立っていないことなど劉も承知だ。

「第二段階でも予測を作ってみた。第二段階というのは、要するに、ああ、名前をど忘れした」

「ウラジオストクだろう。アメーバみたいに《多重クラウズ》の集合体が這っているのが見つかった、核兵器保管施設だ」

「そう、ケース・ウラジオストクだ。《クラウズ》の大部分が、あれの速度で、環境要因にさからって移動できると仮定すると、世界はこうなる」

劉が指を振ってカメラを通して指示(アサイン)を出す。地球の立体映像から、白い霧はほぼ消えた。線量の高い場所だけに集中したのだ。

「《クラウズ》に行動目的を持たせるにしても、まだ放射線すら認識していないんだぞ。進化しても、あれにとって認識して意味があるのはまず放射線だろう。共通の言語なんか持てるのか」

祥一は、人間の都合が通用するのかといぶかしむ。相手が欲しがる餌を使って交渉しようにも、最低限の何かがなければ貪(むさぼ)られるだけで終わる。

すさまじいスピードで生成消滅しながら進化を続ける霧がどこに向かうのかと、ふと考える。まるで地球の生物圏を、霧の生物圏が追いかけてきているようだ。その巨大なエネルギーが世界を揺さぶっている。劉にとってはきっと、そのダイナミズムに関わることが動機なのだ。祥一にも、人類の危機だというのに胸躍る不謹慎な感覚が確かにある。

ただ、以前に劉が言った、時間を持て余した人間が行うことを、祥一は彼女を見て新しく気づいた。つまり、宗教だ。

「それは、機械的に動く《クラウズ》相手では、自然現象とコミュニケーションをとろうとしてるようなものだ。もう科学じゃなくて、大昔の巫女(シャーマン)の仕事だぞ」

「科学者の仕事は、歴史的な進歩の過程を辿れば元はそれさ。大昔の巫女(シャーマン)がしていた儀式を、小さく適切に切り分けて再現性を持たせるために改変し続けるんだ。けれど、向き合う相手は結局、自然現象さ。どんな突飛なイマジネーションを描いても、科学からは離れられない。だから、自信をもって実証とデータを新しく積み上げればいい」

「未熟な新分野に《クラウズ》を託すのか？　俺には、変化と付き合うことにそこまでのリスクをかける動機はわからんよ」

昂揚と同時に、入院している息子の苦しみを思い出す。新しい事象との相克の中で、祥一は今ある世界や資産が失われることが惜しい。悲しんでやまない。彼らはどうしても人間であることに固執してしまう。そして、そこから離れられない。

理性をどう働かせても、彼には劉と同じ結論は出せそうになかった。

「人間が選択の最後のボタンを押すとき向き合うのは、科学じゃない。科学に従事する俺たちが、働いている動機の問題だ。人間性(ヒューマニティ)の問題だよ」

＊

夏になじられた通信から、元妻と一週間に一度程度連絡を取り合うようになった。直樹のことが気になって、対策センターに請求して全国の病院の検査結果を調べてもらっていた。ぜんそくの原因が《クラウズ》だと思ったわけではない。ただ、肺内やのどの組織検査が行われているか確かめたかった。

《クラウズ》接合体が、海底の魚や貝の死骸から伸びた例が確認されていたためだ。《クラウズ》は生体表面に直接着床できないとされていた。だが、人体内で生物死骸にできたような組織を構築できるなら、危険度の評価が変わってくる。

調査の結果、生物の肺や気管に着床した臨床例はみとめられなかった。直樹のぜんそくが長引いているのは《クラウズ》由来ではない。それでも心配は消えなかった。

「誕生日のプレゼントは、そっちから渡してやってくれないか。俺はやっぱりセンターを出してもらえそうにない」

〈どうにかならないの？　あなたがセンターで働いてるって知られて、直樹が同じ病室の子から避けられてるのよ〉

祥一の実家近くの病院に転院させて、症状は軽くなったが、今度は患者間の人間関係で問題が出たようだった。

「医療の質を考えると、環境を変えるために転院とはいかないだろう。学校はどうだ」

〈ええ。病室で、通信授業を受けたほうがいいんじゃないかって、学校の先生には手配してもらってる〉

「通信授業も、今は普通の学校に近いからな。中学生になってからも、ネットワークが繋がったままで友だちが続くことも多いらしい」

近況を伝え合うだけだった頃より、通話を切って安心することも増えた。けれど、いがみ合うことも多々ある。

〈けれど、いつまで通信授業なの。直樹は、中学には行けるの？〉

「直樹はまだ小学二年生じゃないか。六年生までには身体も丈夫になるし、問題ないだろう」

〈だろう？　今、だろうって言ったの？〉

突然、声を荒らげた元妻に、ついてゆけなかった。

〈あなたは安全なところにいるから、分かったようなことを言っていられるのよ〉

　彼女は仕事をして、立派に直樹を育てている。母親の仕事といっしょに、父親がやるべきことまで、忙しくこなしている。祥一は養育費を毎月払っているだけだ。いや、別れた夫になる前から、家庭に居場所はなかった。劉の言い方になぞらえるなら、彼の時間に生物的意味はさほどない。母親が、父のように家族を守ることすらできる社会で、子供に関わることはせめてもの男の居場所作りだ。

「直樹のぜんそくのことは調べたよ。霧とは関係なかった。入院が長引いているだけで、悪化する要因は霧には認められなかった」

〈直樹のことを見てもないのに、何がわかるの〉

　彼女が祥一を責める。そこから、傷ついたように切々と批難が続くのだ。

〈ニュースでやってたわ。対策センターの中じゃ、霧なんて入ってこないからろくに見ることもないんでしょう？　こっちでは、毎日通勤のたびに霧で信号が見えなくなってるの。みんな不安だって言ってる。一番安全な場所にいて、上から見下ろして言われても、『ああそうですか』って感じよ〉

「対策センターが霧の侵入を遮断してるのは、ナノロボットの混淆を防ぐためだよ。だいたい、何に対して一番なんだ。落ち着いて、もう少し冷静に話をしよう」

〈あなたには人の気持ちなんてわからないのよ〉

彼女はコンディションが悪いと、論理的な話が一切通じなくなる。

「俺には、気に懸けてやることと、生活費を出すくらいしか考えられないんだよ。子供を守るのが当たり前だと言われても、病気に対してできることは限界がある」

冷たくても、有限な自分のリソースをどこまで割けるか判断するよりない。だが、そんな浅ましさを彼女は見透かしてくる。

〈誰に相談しても、貴方のこと、冷たい人だって言われるわ〉

そして、痛みを吐き出すような重苦しいため息をつく。

〈なんでこんな人と――〉

聞いていて、ただつらかった。重い実感がこもっていたからだ。幸せになれると本気で思っていた時期があるから、彼女の声が記憶と重なって胸に痛い。

そして祥一は、どう返しても相手を傷つけてしまうようで、ことばを失う。正答を引き当てなければならなじられるような沈黙に耐えきれず、通話を切った。

疲れ切っていた。

それでも基礎研究セクションの部屋に戻って、椅子に尻を下ろす。他に居場所もなかったのだ。

《クラウズ》の進化は続いている。そして、《多重クラウズ》が自律移動する動物的な性質を獲得したケース・ウラジオストクのことが、広く知られるようになった。人口密集地にも霧はよく現れたが、これまでは変異型が確認されることは少なかった。進化は放射線汚染地域だけの現象だと考えられていた。だが、これからは自分たちの生活圏までさまよい出てくるかもしれない。元妻のような不安に溺れる人間はむしろ多数になりつつあるのだ。

祥一は、対策センターのニュースを確認する。最新の《クラウズ》の専門情報が集められている。彼は焦ると同時に、新しい現象に興奮している。だが、元妻たちのいる外側の社会に、この歓びはないのだ。知識がなく、安全を見極める材料も言われるがままで、霧が危険になるかもしれない恐怖に怯え続けている。

劉は水を得た魚のように生き生きしていた。久賀は煮詰まりきっている。津川所長は取り付かれたように下に仕事を振ってくる。だが、彼らは危機に立ち向かえる。恵まれた立ち位置なのだ。

「対策センターの廃止が提案されてるって知ってる？」

声が聞こえた。集中していた思考から抜けて、劉の声だと思い出した。

「何のために？　意味がないだろう」

思わず声が出た。

「《クラウズ》の進化の原因を、外では、私たちだと考えてるらしい。そんなわけがないだろうに」

「廃止後の見込みもないんだろう」

人間の営みに、自然は応えない。自然科学の働きを利用した機械も、人のしがらみなど顧みない。人間の営みが自然や機械と共有するものは、過ぎてゆく時間だけだ。

ただ、彼にも理屈は分かる。責任を問わずにいられないのだ。《クラウズ》が登場して十二年、建設と稼動のハードルが下がった原発のおかげで救われたものは多かった。だが、霧に怯えるようになると、割に合わないと考えた。

「ああ、《多重クラウズ》が、《暴食体》が引き金になって発生したからか」

「あれにゴーサインを出した津川所長が、今、必死でしょう。手出しすると悪化すると思われているから、もう科学的アプローチはいらないと思われてる」

想像したことはあった。けれど、背負いきれるはずもないから、深くとらわれないようにしていた。だが、彼らは恨みや怒りをぶつける的にされている。彼ですら、仕事が終わって自由時間のとき、子供は本当に大丈夫かと心配になる。霧の蔓延に負い目のない人々が、いつも理性的でいてくれるはずがない。

一ヶ月や二ヶ月経ったからと、対策センターからめざましい成果が現れることはない。《クラウズ》が、人間の営みをどんどん引き離してゆくだけだ。霧の変質は世界のいたるところで観測されている。そして、センターも社会の不安に呑み込まれた。

「意見は言いました。はい、現在の分類で言う《群体クラウズ》界にターゲットした《暴食体》を、開放された環境で扱うのは、リスクが高いということです」

祥一は国会議事堂分館の委員会室に立っていた。《暴食体》と《多重クラウズ》発生の関係性を問う調査会が、国民の強い要望を受けて開かれたのだ。手前と奥の辺に丸みを持たせた長方形に机が並べられた、五十人定員の会議場で、祥一は質問を受ける。

質問内容のうち、五割はナノロボットの専門家なら誰でも答えられる専門事項の聴取だった。三割が世界中の科学者が推論と予測値しか出せない、《クラウズ》の進化に対する質問だ。残りは、津川所長に対して《暴食体》の危険性を充分に説明したかの確認だった。

東海村原発群から出たのは一年半ぶりだった。都心の官庁街から、直樹が入院している病院までは電車で三十分ほどだ。なのに自由時間もなく、対策センターにとんぼ返りせねばならないことが心から残念だった。

「現在は、仕事が当時よりも明確になっています。《クラウズ》の分類学が充実しつつあるおかげで、精密に狙いを絞ることで危険度を下げた《暴食体》を作っています」

祥一は最新の研究動向をまとめながら、《暴食体》を海に流した当時、彼らに何が分かっていてどう判断されたかを伝える。

ケース・ウラジオストク以後、《クラウズ》は生物の最も大きな枠組みであるドメインとして一時的に認められ、その下に三つの界を配された。製造されたナノロボットのままの性質を残す《単一クラウズ》界、元の性質を大きく逸脱しナノロボット間で捕食や接合などの相互作用をする《群体クラウズ》界、そして多重情報を持つ《多重クラウズ》界だ。

これによって、高度化してゆく霧のナノロボットを分類することができた。それは、複雑化する一方の変異型を追いかける大きな進歩だった。ケース・ウラジオストク以後、変異クラウズは集まって巨大な構造体を作る傾向を強めつつある。もはや特殊や変異という曖昧な分類で対応できる規模を超えていた。合理的で集中したアプローチを要求されているのだ。

「《クラウズ》の数を減らすために、ナノロボット間で共食いする《暴食体》を使うアイデアは、特異だったとは思いません。大気中や水中に散った、長さ三〇ナノメートルのロボットを撲滅するアプローチとしては最も効果を見込めたためです」

祥一は、古めかしい委員会室に集まる人々の顔を見る。立体表示で記された肩書きはどれも立派だ。だが、不安な人々の代表者であって、科学の専門家は少ない。今国会の焦点のひとつは、対策センターの活動に対して内閣の責任を問うことなのだ。

だが、それを考えるのは祥一の役目ではない。自然は、人間の営みを考慮しない。たとえば相手が何者であっても、死が等しくやってくるようにだ。科学者は、不可能なことはそう言わざるを得ないし、人類に余命を告げる役をすることもありえる。

野党の衆議院議員の表示が、質問者の机に浮かんでいた。電子原稿を読んでいる。

「普通のモノを壊す手段では、環境から《クラウズ》を排除することは不可能だと考えたということですか」

「大気中や海中のものは、とても難しいですね。《クラウズ》の天敵である変異型《クラウズ》を利用すれば、そういう場所でも時間をかければ一定の効果がありました」

祥一は、不安に怯える元妻や息子に伝えるつもりで言葉を選んだ。

委員のひとりが手を上げて発言した。

「ここで、持田氏に見ていただきたいものがあるのですが」

空中に板状に凝集した粒子スクリーンに、映像が投影された。先月、突然ネットワーク上に登録されて、世界を揺るがした動画だ。

福井県の敦賀湾から、敦賀原発へと這い登ろうとしていた緑がかった何かが、操業していた漁船から撮影されたのだ。三メートルを超える巨大なものが、アメーバのように這いながら岸壁に取り付こうとして落下した、三分間ほどの短い映像だった。それは一夜にして世界中を騒然とさせ、ただちに専門家による分析を受けた。そして、現在知られている生物ではないと結論づけられた。

祥一もよく知っていた。

「ケース・ツルガの映像ですね。対策センターも映像分析に参加しました。捕獲後のデータは回ってきていませんが、そのうち公開されるでしょう」

日本政府の調査隊によって、実物も海底から捕獲されている。ケース・ウラジオストクと同じ、巨大なアメーバ状の《多重クラウズ》集合体であると判明している。

「これ、原発を目指していますよね。対策センターが、今度は《クラウズ》に、動物のような判断力をつけさせたせいではないかという話が出ているのですが」

対策センターの動向も調査されていた。劉の研究だ。祥一の手のひらに汗がにじむ。

「将来への準備の中に、そういうものがあることは事実です。ただ、準備が全部実行されるわけではありません」

立ち上がった委員の一人に罵声(ばせい)をぶつけられた。

「責任逃れですか。無責任だとは思われないんですか」

《クラウズ》由来の大型構造体に、感覚器なり感覚システムが発見されていたとしたら、世界を驚愕させるニュースだ。統御された意志をかたちづくるシステムが特定されてもそうだ。そういう情報が出ないのは、まだすぐ分かる特徴を抽出できない段階だからだ。

劉の尻ぬぐいをしているようで、愚痴の一つも言いたい気分だ。外部からは祥一と劉の仕事に区別がついていない。

二日後、国会の本会議場の喚問席に津川所長が立つ。津川に対して、同じ研究所の人間として有利にしてやりたいとも、《暴食体》の使用を断行したことで不利にしたいとも思わない。彼らはやったことなりの責任をとるしかない。

彼らは選択をするよりなかった。その結果として、世界に不利益をもたらしたのだ。その時点では正解が分からない問題が、科学の最先端には発生する。どんな分野の最先端でもおそらくそうなのだ。そのときは、自然の前に、ちっぽけな人間性を抱えて立つよりない。

祥一の委員会喚問は、二時間ほどで終わった。本命は津川で、彼はそのための踏み台だったのだ。

薄情でも胸をなでおろした。彼の背負える範囲を明らかに超えていた。

委員会室から待合室に通されて、祥一はつくりのよい椅子で帰りまで待つことになった。百年前から使っていたかのような木製の椅子だ。絨毯は毛足が長く、快適だ。突貫工事だが最新だった対策センターとは、別世界のようだった。こういうところにいる人々が不安に怯えているのなら、それは仕方ないと思えた。趣味がよく文化的だが、情報も防備も不十分だからだ。

「そうやって見下してやるなよ。こっちがセンターの外での普通なんだ」

一足先に待っていた久賀が、テーブルに用意されたコーヒーを飲んでいた。センターの食堂より数段上等だ。高級ホテルの喫茶スペースが提供するような熱く薫り高いコーヒーで、ストレスにさらされた内臓を慰める。もうこれほどのコーヒーを味わう機会は、祥一にはしばらくなさそうだった。

「久しぶりだから、コーヒーが陶器のカップで出てくることも忘れてたよ」

今日の久賀はセンターの外に出られて、険の取れた顔をしている。

「おまえを誘ったときは、ここまでひどいことになるとは考えてなかったよ」

そう言う久賀のほうは、ナノロボット設計担当者が増員されたおかげで、一週間に一度は外出できているのだ。祥一もうらやましくなった。

「ナノロボットを破壊するほうの専門家が増えてくれると、俺も外に出られるんだがな」

「出たいか？」

「そりゃ、子供が入院してるからな」

直樹がぜんそくで長期入院していることを、親しい人間は知っている。久賀が、カップを置いて迷うように手を組み直していた。遠いものを見据えようとしているようでもあった。明らかに手が震えだしていた。

不穏な空気が漂った。久賀が思い詰めた顔をした。

「ちょっと出るくらいなら、できないわけじゃない」

久賀は責任感の強い男だった。祥一は悪いことを聞かせてしまった気がした。

「変なことを言ったな。国会議事堂だぞ。廊下に警備だっているだろう」

「議員に協力してくれる人がいる」

真剣だった。友人のこれほど自分を追い込んだ表情は見たことがなかった。久賀が冗談を言っているのではないのだと察して、祥一のほうが慌てた。

「議員がそんなことしてくれるわけない。いや、なんでだ?」

祥一にはこれがどういう誘いかすら分からなかった。

この友人は責任感を動機に、我が身を追い込みながら仕事をしていたような男だ。その仕事を替わってくれる者が増えて動機がゆるんだ今、心中に営んでいた切迫した世界が剝き出しになっていた。

「時間か、そうだな」

それに、せき立てられて、改めて思いついたのだ。直樹や元妻の時間も、彼のそれと同じく掛け替えがない。

このときまでほとんど考えることはなかった。ろくでなしだからだ。

「やっぱり行こう」

「そうか、急ごう」

余計な問答をせず、久賀が立ち上がる。

後を追って祥一が立つと、待合室のドアが開いた。青い制服を着た警官が、久賀に合図をした。行くぞと目でうながされた。

赤い絨毯を敷いた廊下を、裏門側まで歩かされた。そこには黒塗りの車が待っていた。いかにも堅牢な傷一つ無いハイヤーだ。議員が関わっているというのは本当のようだった。

車に乗り込むと、黒服のSPらしい人員が運転席にいた。助手席に金属の地肌が覗く人間型無人機が乗っている。祥一は嫌な緊張感に苛まれる。人間型ロボットが配置されるのは、現金輸送車のような重武装の襲撃者に狙われる警護対象だからだ。

すっと音もなく車が発進する。自分では運転できない祥一には、道路がどちらに向かっているかも分からなかった。

「久賀は来ないんですか」

うっすらと額に疵（きず）がある運転手が振り返った。全自動が主流の自動車のハンドルをわざわざ握っている。

「彼は来ない」

車は永田町をするりと抜け出て、赤坂方面の表示の道に入る。息子のいる病院に向かってくれるように頼んだ。行き先を知っているのか、運転手は無言で頷いた。

呆気（あっけ）なく、祥一はこれまでの世界から引き離されようとしていた。森に囲まれた東海第三発電所とは違って、東京は人でごった返している。車窓からでも、衣服や表情が理解しきれないほど多彩な情報を伝えていた。

マスクをつけた人間ばかりだった。霧への不安からそうする人間が多いのだと、ニュースで見たことを思い出した。

口元が隠れているせいで、表情が消えている。この風景が、祥一たちを疑って喚問席に立たせたのだ。それを愚かだとは思えなかった。着飾った若い少年少女ですらマスクをつけていて、不自由を抱えているのは明白だったからだ。

街路に掲げられた広告のモデルもマスク着用の者が現れている。それは、霧が晴れることはもうないと諦めているふうでもあった。世界に静かな怒りが溢れつつあることが、霧に速く適応しようとしているさまから見て取れた。

笑顔がわかりづらい街を行く人影は足早だ。老人たちすら、外にいたくないかのように、歩行用の下半身外骨格までつけて急いでいる。目が慣れると、身体補助具を使う人が、二年前の倍以上に増えている。外で立ち仕事をするガードマンが、簡便なガーゼのマスクではなく、ガスマスクのようなフィルタ付き防護マスクをつけて立っている。若者にはゴーグルがファッションだ。それどころか、スーツ姿のビジネスパーソンが携帯端末のかわりにAR(拡張現実)ゴーグルを使っている。

この身体補助具を使って身を守る風景が《クラウズ》の霧と共存する営みだ。人体に《クラウズ》のナノロボットは無害だというのに、動機として彼らに消費をうながすほど大きく働いたのだ。

そして、冬の街の営みを眺めているうち、社会の現在ある危うさが、重い当事者意識になって肩にのしかかってきた。

画一的ではなく、嗜好に合う洒落(しゃれ)た身体補助具を見ていると、世界が変わったのだと思い知らされた。老人のための歩行用外骨格に、カタログ通りの白色のものは少ない。模様や色が衣服に合わせられ、表面に布や紙を貼って質感を変えているのは当たり前だ。革ジャンパーの老人は外骨格にジーンズと合ったデニム生地を貼っている。ジャケットにスラックスには、それに合うようニスを塗った木板や、コートに合わせた黒のアンゴラやウールのチェックを貼っていたりした。《クラウズ》は世界を変えて、営みはそれを受け入れたのだ。

「世の中は《クラウズ》の霧ありきなんだな」

車が赤坂から首都高の高架に登ってゆく。

運転席から、黒いスーツの男が紙のファイルを投げ渡してきた。祥一が表紙を開くと、中は論文だった。印刷された写真入りの、日本語記述のものだ。日本の研究機関が政府からの依頼で書いたものらしい体裁だった。

ページをめくって、祥一は瞠目した。

「なんだこれは」

見たことのない研究論文だった。目次だけで、危険性の高さがうかがえた。

「軍事の世界でも、《クラウズ》を利用する研究は行われている」

運転手の言葉に気負いはない。だが、誰でも閲覧許可を与えられるような情報ではない。読み始めるなり、祥一は何度も「馬鹿げてる」とつぶやいていた。

「ケース・ツルガは、これに関係している可能性がある。どう考えてもそうだろう」

ファイルをめくる。全身に脂汗がにじみ出た。有用性は理解できた。だが、環境汚染の観点ではあまりにも危険な安全装置を外していた。

「わかっていてやったのか？　これは、我々の《暴食体》どころの話じゃないぞ」

「彼らも、危険をコントロールできる範囲だと考えていた。理論的には、すべて大気圏で燃え尽きるはずだった」

ファイルの題字には、無邪気にこう書かれていた。

『放射線遮蔽材としての《クラウズ》の宇宙利用について』——。

そして、最終章である将来展望の章に書かれたタイトルはこうだ。

『自己増殖時の転写不正より発生した、《クラウズ》オス個体とメス個体について』——。

得体の知れない恐怖が涙をわき出させた。無自覚に奥歯を食いしばっていた。そうしないと叫び出しそうだったのだ。

ついに腹の底から湧き上がる恐怖に耐えかねて、大の大人だというのにわめき立てていた。

「これは、どうするつもりなんだ？　正気とは思えない。《クラウズ》に、性差のシステムを導入するなんて！」

「研究者はみんなそこで腹を立てる」

興奮しすぎて気が遠くなった。頭がガンガンと鳴るように、頭痛がする。呼吸不全に陥ったのではないかと思うほど、どう息をしていいかもわからなかった。

「いいか？　機械の自己コピーによる増殖と、二性による生殖とでは、根本的に違う。性差がある二個体の情報交換で新しい個体を作れば、もうコピーされる情報は制御できない。突然変異の発生確率も桁違いになる」

従来《クラウズ》への対処は、故障率の高いコピーシステムの産物をどう制御するかの問題だった。これはまだ将来何が現れるか予測がつく。だが、今度からは親個体の情報を編集する、変化が仕様に組み込まれたコピーが相手だ。限られた人員では、絶対に追い着くはずがない。人類にとって、生物の進化を完全に制御することは、とっかかりすらない夢物語だ。なのに、これから、《クラウズ》という爆発的に進化してゆく一つの生態系に立ち向かわねばならない。人類自身が、生き残るためにだ。

この論文の研究グループは、東海第三発電所の捕食型《クラウズ》を利用した。祥一が《暴食体》を作るときに使った、人工ベクターを変異型《クラウズ》に取り込ませることで情報を書き換えるハッキング手法の産物なのだ。

「ずいぶん怒るんだな。前に乗せたナノロボットの専門家は、持田博士、あなたに腹を立ててたがね」

表面上、彼が関わっているように見えることが一層腹立たしかった。

「考え方は《暴食体》を盗んで反転したものだ。あれは、一個のナノロボットに二個食わせて、捕食者の情報しか発現させないロボットを二個作らせた。これは、一個食わせて、捕食者と食われた側の両方の特徴をランダムで発現させるロボットを二つ以上作る」

「結局、捕食じゃないのかね」

「これは、すでに捕食でも自己増殖でもない。生殖だ」

人間の世界も、彼とは関わりない場所で速く激しく動いている。自分一人が最先端にいるつもりだったのかと自責するよりなかった。

それでも、資料を読み進める。捕食と生殖の区別が曖昧だったシステムを、このチームはさらに進歩させた。二個のナノロボットから、三個以上のナノロボットを生産するためだ。このために、《多重クラウズ》のシステムを利用して、捕食的な生殖を行う部分を《クラウズ》本体の内部で独立させて、隔離した。かくして生殖器が現れ、《クラウズ》にオスとメスの性差が発生した。

「許し難い。これは許し難いだろう」

資料を読みながら、災いを避ける呪いのように、ずっと唱えていた。自然の脅威を肌で感じて、全身の震えが止まらなかった。顔から脂汗が垂れた。これは決定的な引き金になる。これが漏出した結果がケース・ツルガなら、もはや海の底は進化の坩堝（るつぼ）になっているはずだ。

この研究者たちが性差をつけることを選んだその理屈は理解できる。宇宙では常に人手が足りず、機材を宇宙空間に持ち上げるには莫大な費用がかかる。だから、放っておいても勝手に《クラウズ》自身が進化を加速するように、予算をけちったのだ。突然変異を促進して進化した《クラウズ》から、望んだ性質を持つものを拾い上げて、それを解析する。そういう研究行程なら、特別の生産工場や研究施設を作ってはじめて出せる成果を、ただ時間を待つだけで収穫できる。

宇宙には大気圏や地球の磁気で減衰されない放射線が飛び交っている。《クラウズ》にとって、廃炉作業中の原発には遠く及ばないが自己増殖可能な線量があり、気体の窒素と炭素を吹き付けるだけで増殖する。その宇宙での用途は、宇宙船や宇宙ステーションで使う、放射線を遮る強力な遮蔽材だ。宇宙環境では、《クラウズ》は窒素と炭素さえあれば、極めて安価かつ特別な補充材なしで増える管理しやすいものだ。火星以遠への遠く長い旅路を一層険しいものにする放射線被曝量の問題を、現実的なコストで解決できると考えたのだろう。人類を宇宙に押し上げる夢の素材に見えたやつがいたのだろう。首を絞めてやりたかった。

祥一たちの喚問も、こんなふうに一線を踏み外したように見えていたから起こったのだろうか。そう思うと、気分が悪くなってきた。

「どこの研究所がやったんだ？　俺の知らない、日本のどこかなのか」

「この書類は、ケース・ツルガを日本が捕獲した後、外交筋から入手されたものだ」

それ以上、運転手は口を開かなかった。

海外機関だ。世界中の人間が少しずつ隠れて無茶をやって、このどうしようもない破綻に至ったのだ。

世界中の、いまだ手を取り合えない人間性が、それぞれの動機でナノロボットに手を加えた。加えられた変化だけが、共通の成果だった。ナノロボットは人の営みなど考慮せず、その同じ時間で進化を続けた。

車の窓からの風景が、白く濁っていた。霧が立ちこめているのだ。これは、すでに性差を持ち、人類のコントロールを離れて、この瞬間にも突然変異を続けている異物だ。まるで怪物の胃に閉じ込められたようだった。逃げ出したかった。だが、逃げる場所などない。

車はすでに首都高高架にあり、川の流れのように同じ方向へ進むばかりだ。その閉塞感が、まるで人類の流されるよりない運命を暗示しているようで、吐き気がした。運転席の男が、グローブボックスから袋を手渡してきた。祥一はそこに胃の中のものをぶちまけていた。

吐いているうちに、少しだけものを考えられるようになってきた。胃液まで吐ききったところ、一つの答えがまとまった。

「そうか、ケース・ツルガが政府の調査隊に捕獲されてから、くわしい分析がいつまで経っても出てこないわけだ。今度こそ、とうとう完全に《クラウズ》が人類の制御を離れたんだな。あのアメーバ状の《クラウズ》は、オス個体か、メス個体か、どっちかだったんだな？」

あるいは性の数が二つではない可能性もある。ケース・ツルガが育った海の底で何が起こっているのか、もはや誰にも分からないのだ。

運転手は、この問いには答えなかった。つまり、敦賀原発に這い登ろうとした巨大な《クラウズ》について、詳細を話す権限がこの男にはないのかも知れなかった。真実は、つまりそういうことだ。

ただ疲れていた。怯えが身体に染み渡ると、本当に息子に会えるものなのか心配になった。

「どこに向かってるんだ」

「あんたの息子がいる病院だよ。こちらの用件は、その後でいい」

運転手は白い建物まで送り届けてくれた。車のフロントガラスに、病院名が表示されている。ネットワークで調べたことのある正面玄関の外観そのままだった。

玄関前の車寄せに近づいて停まる。ドアが開いた。自由に下りても構わないようだった。

「待っているのか？　いつまでかかるかはわからないぞ」

運転手のハンドサインに従って、助手席から警護用無人機が降車した。そして、見た目よりも静かで洗練された動きで彼についてくる。

病院では、身長二メートル近い人間型の機械は目立った。受付で見舞いであることを告げると、手回しのよいことに話はもう通っているようだった。病室を教えてもらえたうえに、後で担当の医師から話があると伝えられた。

嫌な予感がして身体が震えた。それでも、息子の顔を見たかった。以前に会ってからもうこの春で一年半になる。確か、家族向けのレストランチェーンで昼食をとったのだった。あれからいろんなことが変わった。

直樹の病室は、日当たりのいい四人部屋だった。小児病棟だから、廊下に子供の描いた絵が表示されているような、ストレスを軽減する試みがされている。高価な壁紙ディスプレイを、子供はいたずらで傷つけてしまっていた。おかげで、ところどころに白く消えない線が残っている。

「お父さん！」

ベッドテーブルで勉強をしていた直樹が、祥一の顔を見て声を弾けさせた。六歳のときから、あまり大きくなっていなかった。

顔を見ると、胸が締め付けられた。これは愛情だ。薄情な彼でも、どことなく自分に似た息子を目にすると、心は動く。

「身体はだいじょうぶか」

守ってやらなければならないと胸が熱くなる。目の前のことに、彼は反応する。

長期入院しているのだから、楽だということはないはずなのだ。けれど、祥一の表情がくもるのを嫌がるように、直樹はあどけなくも楽しそうな顔をする。ベッドサイドに椅子をみつけて、腰を下ろした。

「つらいことはないか」

「あのね、ぼく、三年生になったんだよ。それでね、学校で英語の勉強がはじまったの」

興奮で顔を赤くした直樹が、ベッドテーブルにのせていた紙状端末をたたく。英語のテキストが画面に表示された。直樹が電子ペンで書いたアルファベットが並んでいた。へたくそで、文字がよれていた。けれど、まじめに書き取ってあった。

息子はじっと彼の言葉を待っていた。

「上手に書けたな」

にっこりと満面の笑みを直樹は浮かべた。「それでね、それでね」と彼の注意を引こうとする。

「ぼくね、ぼくね、英語で『きらきらぼし』の歌もうたえるよ」

「そうか、歌ってみろ」

病室だから、少し気を遣って声を落として息子が歌う。催促されているようで、祥一も小さく声を合わせる。ふと、ベッドサイドの引き出し付きの小さな棚に目が行った。そこには家族の写真があった。彼のいない、母と子供の写真だ。

息子がいて、祥一ははじめて父でいられる。家族の中に居場所がある。そして、まだ八歳の直樹は自分の身を守ることができない。無力だから、彼は守ってやらなくてはならない。人間は幼い段階では何もできない。フォローしてやるのが、父の役目だ。

「お父さんも、歌えるんだ」

息子が感心していた。

「じゃあさ、じゃあさ、これ歌える?」

テキストを先に送って、小さな手で英語の歌を指してきた。簡単な歌だから、ああと答えた。このくらいの子供には、祥一たちにできないことの境目がまだ見えていない様子だった。

彼らにはままならないことばかりだ。ただ、何でもできると直樹たち子供が錯覚するだけだ。無力であることは、比較問題でしかない。ただ、そのたいしたものではない大人がやらなければ、人間の世界では他にやる者がいない。

力を尽くして仕事をせねばならない気分になる。それは、人間が連綿と当たり前に扱ってきた動機のかたちだ。自然の営みとは関わりがなく、人間にとってはあるがままだとされている営みだ。

直樹とたくさん話をした。三〇分ほど病室にいると、医師がやって来た。今日は体調がよいが、それでも長い時間の見舞いは身体の負担になるそうだった。

診察室で病状について話を聞かせてもらえることになった。午後の予約が途切れているのか、病人の姿は待合いにはなかった。端末を扉に向けると、指定された部屋を映した画面に、呼吸器科とAR表示されている。

扉を引き開けると、白衣を着た男性医師が待っていた。壁面の大きなパネル画面に、身体断面の画像が表示されていた。

お互い初対面の挨拶をする。医師の顔が、こちらの緊張をほぐすようにリラックスしたものであることが気になった。元妻が何も言っていないから、そう悪いものではないのだと自分に言い聞かせていた。けれど、診察室の椅子に座ると、にわかに心配になった。いや、恐怖から目を逸らしきれなくなっていた。長期入院しているのだから、軽い症状であるはずなどないのだ。

「お忙しいところお越しいただいてありがとうございました」

答えがもらえなければ耐えられなかった。

「直樹は、どうなんですか。退院できるんですか」

医師はすぐに教えてはくれなかった。目の奥が熱くなった。

「これが、磁気を通して撮影した、直樹君の胸部断面画像なんですが。肺のところをご覧いただけますか」

画像では、直樹のまだ柔らかい肋骨の内部で左肺があきらかに萎縮していた。嫌な予感が一呼吸ごとに膨らんでゆく。沈黙に耐えきれなかった。

「病名は何ですか？　いつ治るんですか」

医師がその表情を微かに歪めて、首を横に振った。

「よくわかっていないんです。この数年、症例は出ているんですが、原因も治療法もまだわかっていない病気です」

「わからないって、そんな馬鹿なことはないだろう」

座っていなければ、詰め寄っていた。

「ナノロボットが原因だと考えられています。人体に直接影響しないとはいえ、環境に作用しているでしょう。それが症状に関係しているのではないかとも言われています。ナノロボットが環境中で扱われるようになってから、原因がわからない症状で病院に来るかたは増えているんです」

またナノロボットが責められているようだった。

「それで、直樹はどうなんですか」

「このまま肺が萎縮すると、あと一年で」

「人工肺の移植が必要ということですか」

祥一に医師が沈痛に首を振った。

「症例では呼吸器すべてに萎縮範囲が広がり、自発呼吸ができなくなります。現在、世界で年間十万人の患者が出ていますが、この状態から五年間生存した例はありません」

医師は、直樹が死ぬと言っていた。

さっきも元気だったから信じられなかった。

人の生き死には自然のうちで、その自然は、人の営みなど顧みない。そして科学は、事実なら余命宣告であっても曲げることができない。祥一もそう考えていた。だが、自分の息子に降りかかってくると、腹が立って仕方ない。

深い吐息が漏れた。息が止まっていたのだと知った。一分間以上、凍り付いていたように何もできなかった。身体が冷えきって震えた。この同じ時間だけ、直樹はタイムリミットに近づいているのだ。

時間が人にとって尊いとはどういうことか、本当には理解できていなかったのだと知った。時間を共有するとは、こうして共に生きるものが死ぬ、自然の残酷と直面することだ。そして、行き着くところ人の営みでは制御できず、限界にぶち当たる。

窓の外では、桜の花弁が落ちきって緑の葉が茂っていた。次の桜が咲く頃から先、直樹はもういつ死ぬか分からない。今年の花が、最期の桜だったかも知れない。今日みたいな青空を、息子は何度見ることができるのだろうと考えた途端、祥一のほうが恐ろしくなった。

彼も正解がない不安の海に突き落とされたようだった。底の見えない暗い海に漕ぎ出してしまったような、どうしようもない寂しさと恐怖に息を潜めてしまう。自分を揺らす波を制御できる気分になるときがあっても、それは錯覚にすぎない。

「彼女は知っているのか」

助けを求めて、祥一は医師の顔を見た。彼女では不明確だったかと思い直した。

「彼女は、曜子(ようこ)は、直樹のことを知っているのか」

元妻の名前を久しぶりに言葉にした。彼女が元妻という呼び名に押し込めた何かではなく、ひとりの人間だったことを、思い出す。

「はい。ご自分で来られたときに、わたしから伝えるように頼まれていました」

医師が答える。

祥一は、直樹は命に別状ないのだと思い込んでいた。彼女はコンディションが悪いから通信のとき苛立っているのだと勘違いしていた。ナノロボット対策に取り組む自分の時間が一番貴重なのだと、腹の底で思っていた。その世界が、一気に裏返ったようだ。

息子に生きていて欲しかった。成長して、大人になった姿を見たかった。やりたいことを見つけて、彼にできなかったことや選ばなかったことをしてもらいたかった。

「なんとかならないものだろうか」

医師を見上げて尋ねていた。目をきちんと開けていられない。涙がこぼれるのだけをこらえながら、喉の奥からこぼれそうな何かを呑み込む。

きっとこの部屋で、たくさんの家族が無力にそうしてきたように、祥一は嘆願する。

「助ける方法がないものだろうか」

理性どころではなかった。それがないから、告知を受けたと分かっていた。鼻から息を吸うと、粘液を啜った音がした。自分は今ひどい顔をしている。けれど、そんなことはどうでもよかった。医師の肩を掴んで揺さぶればよい答えが出るなら、そうしたかった。

これが、センターの外の人々を苛んでいた不安だ。

「今のところ治療する方法がないということです。原因もわからないので、あるいは改善することもあるかも知れません」

「何も見えないのと同じですね。霧の中だ」

そう言ってみて、ぞっとした。降り落ちてきた諦念とともに、祥一の口元に暗い笑みが浮かんだ。

窓の外には、《クラウズ》の霧がやって来ていた。

診察室を出た。直樹の顔を見に行った。もう眠っていて、話はできなかった。時計の長針がひとめぐりするくらい、青白い頬を眺めていた。その時間の価値を、祥一ははかることができない。眠る息子を祥一が見るこの時間は、霧に覆われつつある人類のほぼ全員にとっては意味が無い。だが、息子にとっては一年半ぶりの機会だ。祥一にとってどうなのか、本当のところは分からない。ただ、泣きそうに胸がつかえた。彼は直樹に、愛されていた。

ベッドサイドにいるのがつらくなって、病院を出た。日の当たる車溜まりで、携帯端末を上着のポケットから取り出した。

運転手がこちらを監視していた。警備用無人機がずっと背後に控えていたことを、今さら思い出した。

久しぶりに、元妻のアドレスを呼び出した。見慣れた名前が神谷(かみや)曜子と表示されている。今は仕事中のはずだ。それでも、夜ではなくこのときのうちに話したかった。

何年かぶりに、彼女のことが分かったようだった。家族が、見えない何かで繋がっている気がした。迷惑かも知れない。けれど、苦しくて耐え難い今がそのときである予感がした。

直樹にはもう時間がない。だから、曜子は祥一に連絡をとっていた。彼も、息子のために、察しが悪いながら、父親でいてやりたいと思う。だから、曜子は苦しんでいた。この告知を伝える役目まで一人で背負いたくないほど、疲弊していたのだ。彼女が、通信で祥一を冷たいと言っていたことが、納得感を伴って身を苛む。

だから、彼は、本当は直樹と曜子のことを心配しなければならなかったのだ。彼女は不安で、けれど別れたとはいえ父親である彼と連絡がつかなくて怯えていた。薄情な彼を強く恨んでいたことだろう。せめて彼女と一緒に直樹を心配することが、彼女が求めていた父親の役目だったのだ。まったくそのとおりだった。彼が悪い。彼はろくでなしだ。言い訳のしようもない。

彼女が目の前にいたら、頭を下げたかった。

すまないと、謝りたかった。

呼び出しをかけ続けていた。手に握った端末に注意を向けていると、周囲にざわめきが聞こえた。それは幾人もの乱雑な足音になった。病院へ向けて、駐車場にいた人々が走っているのだ。

運転手が、スロートマイクで誰かと通信しながら、こちらにやって来る。立ち尽くしている祥一へ大声をあげた。

「急げ！　地上に上がってきた」

切羽詰まった顔で、運転手が人間型無人機に指示を出す。動き出した無人機に手を引っ張られた。祥一は、わけもわからず車へ引きずられる。人々がほとんどパニックになって、逃げまどっていた。群れの整理が失われた、不安の空気にあてられて戸惑う。

身体にぶつかってくる老人を、祥一は仕方なく押し返す。

「何が起こった」

運転手が、車道に出て交通整理をする。ハイヤーがそうして開いた空間に、自動操縦で滑り込んできた。

祥一が乗り込むと、車が音もなく発進する。運転手の顔が緊張に強張っていた。

「《クラウズ》が、相模湾から上がってきた」

何を言っているかわからなかった。

「何が上がってきただって？」

「《多重クラウズ》の、十メートル級の構造体が二体、三浦半島に上陸した」

祥一は絶句した。上陸ということばが、十メートルというサイズが、構造体が地形を乗り越えて這っているということが、すべて彼の中にある《クラウズ》のイメージを超えていた。携帯端末は呼び出しを続けている。

曜子の職場は三浦半島の付け根である逗子にある。運転手がフロントガラスに、情報を表示した。《多重クラウズ構造体》上陸地点の一つは、神奈川県の逗子市だ。

「逗子に向かってくれ」

「今、そうしている」

現在いる町田から逗子へは南下してゆけばいい。逗子から見て三浦半島の裏側には、横須賀がある。ここの日本軍と米軍の基地には放射性物質がある。だが、相模湾側だ。

まだ《クラウズ》には、もっとも単純な判断をする能力すらないはずだった。だが、人類に把握できている範囲で考えること自体が、もはや誤りなのかも知れない。判断の足場を打ち砕かれて、専門家の自信まで喪ってしまいそうだった。

町田から逗子へ向かう通りの反対車線には、大量の車が自動操縦で流れてくる。非常時には渋滞の原因になるため手動操縦は許可されていないから、みんなシートに座って流されるままだ。

国道四六七号のまわりに集まってきた住民の、慌ただしい営みの間を突っ切って走る。人々の顔には、得体の知れないぎりぎりの緊張感が貼り付いている。切羽詰まった現実が、薄皮一枚分の平静の下から今にも噴き出しかけている。祥一のいた整理された環境が、浮世離れしていたようですらあった。この混沌のほうが本物の世界であるようだった。不安が誘導している錯覚だ。だが、不安に呑まれているからこそ、群れが持つ奇妙な生命感に彼も包まれていた。それは押し隠されていた、人間が生き物である生々しい群れの感覚だ。

この群れの中で、彼らは仕事をしていた。家族を作り子供を残し、働くための小さな動機を後生大事にしていた。巨大な世界と仕事上で関わっても、そのための動機は周りの限られた人間たちとの関係と営みでしかない。そして、動機という小さな歯車の力を大きな歯車に伝えるサイクルが、共時的な社会として、本人たちにとっては判然とせずに回っていた。

「ずっとナノロボットとの生存競争に時間を費やしてきた。一日も休まず続けられた。誇りも責任感もあった。出世して認められたかった。欲だってかいた」

祥一は後部座席のシートに身体を預けたまま、聞かれるともない言葉をつぶやく。かたちにしないと頭がおかしくなりそうだ。

「けれど、家族からしたら俺はろくでなしだ。なのに、父親なら当たり前のものらしい動機まで、やっぱり染みついてる。こんなときに何かしなくちゃいられなくて、《クラウズ》が上がってきた別れた妻がいる場所に行きたいなんて、言われても迷惑だろう」

彼の人間性が、いくつもの動機の間で引き裂かれている。揃えて並べて、どれが重くて軽いのか、どれが今、最も強く人間を突き動かしているのか、精密に取りあげることができない。

運転手が、災害時には彼にもハンドル優先権がないからか、運転席から振り返る。車内AR機能が働いて、突然、運転席の背もたれ裏に名前と肩書きが投影された。

《特殊災害防衛室。副室長。間宮厚史（まみやあつし）》

政府機関にしても、聞いたことのない部署だった。開示した情報にコメントが必要だと、間宮も承知していた。

「政府は、ナノロボットが国民に及ぼす悪影響をナノロボット災害と認定し、これに対処する機関を設立する。これは我が国はじめての、調査研究ではなく、より実行力のある対策機関となる」

その副室長の車に祥一が乗っている理由は明白だった。

「俺に、環境影響リスクを脇に置いて、災害認定した型の《クラウズ》を破壊できる《暴食体》を作らせたいんだな」

逗子へ向かうことに、間宮のためらいがないのもそうだ。変異型《クラウズ》が群れて豊かな構造体群を構築したように、人間もまた相互関係の中で組織を作る。《クラウズ》が生き残るためのシステムを進化させるように、人間も生存のためにシステムを組み立てるのだ。

「《暴食体》でなくても、効果的に、《クラウズ》を駆逐できるものなら構わない」

間宮の要請は、東海村対策センターの津川のそれと似ている。社会の要求を彼に伝える筋道から来る、政治的な価値観だけが違う。もちろん、祥一はそれに簡単にうなずかない。

「自然には人間の考えなんか通じない。世界中の誰が妥当だと判断したことも、その動機にも意味がない。自然環境には、ナノロボットを新たに散布した事実しか残らない」

彼らのいる地球の地表もまた、厳然たるルールで動く宇宙の一部でしかないのだ。

市街地から相模湾に近づき、道の脇に緑が目立つようになってきた。

そして、海が見えた。

そのとき、彼らは路肩に寄せて車を止めていた。

彼らはついに邂逅したのだ。

遠く、春の海から、クジラのように大きな何かが突き出ていた。これが相模湾に現れた、動物のように動く《クラウズ構造体》だ。

屹立するように、身をよじって、濃緑色の巨大な《多重クラウズ構造体》が身体を持ち上げる。

「なんだあれは」

理解できないとばかりに、車を降りた間宮が立ち尽くしていた。

ケース・ツルガよりさらに大きい。身体の結合がさらに高度化して強靭になっている。《多重クラウズ構造体》が、飽きることなどないかのように、アメーバのような身を波間から突きだし、倒れ込む。あんなことをしてよいほど身体の結合が強くは見えない。水面をたたくたびに、表皮から《クラウズ》組織が大量に剥離しているはずだ。

だが、そんなこと以上に衝撃的だった。それが、意味を持たない行動にしては複雑すぎたからだ。なにがしかの判断が背景にある行為だ。劉が考えたような、《クラウズ》に好き嫌いを添付するアプローチもまた、彼女にしか思いつけないアイデアではなかった。世界のどこかに同じことを考えた者がいて、とっくに環境中で実行していたのだ。

祥一は、もはや動物と呼んだほうがよい濃緑色のそれから目を離せなかった。

「ディスプレイしているんだ」

どこへ？　海へと向かってだ。何のために？　海の底に、危険を冒してまでアピールする相手が居るのだ。ミオ・劉が言っていた、クジャクが派手な羽を見せつける理由が、《クラウズ》にもすでに現れている。そこに思い至ったことが、遥かなどこかで人間と《クラウズ》をしっかりと結びつけていた。

祥一は車から出ると携帯端末を海に向け、ぐいと引っ張ってサイズを引き延ばした。海から突き出て身をよじるものを、カメラ機能でズーム表示させる。

《クラウズ》が、馬鹿なことをしていた。危険なことをしていた。その事実から、頭に引っかかるものがあった。ミオ・劉が言っていた。時間を持て余して死んでも生体圏の中では問題ないから、リスクのある行動をする。

「あれは、オスだ」

そう言ってしまうと、人類とはかけ離れているはずの《クラウズ》の進化のパノラマが、もうすぐ近くまで追い着いている気がした。あれは、いてもいなくても生成消滅のサイクルにそこまで大きな影響がない、父なのではないかと思った。海底で進化を爆発させているる《クラウズ》が、その居場所を広げるため、喪われても問題ないオス個体が地上に上がってきた。

ろくでなしの父である祥一の感情と、《クラウズ》の雄大な進化が衝突するようだった。だが、祥一の感慨とは裏腹に、間宮の顔つきは悲壮なほどだ。

「あれに対して有効な手を打たなければ、われわれ人類はどうなる」

《クラウズ》のディスプレイ行為は、危険で、破滅的なものに見える。だが、動因となる背景がある。

「意味がない」

「なんだと」

祥一は、海風に負けないよう大声で警告する。

「この《クラウズ》を破壊しても、意味がない。父を壊しても、他のオス個体との間で子供は増え続ける」

海面から飛び上がっては落ちる愚行を繰り返しながら、《多重クラウズ構造体》は地上に近づいている。

間宮には、これを砂浜に上陸させてしまうことが、譲れない一線を超えることに思えているようだった。だが、すでに生殖能力を手に入れている《クラウズ》たちの繁殖地は広大な海の底だ。もしも群れが存在するなら、迷い出たオスは消えることが織り込み済みであるはずだ。

「《クラウズ》の構造体が目障りなだけなら、《暴食体》を使わなくても身体を壊すだけで当面静かになる。焦点は、進化の加速だ。表に出てくるものは、本当の危機から飛び出た、ただの断片だ」

それでも、《クラウズ》たちも人間も、自然の剝き出しの生成と消滅にさらされていることでは繫がっている。彼らとナノロボットたちが、同じ時間を使って生存競争をしている。そして、群衆(クラウズ)の中の個体は、自然との関係を断ち切れず、有限の時間を使って働きかけるしかない。

あの《クラウズ》のオスもきっと同じだ。生殖のためのわずかな期間を除いて、本当は存在し続ける必要がない。だから、無謀なアピールを、危険な浜辺で行っている。

祥一も、たぶん本当は存在し続ける必要がないから、働き続ける。自然の営為が、生成消滅の営為にほとんど役立たない父を、切り捨て可能な資源として許容した。父性は、内分泌物によって生物的に明確に位置付けられていない。だから、その動機すらもが、父にとってはよりどころを探さねばならないほど遊離している。祥一は、その与えられた自由度の中で最低グループのろくでなしだ。

それでも、息子の症状が《クラウズ》由来なら、彼にもできることがあるかもしれない。そう希望を抱こうとした。あまりにもすまないことをした曜子に、謝ることくらいはできる。迫り来る不安に怯えながら、与えられている時間を、無駄にしてはいないと信じることができる。

正解のない選択が、人間性を選ばせるかのように現れている。動機のその小ささといじましさをもって、《クラウズ》と人間が、今ここを最先端として邂逅していた。動機を再生産し続けるための感情と記憶が、おそらく細密に腑分けすれば機械のように理屈通りに回っている。機械的だからこそ、まったく異種のものの間でもこうして共振する。

感情が、叫びだしたい熱を沸き立たせる。自然のうちに、何か尊い命というようなものがあるように錯覚する。それに希望を持てると信じたくなる。夢や、さまざまな種類の多彩な動機が、胸の奥でのたくる。不思議なほど温かみを感じた。直樹の時間が残り少ないことが、やるせない。母としてそれを見守った曜子に、すまなく思う。祥一は後悔している。愚行を続ける濃緑色の《多重クラウズ構造体》の姿と、すべてが同じ時間の上に乗っている。

胸の奥の熱が、両目をあぶるように涙をこみ上げさせる。息子を救ってやるために、自然の営為に働きかけてやりたかった。家族の居場所を広げるために、いてもいなくてもいい父だからこそ足掻(あが)くよりない。彼自身の人生の全体像が見えはじめて、ようやく動機が家族と絡み合った心地がする。

《クラウズ》の飛び上がっては落下する姿は、幻想的ですらあった。身体に汚染水を抱えて危険だが、世界の寂寞(せきばく)とした広さのうちに、もろともに投げ出されているようだ。

彼は端末を握りしめていた手を下ろした。肉眼で、同じ時を生きるものを見たかった。

人間の営為と響き合うように、海面を叩いて、体長十メートルを超える《多重クラウズ構造体》がのたくっている。

海風が目に滲みる。寂しさの背後に、ここも巨大な宇宙の一部である孤独が広がっている。

彼らは、本来必要ない父のための時間を抱えて、孤立することが自然の中でたぶん正しい。

そして、彼らは無様でも、のたうたずにはいられない。

解説

編集部

長谷敏司氏、初の作品集となる『My Humanity』をおとどけします。

長谷氏は一九七四年、大阪府生まれ。二〇〇一年に、第六回スニーカー大賞金賞受賞作『戦略拠点32098 楽園』で作家デビューしました。翌年発表の『天になき星々の群れ』をはさんで、魔法体系をSF的システムで構築した『円環少女（サークリットガール）』シリーズ（二〇〇五～二〇一一）で一躍人気作家となりました。

二〇〇九年には、《ハヤカワSFシリーズ Jコレクション》より初の本格SF長篇『あなたのための物語』を発表（現在はハヤカワ文庫JA）。擬似神経制御言語ITPを開発しながら病による死を目前にした女性研究者と、彼女がITPテキストで創造した仮想人格《wanna be》との関係を極限まで描き、「ベストSF2009」で伊藤計劃『ハーモニー』に次ぐ第二位、日本SF大賞候補にもなりました。

そして二〇一二年には、アニメ誌〈月刊ニュータイプ〉連載の長篇『BEATLESS』を単行本化。超高度AIによって作り出されたhIEと呼ばれる人型ロボットと人類の関係を、ジュヴナイル的な物語のなかで展開し、二度目の日本SF大賞候補に。また二〇一四年に入ると、人気ゲームのノベライズ『メタルギア ソリッド スネークイーター』を発表、また、オタク関連ニュースサイト「Tokyo Otaku Mode」では『BEATLESS』の英訳版連載が開始されるなど、現代日本SF最先端の作家として、メディアと国を超えた活動を精力的に展開中です。

それでは、収録作品について簡単な解説を。

■「地には豊穣」
SFマガジン二〇〇三年七月号「ぼくたちのリアル・フィクション」特集に初出、二〇一〇年、ハヤカワ文庫JA『ゼロ年代SF傑作選』に収録。長谷氏の最初期の短篇にして、長篇『あなたのための物語』とも共通するアイデア、擬似神経制御言語ITPが初めて描かれた作品でもあります。ITPによる人工的で普遍的な〝経験〟の伝達と、使用者に固有の文化的背景との軋轢を追究しています。

■「allo, toi, toi」

ＳＦマガジン二〇一〇年四月号「『ベストＳＦ２００９』上位作家競作」特集に初出、創元ＳＦ文庫『結晶銀河　年刊日本ＳＦ傑作選』にも収録されました。本作も『あなたのための物語』「地には豊穣」と同一設定の中篇で、小児性愛者を矯正するためにＩＴＰ技術がもちいられます。そのあまりにもグロテスクかつ切ない結末に震撼してください。

■「Hollow Vision」

ＳＦマガジン二〇一三年四月号「『ベストＳＦ２０１２』上位作家競作」特集に、国内篇三位となった『BEATLESS』のスピンオフ短篇として発表されました。同長篇では描かれなかった二十二世紀初頭の地球軌道上の社会を舞台にしていますが、被造物の〝かたち〟に対する人間の〝こころ〟のありよう、というテーマは共通しています。

■「父たちの時間」

本作品集のための書き下ろし。二〇六〇年代の日本、原子力発電所の放射線遮蔽用に開発されたナノマシンが自然界に漏出、驚異的な速度で独自の進化を遂げていきます。その絶望的な事態を食い止めようとする男の、研究者としての社会的立場と父親としての本質との葛藤を描いています。

以上四篇、どれも非常にプライベートな人間関係のなかで、テクノロジーによって変容する人間性(ヒューマニティ)を真摯に描ききった作品です。そんなテーマを『My Humanity』という作品集タイトルにこめました。ご堪能ください。

著者略歴　1974年大阪府生，関西大学卒，作家　著書『あなたのための物語』（早川書房刊）『戦略拠点32098　楽園』『円環少女』『BEATLESS』他多数

HM=Hayakawa Mystery
SF=Science Fiction
JA=Japanese Author
NV=Novel
NF=Nonfiction
FT=Fantasy

My Humanity

〈JA1140〉

二〇一四年二月二十五日　発行
二〇一七年九月　十五日　二刷

（定価はカバーに表示してあります）

著者　長谷敏司（はせさとし）
発行者　早川浩
印刷者　草刈明代
発行所　株式会社早川書房
郵便番号　一〇一 - 〇〇四六
東京都千代田区神田多町二ノ二
電話　〇三 - 三二五二 - 三一一一（大代表）
振替　〇〇一六〇 - 三 - 四七七九九
http://www.hayakawa-online.co.jp

乱丁・落丁本は小社制作部宛お送り下さい。
送料小社負担にてお取りかえいたします。

印刷・中央精版印刷株式会社　製本・株式会社川島製本所

ISBN978-4-15-031140-7 C0193

本書は活字が大きく読みやすい〈トールサイズ〉です。